温乔入我怀

上

请叫我山大王 著

图书在版编目（CIP）数据

温乔入我怀：全2册/请叫我山大王著.－－南京：江苏凤凰文艺出版社，2023.8
ISBN 978-7-5594-7730-9

Ⅰ.①温… Ⅱ.①请… Ⅲ.①长篇小说-中国-当代 Ⅳ.① I247.5

中国国家版本馆 CIP 数据核字 (2023) 第 084049 号

温乔入我怀：全2册

请叫我山大王　著

策　　划	肖　恋
责任编辑	曹　波
特约编辑	张　甜
装帧设计	昆　词
出版发行	江苏凤凰文艺出版社
	南京市中央路165号，邮编：210009
网　　址	http://www.jswenyi.com
印　　刷	北京天宇万达印刷有限公司
开　　本	880毫米×1194毫米　1/32
印　　张	17.25
字　　数	410千字
版　　次	2023年8月第1版
印　　次	2023年8月第1次印刷
书　　号	ISBN 978-7-5594-7730-9
定　　价	88.00元（全2册）

江苏凤凰文艺版图书凡印刷、装订错误，可向出版社调换，联系电话025-83280257

目录

第 1 章
宋时遇
1

第 2 章
温平安
16

第 3 章
宋时遇的初恋
30

第 4 章
凌晨三点半的路过
45

第 5 章
只有宋时遇一个人笑不出来
57

第 6 章
下蛊
73

第 7 章
"你说呢?"
87

第 8 章
仙人掌过敏
98

第 9 章
邵牧康
111

第 10 章
温乔姐的男朋友
125

第 11 章
最离谱的传言
155

第 12 章
新邻居
179

第 13 章
"我很想你。"
200

第 14 章
"你这是在跟我表白？"
225

第 15 章
手绳
245

第 16 章
散步
259

第 17 章
"不巧，我在等她。"
277

第1章
宋时遇

七月份的临川市,天气热得能把鞋底烤化。

四五路东街也被称为酒吧一条街,只要天一黑,炫目的霓虹灯一亮,无论春夏秋冬,永远都人声鼎沸热闹非凡,全城爱玩的年轻人到了晚上都呼朋唤友地聚集到了这里。

酒吧一条街的对面就是美食街,年轻人在酒吧蹦迪蹦累了,肚子也空了,再加上不想太早结束这热闹的一夜,就找家店大吃一顿。所以这美食街,到了晚上才是生意最好的时候,尤其是周六周日,哪怕到了凌晨两三点,生意都很火热,租金每年涨,铺面还是供不应求。

比起晚上的热闹,四五路东街的白天就要冷清不少。虽然再往前走那么几百米就是步行街,但是这么热的天,室外就跟个露天焚烧炉似的,人们宁愿在冷气充足的商场里逛逛,也不愿意出来遭受烈日的毒晒。

临路边的店里倒是还有一些食客,到了更里面一点的东二街,就更加冷清了。二街里头的店铺大多数都是做晚上生意,下午开门,营业到凌晨三四点,白天大门紧闭,店主就躲在家里补觉。

而此时中午十二点,东二街一家店铺里却有人在热火朝天地炒菜。

温乔站在炉灶前，手里抓着一口一看就很沉的大铁锅，那只抓着铁锅的手看起来细细白白的，没什么力气，然而颠锅时的动作却看起来无比熟练和轻松，手臂上漂亮的肌肉线条随着她的动作时隐时现。

那口大铁锅在她手里仿佛是一个玩具，任她颠上颠下。颠锅的同时，她右手抓着不锈钢的大圆菜勺，熟练地从前面的调料碗里分别取走各种调料撒进锅里，她就这么随手一舀，用量却分毫不差。

店里没有空调，两台大立扇都放在角落里没打开，天花板上的吊扇吱嘎吱嘎的，只吹下来微弱的几丝凉风。

她一头乌黑的长发整整齐齐地盘在脑后，只有额前一些小碎发被汗水濡湿，贴在白皙的皮肤上。她鼻尖上渗出细密的汗珠，一张白净的脸也被烤得发红，但她却神情专注，像是完全感觉不到热，利索地把锅里炒好的菜装进旁边备好的外卖餐盒里，一滴汤汁都没有洒出来。她耸起一侧的肩膀把脸上的汗蹭在肩上，随即扭头一喊："珊珊，打包！"

她嘴上说着，手上的活也不停，快速洗完锅又开始准备下一道菜。

✦

另一边，谢庆芳在睡梦中被电话吵醒，说是送货的车来了，要她过来开门，她头发都没梳，顶着中午的大太阳，一路上骂骂咧咧的。

不怪她骂人，她前一晚忙到凌晨五点才关门回家，本来说好的今天下午一点以后送货，结果现在才十二点就把她给吵醒了。

谢庆芳在美食街二街有家做烤鱼的店铺，和二街大多数店一样，她的店也是晚上才有生意，所以每天四点多才会开门营业。

谢庆芳赶过来后，看到过来送货的司机自然也没什么好脸色，一边开门

第 1 章　宋时遇

一边数落。

　　送货的司机是个二十来岁的青年，因为年纪小，远没有那些上了年纪的司机那么油滑，所以被骂几句也能不痛不痒地当没听见。他窘迫地涨红了脸又是解释又是道歉。

　　好在这时候隔壁的烧烤店里走出一个人，将年轻司机从这窘境中解救出来。

　　"芳姐，能把电动车借我去送一下外卖吗？小华刚才在去送外卖的路上摔了，去医院了，还有最后一单，我得自己跑一趟。"说话的人声音温温柔柔的，像一泓清冽的泉水浅吟低唱着漫过怒火。

　　是温乔，她拎着一袋外卖从店里走出来，正巧撞上谢庆芳发脾气，本来她都跟对面的麻辣烫老板说好借车了，但看到这种情形，决定临时找谢庆芳借车。她跟谢庆芳说完，又十分熟稔地跟年轻司机打招呼："小周，你干吗了，惹芳姐生这么大的气？"

　　她身上还系着啤酒供应商送的绿色围裙，围裙上印着啤酒品牌的logo，里面穿着一件最简单的纯棉白T恤，头上戴着一顶浅蓝色的牛仔棒球帽，帽檐下是一张清秀的小脸，说不上多漂亮，但是皮肤白净，五官标致，是舒服耐看的长相。

　　她脸上带着笑，说话也是开玩笑的语气，将先前紧绷窘迫的气氛缓了缓。但是小周司机并没有松一口气，反而有些羞窘的脸更红了，他也不敢和温乔对视，眼神在地板和墙面上反复飘忽，不大顺畅地解释了一通，说自己下午临时有别的急货要送，实在是没办法。

　　谢庆芳听着小周解释，火又起来了，还想再骂几句，温乔却笑着打断说：

"怪不得芳姐要生气呢，她昨晚忙到好晚才回家睡觉，今天肯定没睡好，要换了平时，芳姐肯定也不会生这么大的气。天气这么热，芳姐还顶着这么大的太阳过来给你开门，你还不快去买瓶凉茶请芳姐喝。"

小周闻言，感激地看她一眼，立刻红着脸忙不迭地答应，不等谢庆芳发话，就脚底抹油去对面的小超市买凉茶了。

人走了，想骂也没的骂。谢庆芳余怒未消，但转脸对着笑眯眯的温乔，脾气也上不来，只没好气地说："你这话说的，好像我就图他瓶凉茶喝似的。"

温乔还是笑眯眯的："气大伤身，今天天气热，人火气也大，让小周请您喝瓶凉茶压压火气，对身体好嘛。"

她笑起来的时候眼睛弯弯的，眼下两条卧蚕鼓起来，脸上就仿佛写着善良两个字，很是讨喜，叫人心生亲近。

谢庆芳白她一眼："就你嘴巴伶俐会说话。"嘴上这么说，心里却也知道温乔是好意，话音一转："你刚刚说小华摔了？怎么样啊？不严重吧？"

温乔说："应该没太大事，我叫他先去医院了。"

谢庆芳又看了眼她手里拎着的外卖："你自己去送外卖？陈珊珊呢？"

谢庆芳说着往温乔店面里瞥了一眼，就看到那个叫陈珊珊的女孩子正坐在那里吹着风扇玩着手机，倒是温乔这个老板一脸的汗，还要冒着这毒日头去送外卖。她看不顺眼，故意抬高了声音："你这是请了个服务员还是请了个祖宗回来供着啊？怎么什么活都得你这个老板自己来？"

店面里头坐着的陈珊珊头都没抬一下，像是没听到，继续低头玩她的手机。反倒是温乔好脾气地笑着解释："珊珊她不会骑电动车，芳姐你快把钥匙给我吧，我还赶着去送外卖呢。"

谢庆芳一脸恨铁不成钢的样子，瞪了她一眼，无可奈何地去里面给她拿钥匙了。

那边小周也买完凉茶回来了，他手里有两瓶，先红着脸拿了一瓶给温乔，温乔没接，笑着摆手："我就不用了，你自己喝吧。"说着她把外卖放到电动车后面的保温箱里，接过谢庆芳递来的钥匙笑着道谢："谢谢芳姐，那我先走了。"

"慢点开，注意安全。"谢庆芳又忍不住劝她，"温乔啊，你晚上生意不是挺好的吗？干吗那么拼，晚上搞到凌晨三点，白天还起那么早做外卖，你来这儿开店才多久啊，都瘦了一圈了。"

温乔坐在电动车上，正准备启动车子，听到谢庆芳的话只是一笑而过："哪有那么严重，走啦！"

✶

这点程度的辛苦对温乔来说实在算不了什么。这些年来她做过的工作，没一份比她现在这份轻松，而且她现在是为自己打工，赚的钱都进了自己腰包，每天都有用不完的劲，怎么会觉得辛苦？

她三个月前租下了美食街上的这家店铺，这里离酒吧一条街就隔了一条街，虽然没有前面那条正街的生意那么火爆，但是客流量也很可观，越晚生意越好，特别是周末，凌晨两三点，街上还人来人往，店里也人声鼎沸。温乔蹲点考察了小半个月，才终于咬着牙花重金把这家店盘了下来。

这家店铺之前也是做夜宵烧烤的，出于各种原因生意惨淡倒闭了，但是里面的装修还不错，厨具和桌椅板凳也都是现成的，原先的店主急于脱手，温乔用远低于市场价的价格盘了下来，小小地改造了一下，换了个招牌，又在老家找了两个人过来帮忙，就这么开张营业了。

因为新开业，没有熟客，而在这附近玩的人都爱往人多的地方挤，所以边上的烤鱼店和串串火锅店的生意都十分火爆，她的店铺夹在中间，生意一度十分凄凉惨淡。

前半个月，店铺天天都在亏钱，来帮忙的温华都替她愁，每天亏钱的温乔倒是照旧营业，脸上永远挂着笑，好像半点不担心似的。

边上的店铺老板们都觉得温乔的店开不了三个月就得倒闭，倒不是因为别的，而是这个门面本身就邪门得很。光看位置也不差，但是一年得换两三家店，卖什么的都有，最多撑半年就关门走人，生意就是做不起来。也正是因为这样，这门面才能轮到温乔来租。

但谁也没想到，到第二个月，温乔店铺的生意就慢慢好转起来了。

因为温乔从不偷工减料，用的食材新鲜、分量足，最重要的是味道的确好。里街外街还是有不少做烧烤生意的，温乔来开店前都一家家试吃过，以她个人的口味来说，她没吃到比自己做的味道更好的，才下了决心租了这门面。

慢慢地生客变熟客，熟客又带新客，生意开始越来越好，上个月赚的钱扣掉房租和各项成本开支，她还赚了点。

温乔终于大大地松了口气，她这两个月虽然脸上还是笑呵呵的，但晚上回家算账的时候也免不了觉得压力很大。为了盘下这家店面，她把这几年存的钱都投进去了不说，还咬牙借了些，之前好不容易还清的债为了盘这家店又背上了，要是生意还不好，她手上的钱也撑不了多久了。

好在一切都在往好的方向发展。如果没有什么意外，只要她勤快点，再过几年，说不定就能开上一家小饭馆，等手里宽裕些了，不说买房，先租个好点的房子，到时候把奶奶和大伯都接过来，一家团聚，她就心满意足了。

但生活却在温乔毫不设防的时候给了她当头一棒。

在她系着围裙拎着外卖一身油烟味站在高档写字楼的电梯里时，遇见了西装革履、高贵气派的前男友。

✦

温乔不是没想过会在临川市遇见宋时遇，但是绝对没想过，会在这种情形下与他相遇。

她低头看了看自己因为着急出门嫌麻烦而没有摘的围裙和手里拎着的一袋外卖，默默往角落挪了挪，顺便压低了头上戴着的棒球帽的帽檐，余光却忍不住从帽檐下溜下去，穿过前面站立的几条腿，精准地落在那双锃亮的皮鞋上。

宋时遇从电梯外走进来的那一瞬间，温乔恍惚间想起好多年前第一次见到他的时候。

她推开门，窗边做试卷的少年宋时遇闻声看过来，黑发黑眸，转过来的侧脸清冷古典，神情疏淡。

在遇到宋时遇之前，温乔见过的最好看的人就是学校里被公认为"校草"的某位学长。

宋时遇比他好看了一万倍。

温乔没有任何缓冲地直面了宋时遇的美貌，这对她的冲击可以说是前所未有的巨大，就一眼，便硬生生把她对人类的审美拔高了好几层楼。

彼时她刚以五十块钱的价格卖掉了一头又黑又长的头发，剩下的头发被削得又短又薄，因为整个暑假都在田野山间疯跑，晒得皮肤黝黑，身上穿的是某个堂姐不要了的旧衣服，身材还没有二次发育，瘦得像根豆芽菜，完全就是个假小子。她和宋时遇简直就是云泥之别，说句"仙畜有别"都不过分。

那时候她误以为宋时遇的特别是因为他是城里人，所以他在他们那一群乡下人里才会显得那么鹤立鸡群、遗世独立。后来她才发现，原来宋时遇和他们并不是城里人和乡下人的区别，而是宋时遇和绝大部分人类的区别。

时隔多年，西装革履的宋时遇非但没有长残，反而彻底褪去少年时的青涩稚嫩，棱角愈发分明，从她的角度隐约可以看到他高挺的鼻梁和紧窄流畅的下颌线条，气质清冷中又带着几分矜贵，如高岭之花一般不可攀摘。那种区别于普通人的高贵气质自然而然地散发出来，以至于电梯里的所有人在他进电梯后都自发地挪动，最后空出一块在这电梯里显得过于宽裕的地方来供他站立。

温乔在宋时遇进电梯后目光扫过来的前一秒低下头，让帽檐挡住了自己的整张脸，后背都绷紧了。

听说宋时遇在临川市开了公司，难道就在这栋楼？怎么会那么巧，临川市那么大，那么多的写字楼，他的公司居然就在离她不到两公里的地方？

温乔倒不是怕遇见他，只是她现在的样子实在不大适合和看起来事业有成、风光无限的前男友偶遇。温乔低着头盯着自己的围裙，自己这身打扮很有可能会被宋时遇误认为她是外卖员或者是饭店小工。

宋时遇对她说的最后那句话让她这么多年都耿耿于怀，她咬着牙一天只睡五个小时打三份工的时候，除了还债，胸口也憋着一口气，想要向他证明——虽然她没有走那条他为她计划好的路，但是她也能够靠自己的双手过上好日子。

但如果现在被宋时遇看到了，岂不是都白费了？这么想着，她又默默地往角落里缩了缩。

✳

电梯走走停停，电梯里的人也在进进出出。到第十五层的时候，电梯里的人都走得差不多了，只剩下最后三个人。

姚宗扭头看见角落里还有一个人，他在她身上的围裙和手里拎着的外卖上扫了眼，不甚在意地对身旁的宋时遇说："腾越的周总都约了你好多次了，电话都打到我这儿来了，我也不好回他，你就看在我的面子上这个周末去一趟呗，再推，怕是要把这位老总得罪了。"

宋时遇目不斜视，不置可否。

姚宗用手里的文件轻拍了下他，嘴角勾起一抹坏笑，语气促狭，带着点幸灾乐祸："谁让你这么招蜂引蝶，一见面就把周总女儿的魂给勾走了，这位大小姐可来公司堵你好几次了，你都不给面子，她这才把她爸那尊大佛搬出来压你。要我说，那周小姐长得挺漂亮的，身材又好，你试着接触一下也挺好的。"

宋时遇没接话，只是冷淡地瞥了他一眼，收回目光时余光不经意掠过角落里那团缩着的人影，没有停留。

姚宗脸上还是笑嘻嘻的："开玩笑开玩笑。"

说着话，他不经意地看了眼宋时遇身后那个一直缩在角落的年轻女人，她正好抬起头来，冷不丁地两人对上了眼，帽檐下，那双眼睛晶亮清澈。姚宗愣了下，没反应过来，她就把头又低下去了。

现在外卖行业的门槛都这么高了？姚宗收回视线，忍不住在心里嘀咕了一句，同时还隐约有种奇怪的感觉，好像他们曾在哪里见过。

姚宗在别的事情上记性不是特别好，唯独在认人这方面格外突出，只要见过一次面，他就能记住那人的长相，这也是他在社交场上如鱼得水的原因。

这么想着，他又扭头看了一眼，但是这会儿那年轻女人的脸已经被帽子全挡住了。

✳

温乔低着头，却是好一阵心惊肉跳。虽然他并不认识她，可是她却记得他，如果她没记错，他应该是宋时遇的大学同学。

她曾去找过宋时遇。

那时候她跟宋时遇已经很久没有联系过了，她偷偷跑去临川大学，并不是想一定要见到宋时遇，只是想去看一看他上大学的地方，可临川大学那么大，偏偏就让她看见了宋时遇。

宋时遇身边当时围拢了一群人，那些人如众星捧月般在他身边说说笑笑，男男女女都是意气风发神采飞扬的样子。宋时遇还和其中一个漂亮的女孩子拍了一张合照，她到现在都记得很清楚，那个女孩子穿了条漂亮的小白裙，清纯又明媚，拍照的时候她亲密地挽了他的手，笑得很灿烂。而宋时遇明明那么讨厌和人有肢体接触，被那个女孩子挽住的时候，他虽然神色淡淡，却并没有拒绝。

当时拍照的人就是现在这个和宋时遇站在一起的男人。

温乔没有第一时间注意到他实在不能怪她，任何人和宋时遇站在一起，都要做好成为陪衬的准备，哪怕其实把他单拎出来，也绝对可以称得上是个气质不错的帅哥。

看起来，他们现在在一起工作。

虽然知道他不认识她，但是刚才对视的时候，温乔心里还是咯噔了一下，吓了一跳。

✦

姚宗发现电梯已经被提前按了二十三楼，也就是他们公司的楼层，他鬼使神差般扭头和角落里的女人搭话："你的外卖是送到二十三楼吗？"

温乔没想到他会突然跟自己说话，猝不及防地下意识抬头看了他一眼，又立刻反应过来，低下了头，紧张慌乱之余还有些莫名其妙，她怕被宋时遇听出自己的声音，也不敢出声，只能点了点低着的头。

姚宗以为她害羞，和善地伸出手去："给我吧，我也在二十三楼的公司上班，我给他们带过去，就不用你再跑一趟了。"

宋时遇正神情冷淡地回复手机上的微信消息，并没有留意到电梯里另外两个人的交流。

温乔只能硬着头皮把外卖放到姚宗手上，不得已，用蚊子似的声音说了句谢谢。

细若蚊虫的声音微弱地飘过来，很难辨认，宋时遇微敛着落在手机屏幕上的视线却突然凝住，正在回复工作微信的手指也一下停了下来。他的视线从手机屏幕上抽离，笼罩住角落里那个刚刚被他余光扫过却并未留意的身影。

站在角落里的人低着头，帽檐被刻意拉得很低，但是从他的角度，还是可以看到那小半张熟悉得不能再熟悉的侧脸。

宋时遇冷淡的神色缓缓退去，眼中无声无息地掀起波澜。

姚宗对宋时遇此时情绪的变化毫无察觉，他边看手机边问："哎，我们中午吃点什么？让穆清别点上次那家了，那家好像换了个厨子，味道不行。"

然而身边的人对他的话没有任何反应。

"时遇？"姚宗抬起头，才后知后觉地发现电梯里的气氛有点不大对劲。

宋时遇正盯着角落里装鸵鸟的人，他面色晦暗不明，缓缓吐出两个字："温乔。"

姚宗惊讶地挑眉，目光疑惑而又古怪地看向电梯里除他和宋时遇以外的那个人，总觉得那人似乎是被吓到地抖了一下。

空气几乎凝固般静默了几秒。

温乔被宋时遇叫出名字的那一瞬间，整个人像是通了电一样麻了一下，在那道很有压迫感的目光下，她不得不硬着头皮把头抬起来，脸上极力挤出一个仿佛才发现他的惊讶表情，"宋时遇"三个字在喉咙里滚了一圈，到了嘴边却变成了："啊，怎么是你，好巧。"

姚宗的目光在两人之间转了一圈，从宋时遇冷凝的脸色和温乔的尴尬中品出了那么点不一样的东西："认识？"

温乔得救似的立刻看向他，佯装镇定笑着说："小时候我们当过一两年的邻居，还在一个学校读过书，很多年没见了，没想到会在这里遇到，真是太巧了。"她一边说着，一边从围裙口袋里掏出两张名片分别递过去，眼神回避着宋时遇的凝视："这是我开的店，就在这附近不远，你们要是有机会，可以过来吃夜宵。"她努力让自己看上去态度自然，像是真的只是遇见了很久不见的熟人，轻描淡写地撇清了两人的关系。

"这么巧？"姚宗立刻接了她的名片，同时敏锐地察觉到身边的宋时遇越

第 1 章 宋时遇

发冷凝的气场，心里更是对温乔的身份感到好奇。

宋时遇没有接她的名片。

温乔拿着名片的手僵在那里，不得不抬眼直视他，看到他冷峻的脸色时，她脸上的笑容也渐渐变得有些不自然。

姚宗看了看宋时遇，心里疑惑更深，见温乔神色尴尬，正准备替她解围，没想到宋时遇先他一步，伸手抽走了温乔手里的名片。姚宗看了宋时遇一眼，收了手，冲温乔笑着晃了晃手里的名片说："改天有空一定去。"

就在这时，电梯停在了二十三楼。姚宗主动邀请："要不要去公司坐坐？"

温乔想都不想，连连摆手，仿佛那是什么狼窝虎穴，脸上却还堆着笑："不用了不用了，我店里挺忙的，要赶回去做事了。"

姚宗看向宋时遇，结果发现宋时遇完全没有要下电梯的意思，反而从容地看了自己一眼，说："你先回公司，我下去一趟。"

温乔的表情僵住了。

姚宗不免又多看了温乔两眼，冲她笑了笑："那下次再见。"说完拎着那一袋外卖，潇洒地走出电梯，微笑着目送他们。

温乔勉强回了个笑。

然后宋时遇按下电梯键，自然而然地站到了她的身边。

✦

电梯门关上，里面只剩下他们两个人，温乔呼吸都不顺畅了，她干笑着挤出几个字："好久不见啊。"

宋时遇低头滑开手机："把电话号码给我。"

温乔愣了一下，看了他一眼，声音干巴巴的："名片上就有。"

宋时遇看了一眼名片：温小厨。经营范围：烧烤夜宵，私房小炒。下面是一个外卖电话。再下面是一行小字，写着一个地址，距离这里大概两公里。

宋时遇当着温乔的面，把上面的号码存进手机里，然后直接打了过去。温乔手忙脚乱地掏出手机，看到手机上一组熟悉的数字，她愣了一下，这么多年，他居然从来没有换过号码？

她下意识抬头看向宋时遇。宋时遇眉眼清冷，睫毛却又密又长，半垂着眼的时候尤其好看，眼神内敛深邃，像一片墨色的海，深幽沉静，轻易不起波澜。

他抬起眼，对上她愣怔的视线，眉眼微微一动："存起来。"

"哦。"温乔心口悸动了一下，忙低下头，在宋时遇存在感十足的注视中把他的电话存进自己的通讯录里。在打出"宋时遇"这三个字的时候，她忽然恍惚了一下，有点不真实的感觉。

"去哪里？我送你。"宋时遇淡淡地说。

温乔几乎掩饰不住惊讶，错愕地看了他一眼，下意识说："不、不用了，我自己骑了车来的。"

宋时遇看着她，沉默。电梯里一下子又安静下来，气氛有些凝固。

温乔定了定神，看向宋时遇，故作轻松地问道："对了，你在这里上班吗？"

她每一次望向他，都发现他也在看她，好像一直就没有移开过视线。

宋时遇说："嗯，去年搬过来的。"

温乔想再说点什么，让气氛能自然轻松一点。她平时很能说，可偏偏在宋时遇面前，越想自然反而越不自然，脑子一片空白，只干干地憋出一个带着点尴尬的"哦"字来。

就在温乔觉得气氛越来越凝固冰冷的时候,电梯门开了,有人走了进来。

温乔顿时松了口气。然而这口气松得太过明显,以至于身边的宋时遇第一时间看了过来,他比温乔高出一截,居高临下地垂眼看下来,脸上没什么表情,也辨不清喜怒,只有浓密的睫毛在眼底投下一片晦暗的阴影。

曾经是"宋时遇微表情十级研究员"的经验告诉温乔——宋时遇不高兴了。

她下意识地就把这口松到一半的气憋住了。

第2章
温平安

温乔很快反应过来：她为什么现在还要看宋时遇的脸色？都怪自己给他当了太久的狗腿子当习惯了，都有点条件反射了。温乔心里默默地唾弃了一下自己，然后理直气壮地把剩下那半口气松出去，重新挺直了腰杆。

电梯里不断有人进进出出，下降的速度异常缓慢。温乔为了避免尴尬，一直拿着手机闷头给小华回微信，假装身边的人不存在。

等她察觉的时候，宋时遇的高档西装料子已经蹭到了她的手臂上，她不由自主地抬起头，才发现不知道什么时候，距离她两掌宽的宋时遇已经挨着她了。她又看了看前面，电梯里统共也就六七个人，稀稀疏疏地站着。她偷偷看了宋时遇一眼，及时遏制住脑子里荒唐的念头，肯定是刚才电梯里人太多他才会靠过来的。

电梯一到一楼，温乔头也不抬地对宋时遇说了声"那我先走了"，然后就急急忙忙地跟着人流一起走出了电梯。

她没有回头，脚步甚至有些急促，很快就走出了大厅。宋时遇独自站在电梯里，看着温乔头也不回地离开。

第 2 章 温平安

温乔一走到外面的烈日下,刚才一直提在胸口的那股气顿时散了。她回头看了一眼身后耸立的高档写字楼,再一次意识到自己和宋时遇的差距比十年前更大了,不过现在她和宋时遇已经没有什么关系了,差距再大也不会影响什么。她深吸了一口气,平复了一下心情,骑电动车回店里了。

店里,温华已经回来了。他的腿伤得不是很重,但是因为正好伤到膝盖,走路一瘸一拐的。他的皮肤是健康的小麦色,头发剃了寸头,带着几分在田野间长大的天然淳朴,笑起来的时候露出八颗大白牙,很招人喜欢。

温华跟温乔是一个村的。他今年才十八岁,十六岁就跟着父亲做砌墙匠,做了两年,手都被石灰水泥给泡烂了,他母亲心疼,不让他跟着他父亲干了,想让他学点别的,正好温乔这里缺人,就让他来了。他人很机灵,难得的是还很能吃苦,脚踏实地肯学肯做,而且学东西也很快。温乔很喜欢他,准备等店里的生意上了正轨,就给他把工资再涨一涨。

"温乔姐,快过来吃饭吧。"这会儿他正一瘸一拐地把饭菜都搬上桌,一边给温乔盛饭一边招呼她。

陈珊珊已经自己吃过了,又把立扇开了坐在前面玩手机。

温乔让他先吃,去洗了手才过来坐下,正准备吃饭,顺便拿起手机看了一眼,微信通讯录那一栏出现了一个小红点,代表有人申请加她微信。

不会是宋时遇吧?这个猜测让温乔心口一跳,盯着手机屏幕上的小红点不敢点开。

"温乔姐,怎么了?"温华见温乔拿着筷子不吃饭,直勾勾地盯着手机,不禁疑惑地问道。

温乔回过神来，说了句没事，手指点开通讯录那个小红点，果然，宋时遇的名字赫然在列。

她盯着他的名字看了几秒，一时有点想不明白，温乔以为宋时遇在电梯里要她的电话只是出于礼貌，两人话都没说几句，他还表现得那么冷漠，那他现在来加她的微信是什么意思？

她突然按灭手机丢到一边，然后埋头吃饭。

温华看了看她，又看了看被她丢到桌角的手机，有点担心，忍不住问："没事吧温乔姐？"

温乔埋头吃饭："没事没事，吃饭。"

她心里压着事，只勉强吃完了一碗饭就放下碗起身开始打扫店里的卫生。这本来是陈珊珊该做的事，但陈珊珊只往这边看了一眼就当没看到一样继续玩手机了。

陈珊珊是温乔表姑的女儿，今年已经二十岁了，读完初中去念了职高，职高没念完就出去打工，但每份工作都做不久，这次温乔这里缺人，表姑专门给她打电话说希望能让陈珊珊来帮忙。

表姑在奶奶脑出血住院的时候，不仅借钱给他们，还专门来医院陪着温乔照顾奶奶，帮了很大的忙，温乔一直很感激她。所以虽然知道陈珊珊很难管教，还是答应了让她过来。

陈珊珊是被她妈妈逼着过来的，而且因为从小到大她妈妈总是喜欢拿温乔这个表姐跟她做比较，把她比得哪哪都不是，所以她对温乔也总是带着股怨气，现在居然还要她给温乔打工，她心里更是不服气，做什么都是不情不愿。

温乔把桌椅板凳烧烤台都擦得锃亮,总之就是不让自己闲下来,因为一闲下来就忍不住要胡思乱想,坐也不是站也不是,总是心绪不宁。她去后面的洗手间接冷水洗了把脸,脑子里还是一团糨糊。宋时遇加她微信干什么?她都换过好几次电话号码了,宋时遇居然还用着十年前那个她烂熟于心的号码。她还记得她的第一张电话卡就是宋时遇给她办的,她人生中拥有的第一个手机也是宋时遇送给她的。

温乔抬起头,有些迷茫地看着镜子里的自己,那张白净清秀的脸有一瞬间变成了一个皮肤黝黑、顶着一头参差不齐短发的假小子。她最开始认识宋时遇的时候就长这样。

宋时遇是被送到乡下来养病的,还是从临川市那样的大城市。

温乔家的邻居宋奶奶是他的姑奶奶。

宋奶奶家盖了村子里唯一一栋别墅,衬得隔壁温乔家的土砖房格外寒酸。几年前她丈夫离世,她一个人回到家乡,和温乔奶奶这个"手帕交"重新当了邻居。温乔时常串门,家里做了什么好吃的,总要去给宋奶奶送一点。

见到宋时遇那一天,是很寻常的一天,她家里刚杀了猪,闹哄哄地忙了一上午,中午她做了粉蒸肉还有刚学会的香芋蒸排骨,奶奶让她给宋奶奶送一碗去。

宋奶奶刚做好饭菜,看到温乔过来,笑呵呵地接过碗,顺便交给她一个任务:"乔乔,我有个客人在楼上,你能帮奶奶上楼去叫他下来吃饭吗?"

温乔当然答应了,点了点头就上楼去了。

宋奶奶的声音从楼下传来:"他在楼梯靠右手边那间客房!"

温乔应了一声,敲了三下房门,见没人回应,她伸手扭开了房间门。然后,坐在窗边做试卷的宋时遇闻声转过头来,看见了门口呆住的温乔。

比起温乔推开那扇门见到宋时遇第一眼所受到的震撼,宋时遇转头看见她的第一眼只有平淡。在温乔开口跟他说话以前,宋时遇以为她是个男孩子,一头乱七八糟的短发,巴掌小脸,竹竿似的四肢,皮肤黝黑;唯一特别的,是她那双眼睛又清又亮,带着一股叫人难以忽视的勃勃向上的生命力。

只见她黝黑的小脸上忽地露出了一个腼腆的笑容,但是那双清亮的眼睛却不闪不避地直勾勾盯着他,眼神里闪着光:"那个,宋奶奶让你下去吃饭。"

原来是个女孩子。仅此而已。

所以哪怕是温乔自己都觉得,宋时遇最后居然会成为自己的男朋友,实在有点匪夷所思。想来想去,还是觉得自己只是占了近水楼台先得月的便宜。虽然这便宜没占多久,但也足够成为她平凡人生中最浓墨重彩的一笔了。

只是这一笔对她而言画得太重了。

温乔凝视着镜子里的自己,在心里默默地告诫自己,她一定不要再重蹈覆辙了。

✲

下午三点,温乔在店里待不住,早早就到了航天小学的大门口,放学时间过了十分钟后,她才等到一个穿着航天小学蓝色校服的小男孩走过来。他低着头走路,走得很慢很慢,身边也没有同学跟他一起,再加上他个子瘦瘦小小的,背着大大的书包,看起来有些孤单。

温乔看到这一幕,心里一酸,脸上却泛起笑容,扬高了声音喊他:"平安!"

温平安不敢置信似的,惊讶地抬起头来,看到站在校门口等他的温乔后,

第 2 章 温平安

一双沉静的大眼睛立刻亮了起来,嘴角秀气地抿了抿,抓紧书包带子加快脚步朝她走了过来。温乔早早地蹲下身,张开手臂迎接他。

温平安瘦瘦小小的身体乖顺地依偎进她的怀里,温乔抱着他,用脸贴了贴他冰凉的小脸,心里软成一片,焦躁不安的心情突然就安定了下来。

"姐姐,你怎么来了?"小孩小声问道。

温乔松开他,捏捏他雪白的小脸,温柔地说:"来接你放学啊,姐姐今天特别想我们平安。"

像平安这么大的孩子都是由家长接送的,但是平安坚持要自己上下学,不让温乔接送。好在航天小学离店里也就十分钟的路,路况简单,再加上还有别的同学一起作伴,而且平安很乖,一放学就回家,从不在外面玩。温乔小学的时候也是自己每天走两公里去学校,所以倒是比别的家长更放心一些,只是给平安买了个电话手表,以便随时能联系到他。

温平安听到温乔的话,抿了抿没什么血色的嘴唇,琥珀色的浅瞳里漾开软软的细碎的光,他仰脸看着温乔说:"我也很想你。"

温乔高兴地亲了亲他的小脸,牵起他的手,微笑着说:"我们回家吧。"温平安嘴角抿了个秀气的笑,点点头,小手紧紧抓着温乔的手。

"贺灿哥哥呢?怎么没跟你一起走?"温乔问。贺灿是谢庆芳的小儿子,比平安大两岁,平时总会叫上平安一起上下学。

"不知道。"温平安说。他说谎了,明明贺灿最后一节课前特地跟他说,自己今天要被老师留下来写作业,要他等自己一会儿。他本来是要等的,可是姐姐今天来接他放学了。

头顶上传来温乔温柔的声音:"饿不饿啊?"

他悄悄地把她的手抓得更紧:"不饿。"

"中午在学校吃了什么?"

"吃了肉和红萝卜,还有鸡蛋汤。今天我们班有个同学过生日,我还吃了生日蛋糕。"

温平安乖乖地牵着温乔的手,一路走,一路说着今天在学校都做了些什么,都是些琐琐碎碎的小事,如果让学校的老师听见了,一定会吃惊不小,他在学校一个星期说的话都没有这么多。

温乔平时总会听得津津有味,对他的每句话都给予热情的回应,可是今天却显得有些心不在焉。温平安发现了,他停下脚步,仰起脸看她:"姐姐,你今天不高兴吗?"

温乔愣了一下,低头看他。平安遗传了父母出挑的长相,皮肤雪白,五官精致,他的眉眼像他的母亲,浅瞳深目,很漂亮,走在路上也常常会吸引到惊艳的目光。而此时,这对漂亮的浅瞳正凝望着她,带着几分担忧。

✳

平安长得很好看,虽然他现在年纪还小,但是已经依稀可以看到他长大以后的样子。总有人说他们长得像,但温乔并不觉得她和平安哪里长得像,她自认为自己只是一个长相平凡的普通人,而平安比她漂亮得多。

事实上,她和平安并不是亲姐弟,平安是她大伯的儿子。

温乔的家庭成员很简单。爸爸在她小时候出车祸去世,妈妈拿了一部分赔偿款后走了,她家里只剩下一个年迈的奶奶和一个小时候发烧烧坏了脑子,从此智力停留在八岁的大伯。

大伯年轻的时候长得很好看,斯斯文文,在奶奶的教导下,从小就学会自己打理自己，虽然智力低下，但总是干干净净清清爽爽的，走在外面，如果不说话，看起来跟正常人没有什么区别，二十多岁的时候，还有不少女孩子因为他长得好看喜欢他，甚至还有人愿意嫁给他，只是奶奶没有答应。

温平安的妈妈是一个外地来的女人，租了温乔家的一个小偏房，一开始说是做点小生意，谁知道后来做的居然是皮肉生意。奶奶因为可怜她，也没有赶她走。

谁知道有一天，她突然怀孕了，一时间村子里流言四起，那个女人也不做生意了，只关起门来过日子。眼看着肚子一天天大起来，但是除了她自己，谁也不知道她肚子里的孩子是谁的。直到七个月的时候，她才告诉温乔奶奶，那个孩子是温乔大伯的。

温乔听到消息请假赶回来的时候，那个女人已经快生了。温平安出生后，她在温乔家住了十几天，温乔听到奶奶跟她说，她可以留下来，但是那个女人还是走了，还留下了几百块钱。自那以后，她再也没有回来过。

她走的时候，孩子还没有取名字。奶奶让温乔给他取一个，温乔想了想，说希望他能健康平安地长大，就叫平安吧，温平安。

那时候奶奶脑出血偏瘫，虽然不算太严重，但还是需要有人在一边照顾，大伯又只能自理，家里还有一个刚出生的婴孩，哪怕是出钱，也很难找到愿意过来照顾这一屋子的老弱病残的人。更何况平安生下来后体质很弱，需要更用心的照顾，温乔也不放心让别人来，于是不得不暂时辞掉工作，留在家里照顾这一家老小。

平安来到这个世界上睁开眼睛看见的第一个人就是温乔。当他学会说话时，从嘴里吐出来的第一个词不是爸爸、妈妈，而是——"姐姐"。

温乔在家里待到平安会走路了，好不容易花钱请到一个亲戚来帮忙照顾他们，这才离开家外出打工。后来，温平安长到了三岁半，亲戚自己也有了孙子要带，不能再带他了，而且已经有人开始说一些关于平安身世的风言风语，温乔牙一咬，心一横，就把温平安从老家接到了自己身边。平安这么地就被她一手带到了八岁，但是因为他从小身体就不好，发育比同龄的孩子要更慢一些，看起来像是个五六岁的孩子。

温乔一度很担心他会像大伯一样"不健康"，好在平安的头脑比同龄人的聪明，而且聪明得很显著。他才八岁，已经上四年级了，跟谢庆芳十岁的小儿子贺灿同年级。而且他每次考试都是全年级第一，上次家长会结束后，老师还专门留下温乔，告诉她平安已经完全掌握了小学的知识，建议让平安明年跳过五六年级，直接上初中。

温乔回过神蹲了下来，温柔地看着他："平安，姐姐没有不高兴，姐姐刚才只是在想事情，对不起啊，想得太入神了，都没有听到你说话。"

温平安认真地摇了摇头，说道："没关系，姐姐。"

温乔知道他没有怪她，反而是在担心她。平安性格内向，细腻敏感，总能轻易察觉到别人的情绪起伏。温乔并不希望他这样，她希望他能够开开心心，无忧无虑。她心里又是欣慰又是辛酸，笑着捏了捏他的小手，故意说道："我们平安怎么这么乖啊？到底是谁养出来的？"

温平安也笑了，他笑起来也是斯斯文文的，嘴角抿出一个小弯，浅瞳里漾起快乐的光亮，很配合地说道："是姐姐。"

温乔笑着说："那我可真厉害。"

温平安点了点头，认认真真地说："姐姐最厉害了。"姐姐是他见过的，最

第 2 章 温平安

最厉害的大人。

温乔接了平安回来,就要开始忙了,要准备晚上的生意。

她卖的烤串用的是自己腌制处理过的新鲜肉,因此工作量大,成本自然也高,但是吃起来的口感和市面上普通的烧烤摊上卖的烤肉是完全不同的。再加上温乔自己研究出来的烧烤秘方,价格虽然比别家的贵,但冲着味道,也有不少食客愿意过来。

平安到了店里,也不用温乔交代,自己到最里边的桌子旁开始做今天的作业,这是从小被温乔培养出的好习惯。

"哎呀,我就是看平安最惹人疼,乖的哟。"谢庆芳走进来掐了掐平安的小脸,她店里有六个员工,她是老板娘,生意好的时候才去搭把手,这会儿正闲着。

平安停下笔,抬起头来,乖巧地叫她:"芳姨。"

谢庆芳满脸是笑,从背后拿出一盒包装精美的巧克力:"看,这是你贺澄哥哥的同学从美国带回来的,你贺澄哥哥还有贺灿哥哥都特地让我给你拿一盒。"

平安没有直接拿,而是先看向温乔。温乔擦了手走出来,对平安说道:"平安,还不谢谢芳姨。"

平安这才看向谢庆芳,礼貌地道谢:"谢谢芳姨。"

谢庆芳满脸慈爱地揉了揉他的小脑袋:"跟芳姨客气什么。"

温乔问:"灿灿还没回来吗?"

谢庆芳忍不住翻了个白眼:"还不是又被老师留堂了。"下午老师就给她发了微信,说贺灿昨天作业又没做,今天把他留在学校,作业补完了才让回来。

谢庆芳说:"我家贺灿要是有你家平安一半听话懂事就好了。"

温乔说:"芳姐,每个孩子都不一样,我看灿灿除了学习不那么用心,哪里都好。人聪明,嘴又甜,虽然现在玩心大了点,但是以后绝对差不了。我还希望平安能跟灿灿一样活泼一点呢,而且贺澄已经那么优秀了,灿灿贪玩一点也没什么,别人都不知道有多羡慕你,芳姐你就别太贪心了。"

这话听得谢庆芳浑身舒坦,她笑着说道:"你啊,就会哄我!"

温乔眨了眨一双带着笑意的晶亮黑眸,抿着唇笑:"我说的是实话。"

正说着,贺灿回来了。贺灿只比平安大两岁,但是个子却高了不少,穿着航天小学的蓝色校服,剪了一个刺猬头,书包不好好背在背上,而是顶在头上,走路的姿势和脸上的神态都痞痞的。他远远地就冲着平安喊:"平安!我不是让你今天等我的嘛!你怎么自己先回来了!"

平安抓着铅笔看他,很坦然地说:"对不起,我忘了。"

贺灿不大高兴地鼓了鼓嘴,还没等说什么就被谢庆芳一巴掌拍到后脑勺:"昨天我问你作业做了没,你不是说做了吗?"

贺灿被拍得踉跄了一下,也不生气,反而冲他妈一咧嘴,理直气壮地说:"我是做了啊!但我忘了还有数学作业!"

他说着,突然发现了桌子上的巧克力,顿时扭头生气地对谢庆芳说:"妈!我不是说我要自己给平安的嘛!你怎么拿给他了!"

谢庆芳瞪眼说:"你给我给还不是一样?怎么那么多鬼名堂。"

贺灿老大不高兴,嘴巴噘得能挂一个油壶。

谢庆芳又在他背上拍一巴掌:"你看看人家平安,一回来就乖乖做作业,你一天到晚只知道玩游戏!"

贺灿还想顶嘴,平安看了一眼贺灿,贺灿接收到他的目光,瘪了瘪嘴,把话收了回去,在他边上坐下来,把书包往桌上一放,然后故意对谢庆芳喊:"你怎么还不走?我要做作业了!别打扰我们。"

温乔给他们两个倒了杯水,贺灿立刻变脸,甜甜地对温乔说:"谢谢姐姐!"

温乔摸了摸他的头,对谢庆芳说:"芳姐你过去忙吧。"

"好好做作业!不会的就问平安。每天就知道找平安玩,也不知道学着点。"谢庆芳揪了把贺灿的耳朵,却没有回自己店里,而是跟温乔一起进到门面里去了。

平安看见温乔摸了贺灿的头,嘴唇微微抿了抿,垂下眼盯着作业本,忽然有点讨厌贺灿。贺灿全然不知自己哪里招了平安讨厌,还凑过来跟他说话:"平安,你们班还有没有人欺负你?"

平安摇了摇头。

贺灿说:"你别怕,要是还有谁敢欺负你,你就来告诉我,我去帮你打他们一顿!"

他声音有点大,平安立刻警觉地抬头看了眼温乔那边,然后皱着小眉头看向贺灿。贺灿连忙捂了捂嘴,也跟着往温乔那边看了一眼,然后压低了声音说:"我知道,我小声一点。"

平安松开眉头,低头说:"你不要说话了,我要做作业了。"

贺灿听出平安话里的不耐烦,有点委屈地瘪了瘪嘴,但是看着平安精致漂亮的侧脸,又对他生不起气来,凑过去小小声地说:"你吃不吃巧克力?我帮你拆开?这是我哥的同学从国外带回来的,可好吃了。"

平安说:"不吃。"

贺灿:"哦。"

店里,谢庆芳站在温乔旁边,一边看她戴着手套熟练地穿羊肉串,一边看那边两个小孩在一起做作业。看着看着,她忽然说道:"要是你家平安是个女孩儿就好了,那我一定要跟你定个娃娃亲!"

温乔开玩笑:"那我可不一定会答应。"

谢庆芳嗔笑着撞了下她的胳膊:"干吗不答应?以后我彩礼给你备足了,房子车子都给准备好,而且平安是我看着长大的,我一定拿他当亲儿子,不对,当亲女儿看待,你去哪儿找我这么好的亲家?"

温乔笑了:"可惜平安是个男孩儿,没有这样的好福气。"

谢庆芳看着两个凑在一起的小脑袋,接着又说:"贺灿和平安是没办法了,小乔,要不你给我当儿媳妇算了。"

温乔一愣,随即有些啼笑皆非地看着谢庆芳:"芳姐,你说什么呢?"

这时正坐在那里跟温华一起穿素菜串的陈珊珊也听到了,她立刻抬起头来说:"阿姨,温乔姐都三十了,比贺澄哥大好多岁呢!"

坐在她对面的温华皱着眉头不赞同地看了她一眼,被她翻了个白眼瞪了回去。

谢庆芳懒得跟她讲,继续对着温乔说道:"现在年轻人谈恋爱哪里还管年龄,不是都流行姐弟恋吗?"

温乔只当谢庆芳在开玩笑,并不当真,也不害羞,自然地转移话题:"对了芳姐,上次不是还有个漂亮女孩子来找贺澄吗?我还以为是他女朋友呢。"

谢庆芳立刻被转移了注意力，说："那是贺澄他高中同学，高中毕业就留学去了，这不，一回来第一件事就是来找贺澄。我看这个女孩儿也不错，样样都好，但贺澄不喜欢，说就只是普通朋友。"

温乔抿唇笑着说："贺澄那么优秀，年纪又还小，芳姐你不用着急。"

她嘴上说着贺澄，脑子里想的却是宋时遇。少年时的宋时遇已经有不知道多少人明恋暗恋他，现在的他只会有更多人爱慕。他应该有在交往的女朋友了吧，谈得顺利的话也许都在计划结婚了。

"嘶——"想着想着，指尖骤然传来尖锐的痛感。

"哎呀！小心点！"谢庆芳惊叫道。

温乔皱起眉低头，发现手里的竹扦扎破了一次性手套，扎进了她的指尖，血从伤口冒出来，在手套里糊开了血淋淋的一片。

第3章
宋时遇的初恋

四五路东街。

十点以后是生意最好的时候,虽然没有客人等位,但是店内店外八张桌子都坐了个满满当当。

小华站在烧烤架前烤串,一张小麦色的脸被烧烤架里的炭火映得发红。

陈珊珊在外面点单,点好了就进来把烤串的单子交给小华,然后扭头对温乔说:"要两份炒粉,一份加辣一份不要辣,还要一份炒花甲加辣。"

温乔点点头,她站在炉灶前,左手无名指的指尖上贴着一个创口贴,用手里的菜勺舀了一勺油放进热锅里,接着单手打入两个鸡蛋,用大勺搅散,隔夜饭倒进锅里,和鸡蛋一起搅散。近一斤重的大圆勺,普通女孩子拿着搅两下都费力,却被她使得灵活无比。

片刻后,陈珊珊过来端走两盘炒饭,放在一张桌上。这桌人是五个年轻男女,两个女孩子都穿着露脐装,妆容精致,明显是刚从酒吧出来。其中一个女孩儿点了两份炒饭,一份黄金蛋炒饭,一份酱油炒饭,炒饭上桌,饭粒颗颗分明,色泽鲜亮,翠绿的葱花点缀其中,被底下的瓷白盘子一衬,卖相极佳,让人很有拍照的欲望。

第 3 章 宋时遇的初恋

女孩儿一边拿起手机拍照一边说:"这家是上次佳佳带我来吃的,炒饭超级好吃!"

有人说:"卖相倒是挺不错的。"

等她拍完照,其他人才拿起勺子往自己碗里舀。

"有没有那么夸张。"有人一边说着一边往嘴里塞了一口,然后诧异地扬起眉,"哎,是还不错。"

油盐的比例刚好,入口鲜香,各种配料配比也十分合适,火腿丁和蔬菜丁都切得很细,和炒饭融为一体,吃下去又有多重口感。这十五块钱的炒饭,比他上次在某家高档饭店吃的让他赞不绝口的四十多块钱的炒饭还要好吃。

✳

晚上十点半,吉创中心大楼二十三层,公司里还有几个员工在加班。

电梯门打开,姚宗从电梯里出来,手里拎着两袋子吃的,一袋烧烤一袋啤酒,他把东西往办公桌上一放说:"我在楼下给你们带了点夜宵,还给你们买了冰啤酒,过下瘾就行,别喝醉了啊。"

在"谢谢姚总"的欢呼声中,姚宗潇洒地走向最里面那间办公室。

"姚总。"办公室外间的周秘书起身。

"宋总在吗?"姚宗问。

"在的。"周秘书说道。

姚宗走过去在门上随便敲了下,就直接推开门进去了,他眼尖,一眼就看到坐在办公桌后拿着名片的宋时遇,包括名片上非常廉价又显眼的明黄色字体。这张名片他也有一张。

姚宗还没来得及说话,就看见宋时遇在看到他之后,淡定地把那张名片插回了钱包里。

身后的周秘书贴心地关上了办公室的门。

他挑了挑眉,当没看见,走过去说道:"宋总,忙完了吗?我失恋了,出去陪我喝一杯?"

宋时遇冷淡地看着他:"一个月失恋三回,还没习惯?"

姚宗不满:"哎!你别咒我啊,我这个月可还是头一回啊。"

宋时遇没有心情和他开玩笑,拿起手机解锁,看一眼就按灭,因为没看到自己想看到的东西,眼底起了阴霾。

姚宗还在唠叨:"我们俩都多久没一起喝一杯了?上次一起喝酒还是去年把公司搬到这儿来的时候吧?我……"

宋时遇起身拿上西装外套:"走。"

姚宗愣了一秒才反应过来,追过去:"哎,不对啊,你今天怎么这么爽快?"

宋时遇面无表情地往前走:"嫌你烦。"

姚宗理直气壮:"我平时也这么烦你,也没见你这么爽快啊?"

✦

周三,四五路上的酒吧生意没有周末那么火爆,但也还算不错,能有周末六七成的客流。

这家新开一年就成为这条街生意最火爆酒吧的 X 酒吧却是不到十点就满座了,酒吧入口还分出了一个排队区,几个打扮很潮的年轻男女正在排队。

姚宗和宋时遇来的时候却是长驱直入,门口的保安甚至都没有半句询问。

有男生立刻不满地问:"他们怎么就能直接进去啊?"

第 3 章　宋时遇的初恋

保安面无表情："那是我们老板。"

"……"

姚宗是这家店的半个老板，而且还是出资比较多的那个，他没什么事的时候就会来，店里有他的专属卡座。而宋时遇上次来这里还是一年前酒吧开业的时候，他过来给姚宗捧场。

宋时遇不爱喝酒，除了应酬，只在极少数的情况下喝一点，上次喝还是为了庆祝公司融资成功，办公室也从市中心边缘的写字楼搬到了最中心的吉创中心大楼。好久没能这么坐在一起喝酒聊天，姚宗兴致很高，可惜对面的宋时遇看起来兴致缺缺，只抿了一口酒就再也没有把酒杯端起来过。

姚宗的皮相很过得去，眼睛略有些桃花眼的形状，脸上总带着玩世不恭的微笑，打扮得也很符合现在年轻人的潮流审美，再加上一看就知道是有钱人的气质，以及随手丢在桌上的法拉利车钥匙，所以他从来不缺漂亮女人搭讪。

与之形成对比的是坐在另一侧的宋时遇，白衬衫黑领带，头发梳得一丝不苟，看起来不像是来喝酒，而是来参加商业会议的，但是那张在昏暗光线下都难以忽视的清冷矜贵的脸庞和周身散发出来的高贵气质也依旧拥有让人一见钟情的魔力。

礼貌又不失风度地拒绝掉第三批来搭讪的漂亮女孩儿后，姚宗终于忍无可忍地对一直在看手机的宋时遇发怒："你到底在等谁的信息啊？"

对于宋时遇而言，手机更像是个工作工具，而不是用来社交娱乐的，如果不是因为工作，他极少看手机，可是今天晚上他看手机的次数已经超过了平时几天的量，而且越看脸色越沉，身上的冷气越重。那些后来上前搭讪的漂亮妹子虽然蠢蠢欲动，但是都被他此时的样子震慑，不敢跟他说话。

宋时遇淡定地按灭手机："没有。"

姚宗不信："你都快把手机盯出一个洞来了，还说没有？"

宋时遇沉默了两秒，忽然拿起手机起身："我去打个电话。"

姚宗："嗯？"

✻

与此同时，温乔在店里不仅要忙着做事，还要应付贺澄在边上添乱。

贺澄是谢庆芳的大儿子，个子足有一米八四，温乔之所以对他的身高那么了解，是因为谢庆芳对此很骄傲，经常挂在嘴边。

贺澄和贺灿一样，长得不怎么像谢庆芳，更像他们爸爸，虽然是单眼皮，但是眼睛却一点都不小，眼皮只是薄薄的一层，睫毛格外长，也衬得黑眼珠格外黑亮有神，鼻梁高挺，嘴唇是恰到好处的丰满，再加上个子高，皮肤又白，是个在人群中非常出挑的帅哥。

上个月他还因为在谢庆芳的店里帮忙被客人偷拍了视频发到网上小红了一把，一时间倒是有不少人慕名来谢庆芳的烤鱼店吃饭，就为了看贺澄一眼。谢庆芳说起这件事时，不禁眉飞色舞。

贺澄从小成绩优异，刚从临川大学毕业，进了一家公司实习，今天请一帮朋友吃夜宵庆祝，就选了温乔的店。但是他却不跟朋友坐在一起，而是跑进门面里来跟温乔说话："温乔，今天晚上忙不忙？"

他明明比温乔小了好几岁，却总是对温乔直呼其名。温乔说他，他也有自己的说辞："你叫我妈芳姐，我再叫你姐那不是乱了辈分？要叫也得叫阿姨了，温阿姨。"次数多了，温乔也习惯了。

第 3 章　宋时遇的初恋

在贺澄第三次主动要求帮忙，并拿起刀准备替她拍黄瓜的时候，温乔走过去拿走了他手里的刀。她忙了一晚上，身上又热又黏，也不像平时耐心那么好，语气带着点急躁："这里不用你帮忙，你去外面招待朋友吧。"

贺澄愣了一下，看了她一眼，有点委屈地低声说："我不是看你忙不过来嘛……"

他一张年轻帅气的脸上满是无辜和委屈，长长的睫毛也垂下来，像一只摇着尾巴想帮忙却被无情嫌弃的大狗狗，叫人心软生不起气来。温乔也不能免俗地对长得好看的人总是多几分宽容之心，有些无奈地放软了声音："你去外面坐着陪朋友就好，我忙得过来。"

贺澄见她语气又软下来了，有点得意地偷偷翘了翘嘴角，也知道见好就收："那我去外面招呼朋友了。"

"等一下。"温乔叫住他。

贺澄立刻转过身来："嗯？"

温乔冲他一笑："恭喜你找到工作。"

贺澄一怔，也冲她扬唇一笑，阳光又肆意："谢谢。"

店里的两人都没注意到，街对面的 24 小时便利店里，宋时遇正站在透明落地窗前冷漠地注视着这一幕。

✦

X 酒吧。

一个穿黑色吊带上衣、惹火短裙的女人走过来，一屁股坐在了宋时遇原来的位子上，两条修长美腿随意一搭，轻轻甩了甩头，一头黑色长卷发就在肩上漾出迷人的弧度，两道精心画的野生眉微挑，无视对面漂亮女孩儿隐隐带着敌意的目光,看着坐在那儿搂着女孩儿腰的姚宗:"宋时遇呢?你不是说他来了要我过来打声招呼?人呢?"

姚宗一只手搂着妹子,一只手抬起来看了眼表:"二十分钟前说去打个电话,这会儿都没回来,我看他是不会回来了。"

黎思意说:"我刚刚从外面进来,没看见他。"

姚宗没说话,随手飞过来一张名片:"应该是去这儿了。"

黎思意反应敏捷地接住,下意识问了一句"什么东西?",然后才发现自己手里的是一张外卖名片,她拿在手里转了个面看了一眼,疑惑地问姚宗:"给我这个干什么?"

姚宗没回答,转头跟搂着的那个女孩子耳语了几句,然后松开了她。女孩儿有些不满地嘟了嘟嘴,但还是起身走了,临走前还给了黎思意一个挑衅的眼神。

黎思意不以为意,只是换了条腿跷二郎腿,等女孩儿走了才身体微微前倾,手支住下巴问道:"上次那个小网红呢?这么快就换了?"

说起这个,姚宗的脸就黑了一半,郁闷得不行:"别提了,刚在一起没半个月就让我给她买车。"他说着突然往前一倾,把一张俊脸往黎思意面前一凑:"你看看我,我长得虽然没有宋时遇那么祸国殃民,但是也算长得不赖吧?我一个星期健身三次,没有八块腹肌也有六块,我这要脸有脸要身材有身材,品位也不错,也不是那种土老板暴发户,怎么都冲着我的钱来呢?就不能图我长得帅,图我这六块腹肌?"

黎思意一巴掌盖在姚宗的脸上,无情地把他推开,然后毫不留情地嘲讽道:"姚少爷,你的风评有多差你不会今天才知道吧?现在的小姑娘可不像以

第 3 章 宋时遇的初恋

前那么天真好骗了,不会寄希望于自己成为你的最后一任,反正会分手,不多捞点好处还是人吗?再说了,人家要图脸图身材找真爱,这下面那么多年轻小鲜肉她们不找,要来找你这个上了年纪的?你还有钱让人家图就不错了,别计较那么多。"

姚宗听得脸黑,又觉得冤枉:"上年纪?我三十都没到怎么就上年纪了?"

黎思意挑眉,让他面对现实:"你不知道现在吃香的都是年纪小的帅哥?"说着她懒得再评价他的私生活,把那张名片拿在手里晃了晃:"这到底什么东西?"

姚宗的注意力一下子又被拉回到了名片上:"你跟时遇从小就认识,你认不认识一个叫温乔的?"

黎思意听到这个名字,表情突然起了变化,转着名片的手也停顿了一下,一双眼尾微微上扬的狐狸眼盯住姚宗:"温乔?你怎么知道她的?"

姚宗眼睛顿时一亮,立刻凑近了:"你果然认识!她是谁?跟时遇什么关系?"

黎思意突然反应过来,低头看了眼自己手里的名片,再抬起头,带着几分笃定:"这是温乔的名片!你见过她了?"

姚宗急不可耐地坐直了:"你先告诉我这温乔到底是何方神圣!"

黎思意捏着那张名片,慢慢靠回身后的沙发,狐狸眼里闪着幽光,慢慢地笑了一下:"宋时遇的初恋。"

姚宗整个人都呆滞了两秒,然后脸上现出一个震撼的表情。

✦

姚宗一直知道,宋时遇有个藏在心里念念不忘的人。

当年宋时遇一进临川大学就轻松夺走了"校草"的头衔,虽然这里汇聚了全国最优秀的学子,但宋时遇依旧是其中最优秀的,他一进校就是风云人物。姚宗第一次见宋时遇的时候,还不知道他是以多优异的成绩考入这个大学的,只是光看他那张脸,就知道他注定会搅乱临川大学这一池春水,打碎一地芳心。

果不其然,春水乱了,芳心也稀里哗啦碎了一地。

大学四年间,喜欢宋时遇的妹子无论校里校外就没断过。光明正大表白的、暗恋偷慕的、热烈的、隐晦的,但从来没有人能打动宋时遇的心,也没有人能让宋时遇的眼神在她身上多停留几秒。用姚宗的话来说,那就是"万花丛中过,片叶不沾身",到了宋时遇这种程度,姚宗已经把他当庙里的菩萨来看待了。

宋时遇并不是一个高冷的人,哪怕他天生长着一副会叫人觉得任何人站在他身边都高攀了的长相,但如果真的接触起来,会发现他其实并没有那么高高在上和难相处。

即便是对待异性,宋时遇也不是避之唯恐不及的态度。绝大多数时候,宋时遇对待任何人都是一副一视同仁的温和态度,只是这种温和是他的教养和礼貌使然,带着一种天然的距离感,它表面下的疏离强大到不会滋生任何暧昧的误会,不给对方留一丝幻想的空间。

他温和礼貌地对待所有人,同时也划出界限,不让任何人逾越。

当然,姚宗觉得自己不在任何人的范围。他向来以宋时遇最好的朋友自居,宋时遇也从来没有反驳过。

总之,宋时遇这么多年每每传出什么离谱的绯闻,各方人马都会来他这宋时遇在他的苦苦哀求之下,终于睁开了眼。

姚宗却像是被人用锤子在胸口闷声一击似的,只见宋时遇那双总是清明深幽的眼睛此时却布满了血丝,配上他那惨白的面孔,简直有几分濒死之相。

他吓得声音都发抖:"时遇……"

宋时遇抬起手臂遮住眼睛,半晌,突然嘶哑地轻轻笑了一声。姚宗都来不及细辨这隐隐带着几分嘲讽的笑声里究竟暗藏着多少痛苦和绝望,他只吓得几乎要跳起来,心里又是担心又是害怕,宋时遇该不是受了太大的打击,脑子不清醒了吧。

他小心翼翼地刚要试探着跟他说话,却听到宋时遇轻声说了一句:"她和别人在一起了。"

说完这句话,宋时遇再也没说一个字。

但就这一句话,让姚宗时至今日依然记得那种震撼的感觉,怎么说呢,跟现在知道今天下午在电梯里遇到的那个"外卖小妹"就是宋时遇嘴里的那个"她"差不多。

那天晚上宋时遇发起烧,大病了一场,病过之后他对那晚醉酒的事绝口不提,也再无半丝异状,对围绕在身边的男男女女也依旧温和礼貌、冷淡疏离。

姚宗满心好奇,但也不敢再提。从那天起,他好像有了一个和宋时遇共同的秘密。

同时他也好奇,宋时遇那晚口中的那个"她"会是什么样子。

姚宗自己琢磨,那得是什么样仙女似的人物才值得宋时遇这样?

然而现在,姚宗脑子里浮现出的是在电梯里遇到的那个叫温乔的女人的

第 3 章 宋时遇的初恋

儿打听,他都不用细听,就会通通打上一个"假"字。因为只有他知道,宋时遇根本不可能对谁动心,他心里的位置早就已经被人先占走了。

他从小喜欢交际,到了大学也一样如鱼得水,社交网络十分发达。那时他和宋时遇是室友,虽然他已经以宋时遇最好的朋友自居,但是他自己有时候也会觉得,宋时遇挺有距离感的,他们之间好像总是隔了那么一层,让他对宋时遇并不那么了解。

直到大三那年国庆节假期的第三天。

因为过节,宿舍里的其他人都不在,姚宗终于有机会带女朋友回宿舍约会了,结果却发现放假前说要去某个他从来没听过的小城市的宋时遇居然在宿舍,而且平时滴酒不沾的他居然喝得烂醉,正在洗手间吐。

由于太过震惊,再加上不想让别人看到宋时遇这么失态的样子,他只说是舍友在吐,让女朋友先走,他留下来照顾。

宋时遇当时脸都吐白了,看得姚宗心惊不已,难以想象是什么样的打击能让宋时遇失态成这样。他费了不少力气才把吐到虚脱的宋时遇搬到床上,再看看床上躺着的宋时遇,他心口重重一跳,有种不祥的预感。

平时那么清冷矜贵,在任何事面前都从容不迫、镇定自若的人,此时却像是遭到了灭顶之灾,脸色惨白、双眼紧闭,躺在那里一动不动。

姚宗急得都不知道该说什么,安慰女朋友的时候一套一套的话此时都派不上用场,他难得笨嘴拙舌地只翻来覆去重复一句话:"时遇,到底发生什么事了?出什么事你跟我说,我帮你一起想办法,啊?"

他急得要死,却是连声音都不敢放得太重,能把宋时遇打击成这样的事,那得是多大的事?他想想都有点心惊肉跳、头皮发麻。

样子。虽说长得还算眉清目秀，但是跟"仙女"两个字却相差甚远。

一想到就是这么个看起来普普通通的女孩子让宋时遇那样失魂落魄，姚宗一时间有些难以接受，忍不住继续问道："你见过吗？"

说不定是搞错人了呢？

黎思意弯腰捡起姚宗放在桌上的烟盒和打火机，熟练地取出一根点上，吸了一口："谁？温乔？"

姚宗忙点点头。

黎思意想了想，吐出一口烟来说："见是见过，不过十多年了吧。"

她记得特别清楚，第一次见到温乔的场景。

因为那天是她生日，又正好是暑假。那年的天气特别热，那天还有高温预警，他们一帮朋友下午准备先去电玩城玩，宋时遇也在其中。

宋时遇是她好不容易才请来的，见了面才发现他心情不大好的样子。

结果车开到半路，宋时遇突然叫司机停了车，然后不顾同车人的疑惑，一言不发地下了车大踏步走向路边。

那边花坛上有一个女孩子，那么热的天，她穿着一身厚重的玩偶服，玩偶服的头套被取下来放在旁边，她坐在那里拿着一瓶矿泉水猛灌。

黎思意跟宋时遇坐的是一辆车，事发突然，她只喊了两句，没跟着下车，只是好奇地看着宋时遇走到那个女孩子面前，两人看起来居然是认识的，那个女孩子看到宋时遇，像是吓了一跳，立刻猛地站了起来。

两人站在那里开始说话，宋时遇背对着车这边，黎思意看不清他的表情，但是却看清了那个女孩又窘迫又慌张的样子，她急急地对宋时遇说着什么，像是在解释，大太阳明晃晃地照着，她一张脸晒得通红，一副要哭的样子，看着有点可怜。

"哎,那是谁啊?"跟她坐同一辆车的另一个朋友也凑过来问道。

他们是一个圈子里的朋友,家境相当,每个月的零花钱都是以万为单位,自然对宋时遇居然会认识这种人感到十分好奇。

黎思意没搭理他,然后震惊地看见宋时遇居然一把抓住了那女孩儿被包裹在玩偶服下的手,然后把那个放在花坛上的玩偶服的头套抱起来,一手牵着人,一手抱着头套径直往这边走了过来。

车里的同伴无一不是满脸惊诧。

黎思意看清宋时遇脸上的表情时,心里微微惊了一下,她和宋时遇算是发小,可从来没有见过宋时遇露出这副表情。从小到大,她就没见他为什么人什么事生过气,就算生气,也不会这么形于色,皱着眉,像是勉强才压抑克制住怒气。

她愣了愣,才看向那个被他牵过来的女孩子,看清后又是一怔,这个女孩子的样子,跟她想象中的不大一样。

那么热的天,不知道在这厚重的玩偶服里捂了多久,她满脸的汗,扎着一个松松垮垮的马尾,头发全都被汗浸湿了,胡乱贴在脸颊两侧,脸小小的,眼睛大大的,这会儿活像是做什么坏事被宋时遇抓了个正着,垂头丧气地被他抓着。

她躲在宋时遇身后偷偷看过来,正好和黎思意的视线对个正着。

她的眼睛亮晶晶的,眼神纯净而明亮。

这个女孩子,好像是某种生长在野外的小动物。这念头在黎思意脑子里一闪而过,然后就看到那女孩儿示好似的抿着嘴对她笑了一下,她愣了愣,也友好地回了个笑。接着就听到宋时遇说让他们先走，他有事晚点再来。

车里其他人见宋时遇气场低沉，都不敢多说话，只眼睁睁地看着宋时遇又拉着那女孩子走了，他们一路上都在议论宋时遇跟那个女孩子是什么关系。

黎思意本来以为他们肯定会吵架，宋时遇刚才生气的样子，她看了都害怕。没想到晚上宋时遇带着那个女孩子一起来了，他大大方方地牵着她的手，心情居然很不错的样子。

虽然宋时遇只告诉他们那个女孩子叫温乔，没有介绍她的身份，但是当晚在场所有人都心领神会。有人开玩笑起哄，温乔红着脸很不适应，旁边的宋时遇倒是十分淡定。

一整个晚上，宋时遇就坐在温乔身边寸步不离，连温乔上厕所久了他都不放心要出去找，好像那么大个人能丢了似的，处处留意照顾着。而那个叫温乔的女孩子虽然在他们面前有些紧张拘束，但跟宋时遇说话的时候却很放松，对他那些照顾也像是早已经习以为常，没有觉得有什么特别。

黎思意难以想象，宋时遇谈起恋爱来居然是这个样子，从她的角度能看到宋时遇正低着头在听温乔说话，那张清冷精致侧脸上的神情是前所未有的温柔。

不过在这之后，宋时遇就再也没有带温乔参加过他们的聚会。当然，他自己也没有再参加过。

黎思意却见过温乔不止一面，也知道她在临川打暑假工，而且就住在宋时遇自己租的房子里，甚至，还知道宋时遇陪着她一起打暑假工。

天知道她在奶茶店排队点单，一抬头发现柜台后面站着的人居然是宋时遇的时候有多震惊。

宋时遇穿着奶茶店的浅蓝色工作T恤，系着黑色围裙，足足高出柜台一大截，一张完全没有办法跟奶茶联系起来的清冷古典面孔神色冷淡。

也难怪这家奶茶店今天排队人数突然暴增。

两人面面相觑了好几秒，直到宋时遇微不可察地抽了下嘴角，冷冰冰地提醒她："点单。"并且在她拿出手机准备偷拍他"下凡"瞬间的时候，他投来了一个冰冷的眼神，意思是，敢拍你就试试。

黎思意头皮一麻，默默放下手机，假装无事发生。但是紧接着她就发现了在他身后熟练操作各种机器的温乔，动作利落得简直不像是在做兼职。

她一瞬间就明白，宋时遇为什么会在这里了。

第 4 章
凌晨三点半的路过

当时黎思意就想，宋时遇得喜欢温乔到了什么程度，才会为了她来做这种他以前绝对不会做的事。

遇到的次数多了，她和温乔也渐渐熟悉了，温乔从来没有刻意讨好过她，可是她却不知不觉日渐一日地与温乔变得更亲近了。

温乔这个人，黎思意简直找不到她的缺点。

黎思意从小到大见过不少人，温乔是其中脾气最好的人，她总是笑眯眯的，但是骨子里却有一股韧劲，不怕苦不怕累，眼睛永远都是亮晶晶的，神采飞扬，好像什么事都压不垮她。

黎思意从来没有见过这样一个女孩子，好像真的是在山野田间沐浴着阳光长大的，毫无心机，坦诚又真挚。

温乔还非常能干，擅长处理生活中的大小事，所有事情经过她的手都会变得井井有条。有一次黎思意邀请温乔去家里玩，在给温乔下楼拿个零食的工夫，她就已经顺手把黎思意那个狗窝似的房间收拾得整整齐齐干干净净了。

温乔还做得一手好菜，好吃到宋时遇那样挑食的人都能坐在饭桌边上好好地吃一顿饭，好吃到黎思意情愿面对着宋时遇毫不掩饰的嫌弃，也要找机会上门来蹭饭。

有那么一段时间黎思意甚至觉得，宋时遇遇到温乔，是他的福气。

如果硬要说温乔有什么缺点的话，那就是学习不好。温乔在学习方面简直不开窍，死记硬背的东西她还行，但是一涉及需要计算的题，她就完全处于云里雾里的状态了。宋时遇给她讲题，常常讲到脸色发黑。

刚开始黎思意还替温乔打抱不平，让宋时遇多点耐心，后来宋时遇表示，你行你上。黎思意立刻撸起袖子，她上就她上。结果不到半个小时她冷汗都出来了，并在宋时遇毫不掩饰嘲讽的目光中诚恳地向他道歉。

宋时遇每天坚持给温乔讲好几个小时的课，居然还没有对她恶语相向，简直就是大慈大悲的在世菩萨。

黎思意都不明白温乔平时那么机灵的一个人，怎么一到学习上脑子就成豆腐渣了呢？

宋时遇还想让温乔考上临川的大学，可是即便有宋时遇这个高考状元天天给她开小灶，黎思意还是觉得有点悬。

日渐一日地，暑假很快就过去了。这是黎思意过得最开心的一个暑假，她每天都过得很充实，有了很多人生中的第一次体验。第一次兼职，第一次去脏乱却又热闹的菜市场买菜，第一次学做饭，第一次试着完全没有任何负担和防备地与一个人交往。

温乔走的那一天，她还推了原本的约会，到车站给温乔送行，约定好下次在临川见面。

可是后来，她甚至都不敢在宋时遇面前再提及那个名字。

黎思意垂眸盯着手里的名片，想着，看来温乔确实没有如宋时遇所愿，

第 4 章　凌晨三点半的路过

考上临川的大学。

"你想什么呢？我问你话呢！你发什么呆啊？"一道不耐烦的声音打断了黎思意的思绪。

"她看起来怎么样？"黎思意突然问道。

"什么？"姚宗没反应过来，不是他问的她吗？

"你今天下午不是遇见她了吗？她看起来过得怎么样？"黎思意问。

皮肤还像以前那样黑吗？眼睛是不是还那么干净明亮，还有，她过得好不好？

姚宗回想了一下当时的情景。"我估计她过得挺不好的，她是来我们公司送外卖的。"他语带同情，"要真是时遇的初恋，那会儿在电梯里遇到，她肯定特别尴尬。"

黎思意皱了皱眉，这并不是她想听到的答案。在她心里，温乔那么能干的一个人，就算是学习不好，也应该能过得很好才对。

※

凌晨一点，因为不是周末，客人渐渐少了。

温乔基本上没怎么闲过，不仅要守在炉灶前炒菜，还要弄凉拌菜：黄瓜一定要现拍才清脆爽甜，凉拌皮蛋的酱汁也永远是现调的更好吃。她自己手上空了，还要去给温华打下手，去外面招待客人。

好在温华机灵，学东西也快，烧烤的火候和各种调料用量他现在已经掌握得很好了，温乔也能放心地把烧烤架交给他。

陈珊珊负责招待客人、上菜、收拾桌子。这些活算是店里最轻松的，但因为娇生惯养，她的抱怨却是最多的。

温乔拿她没办法。温乔天生不会做恶人，表姑又在她最需要帮助的时候帮了她，她再怎么看不过眼也只能让陈珊珊自己吃不消走人，不能主动辞退她。

不过温乔觉得，陈珊珊自己走的可能性不大。

主要原因还是在贺澄身上。陈珊珊对贺澄的心思，长了眼睛的都看得出来。别的客人要啤酒要了半天她都没拿，就围着贺澄那一桌打转，还是温乔自己抽空去上的啤酒。

贺澄那一桌也吃得差不多了，都在座位上闲聊，看起来随时会走。这会儿客人少了，陈珊珊更是肆无忌惮，她年纪还小，笑声里的刻意完全可以听得出来。

就在这时，贺澄他们一群人都起身了。

贺澄径直往这边走了过来："那我们先走了。"

温乔正在收拾灶台，闻言转过身来："好，你们慢走，我就不送了。"

贺澄有点不满："就这样？"

温乔愣了一下，然后说："谢谢你带朋友来照顾我生意。"

贺澄："……"

见她实在领会不到自己的意思，他只好明说了："你就不送我点什么庆祝我入职成功？"他黑亮有神的眼珠直勾勾地盯着她，一脸的期待，让人不忍心拒绝。

温乔有点想笑："我都让珊珊给你打了折了，还送了啤酒。"

他们那一桌吃了不少，这个价钱折算下来，也能买个上得了台面的礼物了。

第 4 章 凌晨三点半的路过

贺澄说:"我没让她给我打折,我刚才已经按原价付了……"

贺澄话还没说完,外面的朋友开始催他了:"贺澄!干吗呢,走了!"

"马上来!"贺澄转头应付了一句,然后又转过来盯着温乔说道,"不行,你得另外再送我一个礼物,多便宜都行,不然我天天找你要。他们催我了,我先走了啊,你记住不要忘了!"

他说完,也不给温乔拒绝的机会,就往外走了,走出店门后还冲她摆摆手,笑得一脸灿烂:"我走啦!"

陈珊珊走进来:"温乔姐,他刚刚跟你说了什么啊?"

温乔怕她多想,随口敷衍:"说不用我打折的事。"

陈珊珊"哦"了一声,出去收拾桌子去了。

✦

凌晨三点半,温乔和温华才收拾好一切准备回家。

陈珊珊住得比较远,就先走了,温华和温乔住在同一栋楼,所以一起回去。

温乔住的地方是租了这家店铺之后临时找的房子,在一个老的居民小区,离店里的直线距离只有八百多米,很近。因为是市中心,房子虽然老旧,房租却也不便宜。

在灶前忙了一晚上,而且店里没有空调,吊扇风还小,两台大立扇都是对着外面的客人吹的,温乔感觉自己身上黏糊糊的,只想快点回家冲个冷水澡,然后睡觉。

隔壁谢庆芳家的店半个小时前就关门了。

温乔锁好门,对温华说道:"走吧,回家。"

两人正准备走，却看到一辆看起来就很贵的黑色轿车开过来，正停在了离店门口不远的地方。

温华愣了一下，说道："不会是过来吃烧烤的客人吧？"

温乔也觉得有点奇怪，两人一起往前走过去。

就在这时，车门打开，车上的人下来，站到了他们面前，气场随之无声地笼罩过来。

温乔猛地停住了脚步，脑子里轰的一声，一片空白。

温华也愣住，仔细辨认了一下才失声叫道："时遇哥？"

从车上下来的人正是宋时遇。

温华下意识地往前走了两步，然后顺着宋时遇的视线又扭头看过去，才发现温乔仍傻傻地站在原地没动。他以为温乔没反应过来，又折回去兴奋地说道："温乔姐！是时遇哥！以前住在你家隔壁的，你忘了？那时候你们还经常在一起玩呢。"

温乔心里有些发酸，勉强扯了个笑出来应付了一下温华，然后看向宋时遇。

他从下车开始，就一直在看着她。

温乔想到自己现在很有可能满脸油光，顿时有点绝望，为什么一天内两次让宋时遇看到的都是这么狼狈的样子？她一句话都不想说，只想快点从宋时遇眼前消失。

状况外的温华好奇地问道："时遇哥，你怎么在这儿？"

宋时遇短暂地把视线从温乔脸上移开，淡淡地说道："路过。"

路过？凌晨三点半？鬼才信。温乔在心里嘀咕。

第 4 章 凌晨三点半的路过

"啊?"温华也愣了一下,显然这个答案太离谱。

宋时遇却淡定得很:"上车,我送你们回去。"

"不用了。"温乔立刻说道,随即她又补充,"我们住的地方离这里很近,很快就走到了,就不麻烦你了。"她想,她身上肯定有很重的油烟味,要是坐进车里,宋时遇肯定能闻到。

然而听在宋时遇耳朵里,只觉得她每句话都是在和他撇清关系、拉远距离,他顿时脸色微冷。

这时,温华也不好意思地说:"对啊,时遇哥,我们就住这附近,你不用送了。而且我们身上都挺脏的,一身的油烟味,别把你的车弄脏了。这么晚了,你快回去休息吧,什么时候有空再来店里玩。"

温华根本没想那么多,随口就说了出来,只是言者无心,听者有意,这几句话正好扎在温乔心口上。

温乔感觉胃里好像有什么东西翻涌着,很难受,让她不受控制地用冷淡的语气跟着说道:"是啊,我们身上挺脏的,别把你的车弄脏了。"

这句话话音一落,连温华都听出不对来,有点诧异地看向她。

宋时遇看了她一眼,没说什么,只是转身把后车门拉开:"上车。"

温华犹豫着看向温乔。

温乔深吸了口气,微笑:"既然他不怕我们弄脏他的车,那就坐吧。"说着就往后座走过去,然而她刚走到车门前,宋时遇却反手把拉开的门又关上,眼睛盯着她:"你坐前面。"

温华的机灵劲儿终于上来了,他一瘸一拐地快走过来:"我坐后面,温乔姐,你坐前面吧。"说着拉开后车门自己坐了进去。

温乔一时无语，没有办法，只能跟着宋时遇绕到另一侧的副驾驶。

宋时遇替她拉开副驾驶的车门。

"谢谢。"温乔不看他，弯腰进了车里。

宋时遇眼神微微一暗，关上车门绕到另一侧上车。

温华告诉宋时遇他们住的地址后，车内就陷入了安静。

气氛有些凝固。

温华主动开口打破尴尬："温乔姐，你跟时遇哥是不是好久没见过面了？时遇哥每年都会回去，到宋奶奶家拜年，但正好你最近几年都没有回家过年。"

温乔含糊地"嗯"了一声。

从临川市去她家所在的那个乡下小村并不是件容易的事。高铁站也是这两年才修好的，如果坐火车要坐一天一夜，飞机换乘也很麻烦，就算是现在坐高铁，也要坐上五六个小时，到了高铁站还要再坐半个小时的汽车才能到村子里。

温乔和奶奶打电话的时候，奶奶也说宋时遇是个重情的，只在宋奶奶那里住了不到两年，却每年都千里迢迢地从临川来给她拜年。

而且宋时遇每年回来的时候，不仅看望宋奶奶，也会去拜访温乔的奶奶，还会给她买很多营养品，她推都推不掉。

奶奶说："他对我们这么好，肯定是看在你的面子上，他在这儿住的那两年，可没少吃你做的饭。"

温乔当时想，何止是没少吃，她几乎一天没落地给他做了足足两年的饭。

这样说起来，温乔想起自己上一次见宋时遇，还是在七八年前，她去临

第 4 章 凌晨三点半的路过

川大学时。印象最深刻的一幕,就是那个漂亮女孩子挽着宋时遇的手在拍照。那时候她其实还是很喜欢他的,但是看到那一幕的瞬间她彻底死心了,失魂落魄地回到狭窄的出租房,躺在铁架床上呆呆地流了很久的眼泪。

温乔回忆起当时的场景,还是有些为那个时候的自己难过。

偏偏温华还要凑过来问:"温乔姐,你们之后就没有联系过了吗?"

温乔语气平淡地说道:"不在一个地方了,联系自然慢慢就断了。"

宋时遇没有说话,只是转头看了她一眼,眼神分明是不赞同。

"那也是啊。"温华感叹了一句,又立马说道,"不过我记得你们那个时候关系可好了,温乔姐天天跟在时遇哥屁股后面跑!"

温乔:"……"

虽然她知道温华说这些话只是为了让气氛活跃一点,但他说出来的每句话、问出来的每个问题都让她很尴尬,让她忍不住想要拿什么东西堵住他的嘴。

偏偏这时候,温乔用余光瞥到宋时遇的嘴角可疑地翘了一下。

又偏偏温华说的都是事实,她完全没办法反驳。她那个时候就是像个狗腿子一样,每天跟在宋时遇屁股后面,厚着脸皮一口一个哥哥叫。

宋时遇比她大一届。她也不知道那个时候她脸皮怎么那么厚,只要在学校里遇到宋时遇,她总是会热情似火地跟他打招呼,后来想想,她是带着些炫耀的心情的。

宋时遇中午一定要睡午觉,但是从学校到家里走路来回也要二十分钟,他总是懒得回去,中午下了课就趴在课桌上睡觉。温乔就借了单车,骑单车回去做饭,再骑单车送到宋时遇班里。

他班上的同学知道温乔并不是宋时遇的妹妹之后，就开启了调侃模式，宋时遇从不解释。

当时的温乔每次都是假装生气，实则心头窃喜。后来才明白，他们其实并不认为她和宋时遇有什么，只是故意起哄想要看宋时遇的笑话罢了。

现在想想，她那时候真是宋时遇的狗腿子，还是她心甘情愿地贴上去的。

但就是因为是事实，现在被温华提起，才更尴尬。

就在这时，温华不知道又想到了什么，突然哈哈哈地笑了起来。温乔顿时有种不祥的预感，但是她根本来不及制止，只听到后座的温华用一种非常快乐的语气说道："哎，温乔姐，你还记得吗？那个时候我妈还说你跟时遇哥在一块儿呢。"

温乔："……"要不明天就把他给开除了吧。

漫长的几秒钟后，温乔突然说道："到了，就在前面停车吧。"

宋时遇问："哪一栋？"

温华说："里面第二栋。"

温乔："……"

宋时遇最终把车停在了那栋楼下。

温华打开车门："谢谢时遇哥，那我们先上去了。"

温乔也解开安全带，准备下车。

宋时遇说道："你先上去，我有话要跟温乔说。"

他话是跟温华说的，眼睛看的却是温乔。温华愣了愣，突然意识到什么，立刻识趣地下车："那你们慢慢聊，我先上去了。"说完利落地关上了车门，溜得很快。

第 4 章　凌晨三点半的路过

车里只剩下了温乔和宋时遇。

温乔七分无助三分尴尬，熬过三秒钟的沉默后，她清清嗓子正要说话，宋时遇却先开口了："怎么不加我微信？"

温乔停顿了一秒，然后转过头来看着宋时遇，一双晶亮通透的眼睛里带着几分疑惑和惊讶："你加我了吗？"

宋时遇："……"

时隔多年，她撒谎他还是能一眼看穿。

温乔说："不好意思，我太忙了，都没有时间看手机。"

宋时遇淡淡地说道："是吗？"

没有时间看手机，但是却有时间和人说笑。

温乔莫名觉得他这两个字带着股寒意。

宋时遇还是那样淡淡的语气："你现在有空了？"

温乔："……"

她默默掏出手机来，通过了他的微信好友申请。

"好了。"

宋时遇拿出自己的手机来看了一眼，确定是真的加上了，才算满意了。

✦

温乔住的这栋楼一共六层，她就住在最顶上那层，房租价格相对便宜了几百。四十多平方米的大单间，家具很简单，一张大床、一张沙发床、一张书桌、一张椅子，这样反而显得房间空间大一些，唯一的缺点就是不隔热。

温乔爬上六楼，轻手轻脚地打开掉漆的铁门，进屋后，一股扑面的凉气让她舒服地叹了口气。

顶层不隔热，温乔自己倒是能忍，但平安受不了热，以前还中过暑。温乔自己不怕吃苦，但舍不得让平安跟着她受苦，为了让平安晚上能睡个好觉，她装了空调，从房租上省出的那几百块钱用来交电费正好。

温乔没有开灯，摸黑打开冰箱喝了口水，冰凉的液体洗刷了身体里的燥热，她就这么坐在冰箱前面的地上缓了一会儿，然后突然反应过来——

宋时遇凌晨三点半从她店前"路过"，难道就是因为她没有加他的微信？

第 5 章
只有宋时遇一个人笑不出来

温乔在地上坐了许久才爬起来，拿上睡衣去浴室冲凉。

冲完凉出来，她打开平安书桌上的小台灯，拿出笔和账本开始记账。一笔笔对过去，最后她算出今天有足足三千八的营业额。温乔对自己的算术水平很不自信，仔仔细细地又对了一次账，确定没问题后才把数目记在了账本上，然后轻轻呼出一口气，忍不住喜上眉梢。

这是开店以来营业额最多的一天了。中午炒菜外卖的生意也在慢慢好起来，今天白天的营业额有三百多。剩下的都是晚上赚的，贺澄那一桌就吃了七百多。

只是这钱虽然看着多，但除去高昂的房租、员工工资、水电和原料成本之后，也剩不了太多。当然，算下来还是比她在酒店当厨师的工资要高出不少的，而且店里的生意还远没有到饱和状态，生意还可以更好，还可以赚得更多。

收好账本，温乔起身走到平安的床边，慢慢蹲了下来。平安跟着她也是吃了苦的，他从小就乖巧，从不挑剔环境，这会儿闭着眼睛，睫毛长长的，睡得很熟。温乔心里一片柔软，温柔地抚了抚平安的头发，然后在他额头上轻轻亲了一下，轻声说道："晚安。"

✱

第二天温乔醒来的时候，平安已经去上学了。他心疼温乔，不让她起来做早饭，每天都是自己带几块钱下楼去买包子吃。

温乔摸出手机看了一眼，都快十点了，她急忙起来。因为昨晚没睡好，现在醒来了也是昏头涨脑的，她随便洗漱了一下，把头发一扎就出门了。

外面日头已经很大了，温乔赶到店里时，温华已经到了，正在切要用到的配菜，他抬头和她打招呼："温乔姐，你来啦。"

温乔随手把头发盘起，又去墙上取围裙："珊珊还没来吗？"

温华说："她给我发微信了，说要迟到一会儿。"

温乔没说什么，系好围裙后，拿出手机来看今天中午的订单。

现在是十点半，这个点还早，写字楼那些地方一般都是十二点才下班。因为店里只有温华送外卖，所以温乔设定得比较早的是需要提前四十分钟订餐。

温乔看了下微信，已经有好几个订单了，都是点过的熟客。确定了订单后，温乔走过去接过温华手里的菜刀："小华，你去洗两棵莜麦菜和两棵娃娃菜，再削四个土豆。"

说话间，她已经利落地把案板上的几块姜切成片。她从小用刀用惯了，在酒店后厨学厨的时候也是从配菜小工做起，专门给厨师准备配菜，一天到晚就是切切切剁剁剁，一般的厨师都比不上她的刀工。

温华一边削土豆一边凑过来问道："温乔姐，昨天晚上时遇哥跟你说了什么啊？"

温乔把排骨炖上，然后说："没说什么，就是叙了下旧。"

温华不信，他昨晚回去想了想，总觉得宋时遇和温乔之间流动着一种奇

第 5 章 只有宋时遇一个人笑不出来

怪的氛围。不过温乔明显不想说，他也就不问了。

陈珊珊说迟到一会儿，却是足足迟到了四十分钟，等她来的时候，温乔和温华都把活儿干得差不多了。

"不好意思啊温乔姐，我昨晚上没睡好，不小心睡过头了。"陈珊珊把包挂到墙上，然后走过来准备做事。

温华一向看不惯陈珊珊，她每个月总要迟到几次，做事也懒懒散散，还总抱怨。他忍不住要说话，温乔却先开口了，语气温和中带着几分不容辩驳："珊珊，你这个月已经迟到三次了，如果下次再迟到，我就要扣你的工资了。"

陈珊珊背对着温乔翻了个白眼，撇撇嘴，"哦"了一声。心想，要不是因为贺澄，她早就走了，才不会在这里看温乔的脸色。

十一点半，温华已经出去送餐了，温乔拿起手机检查有没有新的订单，就在这时，宋时遇的名字映入眼帘。

她点开一看。

宋时遇："点餐。"

发送时间是六分钟前。

温乔回了个问号："？"

宋时遇回得很快："三菜一汤，送到我公司。"

很快又接上一句："菜式你安排。"

潜台词分明是你知道我喜欢吃什么。

温乔看到这条信息，皱了皱眉，然后低头打字："不好意思，太久了，我记不清你的喜好了。"

宋时遇："那你随意发挥。"

温乔盯着这几个字,突然冷笑了一下。

陈珊珊奇怪地看了她一眼。

温乔按灭了手机,然后深吸了一口气,开始准备。

宋时遇挑食到了一定程度。那时候宋奶奶的手艺很一般,宋时遇住在她家,虽然吃不下,但他很有教养,总会勉强吃一些,直到他尝了温乔给宋奶奶送来的饭菜。

第二天,宋奶奶就来温乔家跟温乔奶奶商量,希望温乔做饭的时候可以多做一份给宋时遇,买菜钱她来给,而且还额外给三百块钱的辛苦费。温乔奶奶却表示要宋奶奶自己跟温乔商量。

三百块对于那个时候的温乔来说已经是笔巨款了,她想也不想地答应下来,于是她就这么成了宋时遇的"专属厨娘"。

她给他做了足足两年的饭,把他的喜恶摸得清清楚楚:宋时遇嗜甜,连菜都偏爱吃甜口的,完全不能吃辣,讨厌葱,讨厌水煮蛋,闻到水煮蛋的味道都会犯恶心,但是喜欢煎蛋,不过只喜欢蛋白,蛋黄不吃,最重要的是他对所有虾都过敏。

✦

中午十二点二十分,吉创中心二十三层。电梯门打开,温华拎着外卖从电梯里出来,因为腿上的伤,他走路还是有点不正常。

他来这里送过好几次外卖,跟前台也算熟了,他把外卖往前台桌上一放,说道:"这是你们公司一位宋先生点的外卖,我放前台了,麻烦你帮我叫他一下啊,谢谢。"他说完就要走。

前台小姑娘却突然叫住他:"哎,你等一下。"她说着拿起桌上的座机拨了

第 5 章 只有宋时遇一个人笑不出来

个内线号码:"喂,周秘书,他过来了。"然后还好奇地瞥了一眼温华,对电话那头的人应了几声后,她挂了电话对他说道:"你把外卖送进去吧。"

温华愣了下:"送进去?"

他以前都是放在前台的。

"我也不知道他在哪儿啊。"

前台小姑娘说道:"你进去就是了,会有人带你的。"

温华还要送别的外卖,闻言也不再纠缠,拎着外卖就往旁边的门走去。

他一进门,就看到一个西装革履气质沉稳的年轻男人迎面走过来,男人看到他后,眼神里闪过一丝惊异,但很快就收了起来,略一点头后引他往里走:"你好,请跟我来。"

周秘书虽然不知道宋总怎么会特地交代要这个人把外卖送到办公室去,但他的职业敏感度告诉他,重要的恐怕不是这个外卖,而是这个送外卖的人。

此时办公区还有不少员工,看到周秘书特地去外面接人,接的却是个送外卖的小哥,都很惊讶。温华更是一头雾水,他是第一次进到里面的办公区,而且那些人都盯着他看,他只觉得浑身都不自在,亦步亦趋地跟着前面的男人,一边走一边忍不住问:"怎么还没到啊?"

周秘书态度温和地说道:"请不要着急,马上就到了。"

温华问:"你不能直接帮我把外卖带过去吗?"

怎么还搞得这么麻烦?

周秘书没有回答他,而是推开了面前的大门。里面是一间办公室,周秘书带着他继续往里走,然后他才发现里面居然还有一扇门。

温华越走越迷糊,这是要把他带去什么地方啊?他就是来送个外卖,怎么搞得这么神神秘秘的。他倒没什么,但是下面的车里还有别的外卖,就怕给耽误了。

正想着,周秘书已经敲响了门。

周秘书敲了三下,然后拧开门进去,说道:"宋总,您订的餐送来了。"说着转头看温华一眼,用眼神示意他进去。

温华好奇地一探身,看到办公桌后的人后,顿时愣住,又惊又喜:"时遇哥?"

周秘书听到这个称呼后有些惊讶,随即轻声说道:"外卖交给我吧。"接着从温华手里接过外卖,走向了会客区。

宋时遇显然也没预料到来的人会是温华,他沉默了两秒:"怎么是你来送?"

温华说:"店里的外卖一直都是我送,不过我昨天摔了,就让温乔姐替我来了。"

宋时遇顿时有种白费心机的无奈感。

温华机灵,这会儿也突然反应过来,猜到了什么,但是他什么也没表现出来,只说道:"时遇哥,那我先走了,我下面还有几份外卖呢,等会儿时间不够了。"

他实在没有太多话能跟宋时遇说。说句实话,他跟宋时遇不算熟,准确来说,宋时遇在村子里住的那两年,除了跟温乔熟,跟谁都不熟。他小时候还挺怕宋时遇的,总觉得宋时遇像天上的星星,离他们这些人特别遥远,只能被远远地看着。

宋时遇淡淡地说道:"快去吧。"说完让周秘书送他出去。

第 5 章　只有宋时遇一个人笑不出来

温华跟着周秘书往外走，出了办公室，他忍不住问："那个，周秘书，时遇哥是不是你们老板啊？"

周秘书说道："是的，我们有两位老板，宋总是其中之一。"

温华暗自咋舌，临川市中心寸土寸金，能在这里租一层写字楼开公司当老板，宋时遇得多有钱啊，他简直想都不敢想。

✦

周秘书刚带着温华出去，姚宗就回来了，他昨晚和黎思意多喝了几杯，今天还有点昏头涨脑的。

"姚总。"周秘书和他打招呼。

姚宗略一点头，看向旁边的温华："这位是？"

周秘书犹豫了一下，说道："是过来送餐的。"

姚宗没多想，径直往里走，到了宋时遇办公室外，他象征性地在门上敲了一下就推门进去："出去吃饭吗？"

话音未落，他就看到宋时遇正坐在会客区的沙发上，面无表情地凝视着茶几上的饭菜。

"你叫了饭了？"姚宗走过去，看了一眼，顿时怪叫道，"谁给你点的餐啊！不知道你一点辣都不能沾吗？这都点的什么玩意儿啊？辣椒炒辣椒？"

只见几个外卖餐盒里除了一个汤，另外三个已经完全分辨不出是什么菜，只能看到青的红的白的各种辣椒，对于他来说都是致死量，更别说是一点辣都不能吃的宋时遇了。

宋时遇淡定地端起那碗汤，喝了一口，脸色微微扭曲。

"怎么了？汤里有毒？"姚宗说着，弯腰夺走他手里的汤碗，也喝了一口，下一秒，哇的一声又吐回碗里，"呸呸呸——这什么东西?！这谁给你点的餐啊？这是跟你有什么深仇大恨啊？呸呸呸——咸死我了，这得放了有一包盐吧！"

宋时遇表情已经恢复自然，拿起旁边的矿泉水拧开，刚要漱口，姚宗立刻把水抢过去，咕咚含了一大口，然后鼓动腮帮子咕噜咕噜地漱口，漱完全吐在了那碗汤里："这餐谁给你点的？"

宋时遇微微皱了皱眉，对他的不讲究表示嫌弃，然后说道："我自己点的。"

"你自己点的？"姚宗惊讶地问，"你点的哪家啊？"

刚问完，他就发现了旁边垃圾桶里的塑料袋，上面好像还印着字，他捡出来一看，赫然印着"温小厨"三个大字。他脸色顿时也变了变，看了眼宋时遇淡定的神色，忍不住问："你这是故意找虐啊？"

宋时遇眼神微变。

"那个，"姚宗发现自己说漏了嘴，心虚地咳了两声，"昨天晚上我从黎思意那儿听说了你跟温乔的事。"

出乎意料地，宋时遇并没有变脸，反而淡定地看着他："然后呢？"

姚宗看宋时遇没有生气，于是他又试探着问："那她这是故意的？"

宋时遇微微一笑："这不是很明显吗？"

姚宗匪夷所思地看着他脸上的微笑，诡异地品出了几分放纵宠溺的意味："你还笑？这不是赤裸裸的下毒？"

宋时遇："证明她还记得我不吃辣椒。"

姚宗："嗯？"

第 5 章 只有宋时遇一个人笑不出来

"午餐多少钱。"

收到宋时遇发来的这条微信的时候，温乔正在吃饭，她差点噎住，盯着这条微信看了好几秒，想着自己加的那些辣椒那些盐，忍不住生出几分内疚来。她当时是气不过宋时遇那个理所当然的态度，好像她就该对他念念不忘，十几年都忘记不了他的饮食习惯。

但现在想想，何必呢，倒显得她还没真正放下。

她顿了顿，放下筷子给他回："不用了，当我请你。"

宋时遇依旧回得很快，这次他没有再废话，而是直接转账了三百。

按照正常价格收费，宋时遇那一顿也就一百来块钱。

温乔没有领，把手机放在一旁，继续吃饭。

即便不去看手机，温乔这一天也总是心神不宁，总担心宋时遇又会和昨晚一样突然出现。但是一整天过去了，宋时遇并没有出现。

没想到第二天中午，温乔又收到了宋时遇发来的信息，还是那几个字："三菜一汤，送到我公司。"

温乔半晌无语，最后公事公办地给他发了一个"ok"。

赚谁的钱都是赚，温乔决定把宋时遇当成普通客人，避开他忌口不吃的菜，认认真真地准备了三菜一汤，随后给宋时遇发了一条信息告诉他价格：125。

宋时遇很快把钱转过来，温乔也立刻领了。

另外一边，姚宗专门等到温乔的外卖送过来，看看她今天做的是什么，结果把外卖袋一打开，顿时大失所望。"难道这么快就放弃了？"他不信邪地用手从外卖餐盒里捡了片藕放嘴里尝尝，没想到藕片炒得十分清脆爽甜，咸淡正好。

"真的这么快就放弃了？这也太没恒心了。"他咂了咂嘴，看热闹不嫌事大地说道。

姚宗看向宋时遇，本来以为他今天应该更高兴，结果却发现他看起来并不高兴。姚宗忍不住说道："哎，时遇，你是不是有什么受虐倾向啊？怎么昨天那种饭菜你还笑得出来，今天好饭好菜的，你反而不高兴了？"

宋时遇皱着眉："这不是我爱吃的。"

不是他讨厌吃和不能吃的，也不是他爱吃的，代表她既不生气了也不愿意花心思做他爱吃的了，证明她根本就不在意了。

姚宗问："这不是你自己点的？"

宋时遇："……"

姚宗说："不是，你自己点怎么不点自己爱吃的？人家又不是你肚子里的蛔虫，而且你们都分手多久了，人家哪还能记得你爱吃什么。"

宋时遇："她给我做了两年饭。"

姚宗又被震住了，他一脸唾弃地看着宋时遇："衣冠禽兽！"

宋时遇："……"

他懒得解释："我要吃饭了，你滚吧。"

姚宗不肯走："你不是不爱吃吗？你不爱吃我爱吃啊，而且我看这菜卖相挺好的，味道应该不错，我尝尝。哎！你瞧瞧这还放了两双筷子，多体贴啊。"他说着就要去拿筷子。

宋时遇毫不客气地伸手拍在他手上。姚宗被他拍了后，立刻把手缩回去，

第 5 章　只有宋时遇一个人笑不出来

不满地瞪他:"你属狗的啊?还护食。这饭菜餐具明明都准备了两人份的,你又吃不完,我吃点怎么了?"

宋时遇不跟他争辩,直接把多余的那双一次性筷子拆了丢进旁边的垃圾桶里。

姚宗气笑了:"行,你不给我吃,我自己点行了吧!我又不是没有人家的名片。"说着他得意扬扬地从钱包里掏出了温乔的那张名片,当着宋时遇的面,打通了上面的电话,还故意开了扩音。

宋时遇看着他,没有阻止的意思。

电话很快就接通了,温乔的声音温软清晰地传出来:"喂,您好,这里是温小厨。"

姚宗心想,这声音还怪好听的,普通话也说得很标准,一点口音都没有。他轻咳了声,然后说道:"喂,温乔,我是姚宗,你还记得我吗?我们昨天中午在吉创中心大楼见过的。"

温乔大概有些意外,停顿了两秒,才说道:"你好,我记得。请问有什么事吗?"

姚宗得意地冲宋时遇一挑眉,然后说道:"哦,是这样,你那里不是可以送外卖吗?我还没吃饭呢,现在还可以点菜吗?就送到公司。"

温乔说道:"可以的,但是我们这边有自己的菜单,这样,麻烦你加一下我的微信,我把菜单发给你可以吗?"

姚宗更得意了,边冲宋时遇使眼神边说道:"当然可以了,那我加你微信。先挂了,我们微信聊。"说完,他挂了电话,得意扬扬地冲宋时遇晃了晃手机:"看到没,我连微信都加上了。"

宋时遇看起来一点都不在意，自顾自夹了片藕吃了，久违而又熟悉的味道唤醒了他的味觉，他居然觉得这以前并不喜欢的藕片变了味道，清脆爽甜，口感回甘。

至于姚宗，他并不介意。温乔从小就是个财迷，姚宗跟她点餐，她能赚到钱，应该会很高兴。

可这种不介意，在姚宗的餐送过来之后，顿时荡然无存。

姚宗故意在宋时遇的面前拆开外卖，一把盖子揭开就怪声怪气地说道："哎呀！怎么回事，怎么多了一份凉菜，还有水果？我没点啊，不会是温乔送的吧？啧，这个温乔，真是太客气了。"语气别提有多得意了。说完还问了一句："哎？时遇，温乔送你了吗？"

他一边说，一边去看宋时遇的脸色，不知道是不是他的错觉，宋时遇的脸好像黑了。

✦

忙到下午两点，温乔才回到家，冲澡之后准备睡一会儿，刚躺下就收到贺澄发来的微信："温乔，你在忙吗？"

温乔躺着回复他："没有，有事吗？"

贺澄发了一段语音过来："今天晚上我们公司新员工聚餐，你帮我留位置吧，大概十二个人。"

有生意来，温乔立刻就精神了，从床上坐起来回消息："好的，几点过来？"

贺澄："七点半左右吧。"

温乔："好，我帮你们留位置。"

贺澄："刚进公司就给你拉到一笔生意，厉害吧！"紧接着又发了一个小橘猫甩头的表情包。

温乔被他逗笑："厉害厉害，谢谢你呀。"

✦

"贺澄，跟哪位美女聊天呢，笑得这么开心。"旁边的男同事坐在办公椅上滑过来，眼睛往贺澄的手机屏幕上瞟。

贺澄反应很快地按灭了手机，压下心头的不快，转头微笑着说道："没有，一个朋友。"

男同事嘿嘿笑了两声，一副很懂的样子："女朋友吧？"说完立刻扬声对斜对角的年轻女孩儿说道："哎，周曼，贺澄有女朋友了，你没机会了。"

贺澄微微皱眉，但并没有解释的意思，而被男同事点到名字的周曼大概二十二三岁，穿一条小红裙，小脸大眼睛，很漂亮。她从自己的办公位站起身，冷冷地对男同事说道："你不要再开这种玩笑了，挺无聊的。"说完端着水杯去茶水间了。

男同事会这么说，纯粹是因为贺澄来面试那天，有同事拍了他的照片发到公司群里，周曼在群里发了句"我可以！"，所以贺澄入职后，同事们经常会打趣她和贺澄，周曼之前的反应也有点乐在其中的意思，没想到今天会突然发作。

其他人都有点看热闹的意思，男同事悻悻地又把椅子滑回了自己的位置。

贺澄干脆起身往洗手间走去，一边走一边继续给温乔发微信："我的礼物准备好了吗？"

温乔脑子里已经把这件事抛到了九霄云外，其实就算还记得，她也没打算送，但是贺澄刚给自己拉了一笔大生意，而且他已经跟自己伸手要了两次了，再不给的确有点说不过去，于是她给他发："晚上给你。"发完就起身，准备出门去给他买庆祝礼物。

而另一边看到这条微信的贺澄却是控制不住地把嘴角咧到了后脑勺，低着头一边走一边发："是什么啊？"发出去后立刻打字再发一条："等等！还是先别告诉我，留点悬念。"又补充了一条："别买太贵的！随便买个什么小玩意儿就行。"

他心里有点纠结，不想让温乔多花钱，但也不想她真就随便买个东西把他打发了。

他刚把信息发出去，就差点和从茶水间出来的周曼撞上。周曼手里端着刚刚泡的咖啡，躲闪的时候还洒出来了一点。

贺澄脸上的笑容一下子收了个干净："不好意思，是我没看路。"

周曼眼睁睁看着他从满脸是笑到现在的冷淡客气，心里顿时一酸，脑子一热，忍不住问道："你真的有女朋友了？"

贺澄微微皱了皱眉，冷淡地说道："抱歉，这是我的私事。"

周曼没想到他居然会这么回答，愣了愣，等反应过来，贺澄已经走远了。

※

今天星期四，整条东二街的生意都很冷清。

温乔的店里也一样，从六点半开始才陆陆续续来了几拨客人，都是两三个人一桌，东西也点得不多。

好在不到七点半，贺澄就带着人来了。人是分批来的，贺澄是第一批到的。

温乔已经提前让温华把两张桌子拼起来了。

贺澄安排那几个坐他车过来的同事坐下之后就进来找温乔："温乔，让温

第 5 章 只有宋时遇一个人笑不出来

华再多加两张桌子吧,我们人又多加了好几个,可能有二十来个人。"

温乔当然希望人越多越好了,而且今天正好生意冷淡,这可是笔大生意,她立刻让温华去搬桌椅,贺澄也去帮忙了。

贺澄一帮完忙就又跑了进来,压低了声音向温乔要礼物:"我的礼物呢?"

温乔看了眼外面,然后说道:"晚点再给你。"

贺澄又忍不住问:"你给我买的什么东西啊?"

温乔讶异地看着他:"你不是让我随便买一个吗?"

贺澄:"……"

外面突然响起几道打招呼的声音。

"宋总。"

"姚总。"

"宋总,您坐这儿吧。"

温乔的心跳骤然停了一拍,她扭头看出去,顿时呆住,宋时遇正在外面被一群人簇拥着,他也正抬眼往这边望来,深邃幽深的眼神将她整个人笼罩。

最让她惊讶的是,他坐的分明就是贺澄那一桌。

不等温乔问,旁边的贺澄就骄傲地主动介绍道:"哎,温乔,你看到刚才来的那两个人了吗?他们是我现在公司的老板,而且还都是我在临川大学的学长。宋时遇学长是我的偶像!就是穿蓝色衬衫的那个,是不是看起来就特别厉害?"

温乔干笑了一声,世界那么大,怎么会这么巧。

温乔这个勉强的干笑落在坐在外面的宋时遇眼里,却是一个灿烂的笑容,而且他还认出来站在她身边跟她说话的贺澄,就是昨天晚上和温乔有说有笑的那个,他身上顿时冒出了一阵阵寒气。

"哎!小贺!快过来!"就在这时,旁边的张经理突然起身招呼贺澄。

贺澄跟温乔说了一声就连忙过去了。

张经理完全没察觉到宋时遇此时心情不佳,拉着贺澄笑呵呵地给宋时遇介绍:"宋总,跟您介绍一下,这是我们部门新来的小贺,贺澄。他跟您还有姚总一样,也是临川大学毕业的,他还是您的粉丝呢,面试的时候就说是冲着您来的。"

贺澄立刻跟宋时遇和姚宗问好:"宋总、姚总,我是贺澄。"

宋时遇现在看贺澄是怎么看怎么不顺眼,温和面具都不戴了,冷漠地点了下头。

好在姚宗立刻接过话去,把注意力都引到自己身上来:"哎,我说小学弟,怎么,你进我们公司就是冲着宋总来的,跟我没关系是吧?怎么,我那么不出名吗?"

果然众人的注意力都被姚宗吸引走了。

听着像是为难的话,可是加上前面那句小学弟,就多了几分亲近,而且全公司都知道姚宗一向喜欢开玩笑,也开得起玩笑。

贺澄半点不慌,大大方方地说:"学长,您的情圣传说至今还在临川大学流传。"

众人哄笑,姚宗也哈哈大笑,氛围一片轻松。

只有宋时遇一个人笑不出来,真实演绎着人类的悲欢并不相通。

姚宗脸上带着假笑挨过来,压低了声音提醒他:"你快收着点吧,我都要被你给冻死了,不是你自己要来的吗?"

第6章
下蛊

半个小时前,张经理在办公室招呼:"哎!你们谁要坐我车走的,现在出发了啊!"

姚宗正好路过:"张经理,去哪儿啊?"

张经理说道:"新员工聚餐,我去凑凑热闹,小贺说四五路那边新开了家烧烤店,味道特别好,姚总您要不要也去试试?"

四五路,烧烤店?姚宗莫名有种预感,问了句:"那家店叫什么?"

"好像是叫什么温小厨吧?"

姚宗转头就走:"那我去问问宋总去不去。"

张经理:"啊?"

怎么就扯到宋总了?

他记得只有年会宋总会参加,平时公司大大小小的聚会,宋总可从来没有参加过,更何况这小小的新员工聚餐。

谁知道,最后宋时遇还真来了,真是跌破众人眼镜。

公司两位老板都出席了,高层领导听说了,当然也要来,一些活络些的员工也都报名了,公司内部也开始议论纷纷,都在猜测是不是这次的新人里有什么隐藏的重要人物。

姚宗会来,他们倒不是很意外,毕竟姚宗一向走的就是亲民路线,公司平时的大小聚会他到场的也不少。

但宋时遇就不一样了,虽然宋时遇自认为自己"温和友善""平易近人",但是在不熟悉他的人的眼里,他跟天上飘着的神仙没有什么两样,只能远远观瞻。这次他居然会来参加新员工聚餐,给人的感觉就是"仙人下凡"。

为了近距离和"仙人"接触,不少员工都愿意自费前来参加,一时间工作群里报名人数猛增,最后还是行政赵主管看不下去,及时制止了。

即便如此,参加的人数也还是由原本的12人硬生生扩展到了23人。每桌由两张桌子拼一起,分了两桌才坐下。

※

大家都在猜宋时遇为什么会"下凡"。

现场的人除了姚宗知道内情,只有周秘书在看到温华之后隐约猜到了。

温华也看到了宋时遇,虽然惊喜,但是也没有过去打招呼,毕竟宋时遇跟他的阶层差距太大了,他如果贸贸然上去叫人,说不定会给宋时遇丢人,所以他只当不认识。

宋时遇他们坐下后不久,店里生意也好了起来,陈珊珊要招待那么多人有点忙不过来,贺澄就主动起身,帮忙往他们那两桌上东西。

有人忍不住开玩笑说道:"哎!贺澄,这该不是你家的店吧?这么积极。"

有人笑着附和:"还真有可能啊,选地方的时候,他就极力推荐这儿。"

姚宗感觉到自己身边坐着的人形冰箱又开始制冷了。

这时候,贺澄端着两盘刚炒好的蛋炒饭过来,笑着说:"你们别管这是不是我家的店,就说这味道好不好吧。"

张经理正拿着一根羊肉串啃,闻言接话道:"嘿,你还别说啊,这味道的确不错,比我吃过的那家新疆羊肉串都正宗,羊肉味又浓又香,但是又不膻。"

贺澄又笑着把两盘蛋炒饭分别放在桌子的两头:"你们再尝尝这个蛋炒饭,保证你们没在别的地方吃过这么好吃的蛋炒饭。"

赵主管也开玩笑说道:"小贺,你这该不是王婆卖瓜,自卖自夸吧。"

姚宗觉得自己身边的人形冰箱散发出来的冷气开始带酸味了。

就在这时候,隔壁的谢庆芳带着服务员端了两盆烤鱼过来,笑容满面地自我介绍道:"大家好,我是贺澄的妈妈,这两盆鱼送给大家吃,请大家对贺澄多照顾照顾。"

贺澄也没想到谢庆芳会突然冒出来,有些无奈地说道:"现在大家都知道了,这家店不是我家的,隔壁店才是我家的。"

大家有些错愕,随即都笑起来。

有人开玩笑问道:"阿姨,以后我们来你家吃鱼有没有折扣啊?"

谢庆芳笑着说道:"那当然有了!你们只要过来,阿姨一定热情招待。"

她打完招呼送了鱼,说笑了几句就走了。

气氛越发融洽欢快。

只有姚宗看热闹不嫌事大,凑到宋时遇耳边煽风点火:"这是近水楼台先得月啊!"

宋时遇微笑着看过来,眼神里流露出和嘴角的柔和弧度形成鲜明对比的森森寒气。

姚宗闭嘴了。

※

贺澄时不时地就要去温乔身边，趁着端东西的时候跟她说几句话。

"哎，你们发现没，里面那个炒粉的女孩子还挺漂亮的。"有女同事突然说道。

一时间其他人的视线都投了过去。

另一个男同事说道："不然贺澄怎么老是围着她转呢。"

周曼有点不高兴地说道："贺澄那是在帮我们拿东西，别乱开玩笑。"

姚宗被身边的宋时遇冻得有点受不了了，突然起身，对里面的温乔说道："温乔，先别忙了，出来坐会儿。"

不止温乔，外面坐着的同事们都愣住了，包括刚端着两盘凉菜出来的贺澄，以及在另一桌收拾桌子的陈珊珊。

温乔没想到姚宗会突然叫她，一扭头，发现外面几十双眼睛都直勾勾地盯着她，其中包括宋时遇。她顿时头皮一麻，只能强装镇定，在众人的注视下放下手里的刀，走出去打招呼。

姚宗见她过来，立刻往边上让了个位置，笑眯眯地说道："来，温乔，过来坐。"

他让出的正是宋时遇身边的位置。

两桌子的人都讶异又好奇地看着她。

温乔突然成了所有人的目光中心，只觉得浑身都不自在，想也不想地笑着说："不用了，你们坐吧，你们多吃点，我还有几份东西没炒完呢，先进去了。"说着就要走。

第 6 章 下蛊

"不着急,你看店里现在就我们这些人,桌上还有好多呢,刚刚贺澄他妈妈又送了那么大盆烤鱼过来,一时半会儿吃不完。"姚宗像是识破了温乔想要逃跑的意图,直接从桌子后面绕出来抓人,把温乔半拽半推地弄到了自己刚才的座位上,同时扬高了声音说道,"跟各位介绍一下,这是这家烧烤店的老板娘,温乔,是我们宋总的朋友,当然了,也是我的朋友。以后大家来这里吃夜宵,报宋总的名字,有折扣啊。"

姚宗的这番话把本来还蒙着的所有人炸得更蒙了,本来以为她是姚总的朋友,怎么又变成宋总的朋友了?

周秘书一下子就明白过来,宋总是为了什么来的了。

温乔被按在宋时遇身边坐着,浑身僵硬,汗毛都竖起来了,听了姚宗的介绍,只能尴尬又不失礼貌地对那些人笑笑,说道:"那就欢迎大家以后过来照顾生意。"

大家都很给面子,七嘴八舌地答应。

气氛一时一片虚假繁荣。

贺澄把手里的两盘凉菜放到桌上后,也坐了下来,他的位置就在宋时遇的斜对面,正好正面对着坐在一起的宋时遇和温乔。他也很惊讶,两个看起来完全不是一个世界的人,居然会认识。

温乔坐在这桌,不可避免地注意到贺澄的女同事都很年轻,穿着打扮都很讲究,这么热的天,她们身上却没有半点狼狈油腻的痕迹,依旧精致清爽。

而她汗津津的,一身油烟味,穿着T恤牛仔裤,素面朝天,和她们仿佛是两个世界的人。

平时她并不会留意这些,也不会产生这种无用的感慨,只不过因为此时此刻她的身边坐着宋时遇。

心脏像是被人轻轻划了一刀，流出里面酸涩的液体。

就在这时，一碗炒饭放在了她的面前。

温乔愣了一下，讶异地看着宋时遇。

宋时遇没说话，又拆开一双一次性筷子递给她，动作娴熟又自然，仿佛曾经做过无数次。

这桌上的所有人都不由自主地盯着宋时遇的动作。

虽然大家脸上的表情都管理得很好，嘴上还在说笑，但是内心已经开始地震了。

贺澄脸上的笑容凝固在嘴角，眼神也一下子变了。

一时间大家出口的句子已经没了灵魂，他们九分的注意力都在那碗蛋炒饭上。

"吃一点。"宋时遇淡淡地说。

温乔愣愣地从他手里接过筷子，她现在一点胃口都没有，但是不吃的话，所有人又都在看着她，她只能小声地说了句谢谢，拿着筷子准备吃两口。

筷子刚插进饭里，温乔就眼尖地看到有客人过来了，她顿时如蒙大赦，毫不犹豫地放下筷子起身，脸上的笑容十分真诚："你们慢慢吃，我有客人来了，就先去忙了。"

宋时遇看了一眼他盛给温乔，温乔却一口都没吃的炒饭。

姚宗又坐过来："我可尽力了啊。"

宋时遇收回目光，没有说话。

第 6 章 下蛊

九点半的时候他们吃得差不多了，出来闹哄哄地安排坐车。

贺澄跑了过来，向温乔伸出手，一脸期待："我的礼物呢。"不等温乔拒绝，他又说："你说的，吃完就给我。"

温乔见状只好去里面拿了她下午去买的礼物——一棵仙人掌盆栽，价值四十三块，怕显得太不用心太敷衍，她还自己买了包装彩带，在下面的小盆上扎了一朵小花，让它看起来更像一份礼物。

贺澄用手指轻轻拨了拨那朵红色的小礼花，抬起头看她，眼神里带着期待："这是你自己包的吗？"

温乔有点不好意思："就随便包了一下。"

贺澄嘴角边绽开笑容，眼睛亮晶晶的，开心地说："谢谢，我很喜欢。"

温乔没想到这么一份简陋的礼物也能让他这么开心，也忍不住微笑起来。

姚宗看着那边两个人相视而笑的画面，再看看这边扭头就走的宋时遇，无奈地摇了摇头，犹豫了一下，还是往温乔那边走了过去。

"温乔，那我们就先走了。"

宋时遇不在，温乔要自在得多，她笑着点点头："好，你们慢走，欢迎下次再来。"

"一定。"姚宗笑着说完，看了眼旁边抱着仙人掌的贺澄，突然微笑着对他说道："贺澄，要不你先走一步？我还有话想和温乔说。"

贺澄一愣，下意识看了温乔一眼，他本来还有话想问她，不过现在也不方便问了，于是他抱着仙人掌先走了。

温乔也一愣，讶异地看着姚宗，不知道他要跟自己说什么。

姚宗等贺澄走远了，才转过头来看着温乔，眼神里带着几分审视和探究。老实说，他暂时还没有看出她有什么特别之处，值得宋时遇对她这么死心塌地、念念不忘。勤劳朴素这个优点，他倒是看出来了，饭菜也的确做得好吃，无论是中午的那顿饭，还是晚上的这顿烧烤，都能够收买他的胃。

可仅仅如此吗？就值得黎思意在他表达温乔配不上宋时遇的意思的时候，冷下脸说温乔配谁都配得上？

他觉得温乔配不上宋时遇倒不是在贬低温乔，而是完全站在客观的立场上去看。固然温乔这女孩子长得还算清秀标致，站在宋时遇身边也不显得突兀，但无论谁看，都会觉得这两人不是一个世界的人。

刚才他把她拉过来跟大家一起坐的时候，他也可以看出她的紧张局促，心里更觉得她有点上不得台面，给她打的分数就更低了一点。

不过这一点，他现在倒是有所改观。

面前的温乔看着完全不像刚才宋时遇在的时候那么拘束，刚才说话的时候，她的眼睛始终直视着他，在认真倾听，此时面对他审视探究的眼神，她也没有半点心虚，反而不卑不亢，坦坦荡荡。

温乔的前后反差有点大，姚宗忍不住有些疑惑，不过当他看到温乔那双正注视着他的清亮通透的眼睛时，瞬间明白了过来，原来她的紧张局促并不是因为环境，只是因为那个环境里有宋时遇而已。

刚才掉下去的分，又瞬间加了上去，甚至在原来的基础上还又加上了一点。

见他一直没说话，温乔有些疑惑，于是她用眼神明确地表达了自己的疑惑。

姚宗回过神来，才发现自己一直盯着温乔没说话，要是别的姑娘，早就

第 6 章 下蛊

被他盯得不好意思,或者误会他是不是有什么企图了,但温乔的眼神却始终清亮,只是带着那么一点点的疑惑——不是说有话想跟我说吗?怎么还不说话?

他心里微微动了一下,忽然觉得温乔的眼睛真的是怪好看的,脸皮一向很厚的他此时此刻却是有那么点尴尬。

"咳,没事了,我就跟你说一声,中午的饭挺好吃的,以后我能经常点吗?"这当然不是他本来要说的话,可是他本来要说的话,不知道为什么,突然就说不出来了。

温乔听到他说出的这句话,愣了愣,然后笑着说道:"当然了,你照顾我生意,我求之不得。"

她本来还以为他会说些关于宋时遇的话,心里已经暗暗做了准备,没想到居然只是说这个。

姚宗看着她眼下的卧蚕鼓起来,眼睛弯出好看的弧度,笑意像是一汪清泉在她眼里漾开来,真是笑起来也叫人舒心。

他又轻咳了一声:"那就行,那我就先走了。"

温乔笑着点点头:"再见。"

"再见。"

✳

他一回到车上就遭到了宋时遇的审问:"你刚才去跟她说了什么?"

姚宗一扭头,发现坐在副驾驶的宋时遇眼神不善,脸色也阴晴不定,倒叫他心里一突。

"我能说什么,就是去打声招呼,总不能跟你一样扭头就走吧。"姚宗理直气壮地说道。

宋时遇追问:"她说了什么?"

姚宗想了想,认真地说:"她跟我说了再见。"

宋时遇:"……"

车子遇到红灯停了下来,姚宗看了一眼五十三秒的倒计时,又扭头看了眼坐在副驾驶上闭目养神的宋时遇,脑子一热,忽然问道:"时遇,你当初为什么会跟她分手啊?"

宋时遇闭着眼,没有回答,像是睡着了。

姚宗这话说出来就后悔了,宋时遇没回答也在他意料之中。

谁知道几秒后,旁边传来宋时遇冷淡至极的声音:"谁告诉你当初是我提的分手?"

姚宗错愕地看着他,因为太过难以置信,以至于他先在脑子里确认了一下宋时遇这句话的意思是不是他理解的那样,然后才开口问道:"是她跟你提的分手?"

宋时遇缓缓睁开眼,却没有看他,晦暗不明的眼神落在空中,嘴角轻轻勾起一个嘲讽的弧度:"你也觉得荒唐,是不是?"

他当时在电话里听到这句话的时候,就觉得荒唐。他和她在一起,就从来没有想过分手,他再怎么对她生气,脑子里都从没产生过分手的念头。明明是她没有做到他们约定好的事情,就算要分手,也该是他来提,她凭什么?

所有人都以为她喜欢他喜欢得不得了,就连他自己也那样以为。可最后,他才是被无情抛下的那一个,多荒唐。

第 6 章 下蛊

那时他咬牙切齿地在电话里让她别后悔,可现在,妄想挽回的人依旧是他,多荒唐。

※

一路上,姚宗一句话都不敢再说再问,满脑子只剩下一个念头,他得离温乔远一点,虽然不知道她到底有什么手段,但要是不小心着了她的道,可太吓人了。

回去后,他忍不住给黎思意打电话告诉她这个惊天大料,本来他预期对方和自己一样反应剧烈,谁知道黎思意的反应却十分平淡:"早就猜到了。"

姚宗觉得自己的脑子有点不好用了:"你怎么猜到的?"为什么他怎么想都想不到居然是温乔跟宋时遇提的分手呢?

黎思意:"因为宋时遇不可能跟温乔提分手。"

表面上看,是温乔喜欢宋时遇喜欢得不得了,对他言听计从、百依百顺,宋时遇是那个拥有主动权的人。可实际上,却是宋时遇根本离不开温乔,他那种已经极力掩饰却还是控制不住流露出来的喜爱和占有欲以及患得患失都被黎思意看在眼里。

宋时遇分明才是陷得更深的那个。

可能这一点,连他们两个当事人都不知道。黎思意作为一个旁观者,却看得清清楚楚、明明白白。

姚宗绞尽脑汁地想了想,最后问:"温乔是不是给时遇下蛊了?"

※

温乔也不得清静。

陈珊珊一直缠着她问宋时遇的事。

温华故意说道："时遇哥以前在我们村里待过两年，就住在温乔姐隔壁，他们俩那时候关系可好了。"

陈珊珊又是惊讶，又是羡慕地看了温乔一眼，忍不住酸溜溜地说道："我怎么看不出来他们关系很好？刚才我看他们连话都没说几句，他走的时候都没跟温乔姐打招呼呢。"

温华又说："要是关系不好，时遇哥的朋友会专门叫温乔姐过去坐吗？你没看到，时遇哥还给温乔姐盛饭、掰筷子呢，他可是贺澄哥的老板，还是当着那么多下属的面，这还不是关系好？"

"好了，你们两个去把外面的桌子收一下，我去接平安。"温乔说完，解下围裙挂在墙上，拿上手机走了出去。

平安晚上一个人在家太孤单，店里又太乱，好在他跟贺灿玩得来，放学以后两人就一起去贺灿家里，等温乔闲下来了再去接他回家睡觉。

温乔刚走出去，正好碰到贺澄送完同事回来，他停了车问："你要去哪儿吗？"

温乔说："去你家接平安。"

贺澄说："那上车，我正好也回家。"

贺澄家离这边近，但走路也要十来分钟，温乔没拒绝，上了这辆顺风车。

这还是她第一次坐贺澄的车。

谢庆芳是本地人，听说家里还有一栋楼收租，他们现在开店的门面也是他们自己买的，这么算下来，贺澄也算是个小富二代了，他现在开的这辆车是他二十岁的生日礼物，据说要五十多万。

有关贺澄的一切，谢庆芳总是挂在嘴边，温乔就算不想知道，也零零碎碎地记下来不少。

她闻到车里有股好闻的味道，像是橙子的味道。

她嗅的两下动作被贺澄注意到了，他扭头看了她一眼，莫名有点紧张："有什么味道吗？"

温乔轻笑："好像是橙子的味道，很好闻。"

贺澄眼睛微微发亮："好闻吗？是朋友送的香氛，橙子味的。"

温乔问："是因为你叫贺澄，所以送的橙子味吗？很合适。"

贺澄问："你喜欢吗？"

温乔点点头："我喜欢橙子。"

贺澄明知道她不是那个意思，心脏还是不争气地快速跳了两下。

"对了，你跟宋总是怎么认识的啊？"他状似不经意地问道。

温乔没想到他会突然提起宋时遇。

她很不喜欢这种感觉，好像一瞬间身边的人都在提起宋时遇。

贺澄看了看她，心里顿时一沉，连忙道歉："对不起，你要是不想说我就不问了。"

温乔转过头来，微微笑了笑，说道："没有啊，我跟他就是小时候在老家认识的，都好多年没见过面了。"

贺澄听她这么说，心里松了松，但又有了新在意的事："你们小时候就认识？"

温乔说："十五六岁的时候，他到乡下养病，正好住在我家隔壁，就认识了。"

贺澄："你们还当过邻居？"

温乔"嗯"了声。

贺澄还要说什么，温乔忽然说："到了。"打断了他的话。

贺澄才发现已经到楼下了。

✻

一开门，他们就看到平安和贺灿两个人坐在客厅沙发上，一边吃着零食一边看电视。听到开门的声音，两人齐刷刷地看过来。随后，两人同时从沙发上跳下，朝他们小跑过来，一人叫哥哥，一人叫姐姐，都很高兴。

贺灿跑在前面，猴子一样往贺澄身上一扑，被贺澄抱住，他就同八爪鱼一样缠了上去："哥哥你怎么来了！"

贺澄开始实习以后就从家里搬出去自己住了，偶尔才回家住一晚上，贺灿也是好几天没见到哥哥了。平安不像贺灿那么外放活泼，他只是乖巧地贴过来，让温乔牵住了手，开心也只抿着嘴笑。

温乔对贺澄说："那我们就先走了。"

贺澄说："不坐一会儿吗？"

温乔说："平安明天还要上学，我要先送他回去睡觉了。"

平安立刻张开嘴打了个哈欠，温乔笑着揉揉他的小脑袋。

贺澄说："那我送你们。"

温乔牵着平安的手，一边往外走一边笑着说："就几步路，我跟平安正好散散步，你也好几天没回来了，好好陪陪灿灿吧。"说着就出了门。

第 7 章
"你说呢？"

"平安很困了吗？"温乔牵着平安的手走在人行道上，见他一个哈欠接一个哈欠地打，笑着问道。

她话音还没落，平安又打了个哈欠，眼眶里泛着泪说道："不困的，姐姐。"

明明困极了还要说不困。

温乔松开他的手，背对着他蹲下来，说道："上来，姐姐背你回去，困了就在姐姐背上睡。"

平安过来拉她："我真的不困，姐姐，我不用你背。"

温乔蹲着没动："姐姐好久没背过你了，等你再长大一点，姐姐就背不动了，趁着姐姐还背得动你，来，快上来，等一下姐姐腿都蹲麻了。"

平安听了，抿了抿唇，小心翼翼地趴到了温乔背上，软乎乎的两条小手臂搂住了她的脖子。温乔托住他的小屁股，一用力就站了起来，又托着他往上颠了颠。

平安乖巧地伏在温乔肩上，小声问："姐姐，我重吗？"

温乔又颠了两颠，说道："一点都不重，平安要多吃点饭，现在还太瘦了，多吃点才能长高长大。"

平安搂着温乔的脖子,脸枕在她肩上,闻着她身上的味道,好一会儿才小声说道:"可我不想长大。"

温乔忍不住停下脚步,侧头问他:"为什么?哪有小孩不想长大的?贺灿就每天嚷嚷着想要快点长大呢。"

平安听到贺灿的名字,又看着温乔带着笑的温柔侧脸,胸口闷了闷,忍不住喊:"姐姐。"

"嗯?怎么了?"

平安的眼睫垂了垂,努力让自己的语气听起来不那么低落:"姐姐很喜欢贺灿吗?"

温乔愣了愣:"为什么这么问?"

平安不说话。

温乔一下子明白了,他这是吃贺灿的醋了,他心思重,这醋估计已经吃了好久,今天才透露出这么一点点来。

她心里又酸又甜,脸上微微笑了起来,抽出一只手来戳了戳平安稍微有点肉的小脸蛋,然后背着他一边慢慢地往前走,一边慢慢地说:"小傻瓜,姐姐喜欢贺灿,是因为贺灿是你的好朋友,姐姐是因为爱屋及乌才会喜欢他,姐姐对他好,也是因为他对你好。但是不管是谁,对姐姐来说,都是别人,只有平安不一样,平安是姐姐的亲人,我们的身体里流着一样的血,是永远割舍不掉的亲人。你是姐姐一手带大的,是姐姐在这个世界上最亲最爱的人,知道了吗?"

"嗯。"平安听了,心里暖洋洋的,几乎想哭。他趴在温乔背上,搂着她的脖子贴着她,觉得好安心好温暖。

过了好一会儿,平安小声地说:"姐姐,我真想快点长大。"

温乔笑出来:"怎么刚刚还不想长大,现在突然又想长大了?"

平安闷闷地说:"我想快点长大,可以照顾姐姐,保护姐姐,姐姐就不会这么辛苦了。"

他不想长大,是因为他永远都不想离开姐姐。他想快点长大,是因为姐姐每天那么晚才能睡觉,一天到晚要做好多好多的事情,他好心疼。等他长大了,一定要赚好多好多的钱,让姐姐什么事情都不用做,就在家里享福。

温乔听了,觉得窝心极了,她嘴角挂着一丝甜蜜的微笑:"姐姐一点都不辛苦,有平安陪着姐姐呢,姐姐就希望平安健健康康、快快乐乐地好好长大。"

平安蹭过来,像小狗撒娇一样在她的脖子边上拱了拱,软软的小手臂把她又抱紧了些,他没说话,但是已经偷偷下定了决心。

※

平安在路上就睡着了。

温乔回到家,把他小心安置在床上,盖好被子,又把空调打开调好温度,就出门去店里了。

今晚的生意虽然不是太好,但是陆陆续续地有客人来,最后还有一桌客人一直在吃东西聊天,他们也不好赶人,等到四点才收拾好店面。

陈珊珊住在另一个方向,关了门后,三人分开朝两个方向走。

温华是个嘴甜话多的性子,一路上说个不停,温乔平时也会跟他聊聊天,可是今天她满腔心事,没有心情去听温华说话,只是偶尔给他一点回应。

她脑子里反反复复地出现宋时遇给她盛饭、掰筷子那一幕。她百思不得其解,脑子里有一瞬间闪过一个大胆的念头,但怎么想都觉得不可能。

她有自知之明，她能和宋时遇在一起，是因为宋时遇在城里长大，见多了温室里的花花草草，从来没见过她这种野生野长的小草，可能觉得新奇，又被她死缠烂打，每天戳在他眼皮子底下叫他见着，就像自己家的赖皮小土狗，越看越顺眼，觉得别人家的宠物狗都比不上，最后稀里糊涂地就被她给骗了。

可现在宋时遇已经不是那个容易哄骗的少年，她也不是那个只要宋时遇对她笑，她就恨不得把自己所有的东西都捧到他面前的小女孩了。

那个时候的她天真烂漫，虽然家里算是村子里头一号的贫困户，但是天塌下来还有奶奶顶着，大伯虽然智力还是幼童水平，但自小就照顾她、疼她，有什么好东西都要省着给她，所以她一点都没觉得自己比那些有爸有妈的差到哪里去，她知道自己家里穷，也从没有过零花钱，但她已经十分知足。

哪怕在宋时遇面前，她也只会偶尔因为觉得宋时遇长得太好看而自己就像只野猴子一样有点自卑，从不会因为宋时遇与她的家境不同而觉得两人有什么阶层之分。

可是十八岁那年，她必须长大了。

曾经能替她遮风挡雨的奶奶因为脑出血被送进医院，大伯像个幼童，关键时候只会哭闹着急，却什么都做不了。她一夜之间被迫长大，成了家里的顶梁柱。做出放弃高考这个决定的那天晚上，她清楚地知道，她做出这个决定，就等于放弃了宋时遇。

✳

兀自走神，她都没有发觉已经走到了楼下。直到前面有光刺到了眼睛，她才回过神来，发现正前方一辆黑色轿车停在昏暗的路灯下，光滑的黑色漆面反射出流畅的光泽，车灯跟着闪了几下。

第 7 章 "你说呢?"

"谁啊?"温华遮了下眼睛,下意识地问道。

灯光昏暗,那车又亮着灯,看不见车牌。温乔却心里一跳,忽然隐隐有种预感。

果然,车灯熄灭,车门打开,下来的人不是宋时遇又是谁!

温华呆了:"时遇哥?"叫完人,他下意识扭头看自己身边的温乔。

上回他不知道,但这回他知道宋时遇为什么会出现在这里了。凌晨四点,还在这破小区里,总不能又是"路过"了吧?

他机灵识趣得很,立刻说道:"那个,温乔姐,我先上去了。"说完又跟宋时遇打了声招呼,然后就溜进楼里去了。

一上楼梯,他就忍不住扭头往后看,心情有些复杂,没想到那时候妈妈说的很有可能是真的,时遇哥跟温乔姐可能真的谈过恋爱呢!

宋时遇就站在那儿,不说话,也不动,他头顶上的路灯已经老化了,昏暗的光线打下来,根本照不清他的脸,更别说他脸上的表情了。

他不说话,温乔也不想说,但宋时遇不动,她不能不动,她还想上楼睡觉呢。

想到他今天晚上走的时候看着像是生气了,话也没说一句,她正要硬着心肠直接从他身边走过去,可往前走了几步,她又发现他身上穿的好像还是晚上那身衣服。

宋时遇是个特别爱干净的人,出了门回家第一件事就是洗澡换衣服,可他现在……看起来像是还没有回过家。

难道是很早就来了?现在都凌晨四点了,他在这里等了多久?温乔情不自禁地,在离他几步远的地方停了下来,问他:"你来找我?"

宋时遇本来见她直冲冲地过来，以为她打算话都不跟他说就上楼，心里就有气，没想到她又猛地停了下来，问出这句话，他更是气起来了，气她明知故问。

宋时遇蓦地朝温乔走了两步，站在她面前，忽然一歪头，问她："你说呢？"

温乔惊诧地看着他，他就站在自己面前，头还微微歪着，脸上带着似笑非笑的神情，那双清冷古典的眼睛里仿佛有流光，只定定地看着她，神态和眼神是那样熟悉。

温乔突然感觉像是少年宋时遇穿越了时空站在她的面前，她心悸了一瞬，人也怔了怔，然后就闻到了一股若有若无的酒气，她一下子又清醒过来，讶异地问："你喝酒了？"

宋时遇下意识地往后面退了一步，像是不想让她闻到他身上的酒味，然而这地不平，人往后踉跄了一下。

他这一退倒把温乔吓了一跳，以为他喝醉了要摔，连忙上来扶住他，紧紧托住了他的胳膊，宋时遇怔了一怔，脑子还没有反应过来，身体已经下意识地往她身上一偏，倒真像是喝醉了站不稳的样子。

温乔真以为他喝酒喝得站都站不稳了，只好扶稳他，有点着急地问："你怎么喝这么多酒？"她说着，看了眼宋时遇身边的车，又急又气，声音都大了："你喝了酒还开车？你酒驾？"

宋时遇正低头看她，见了好几次面，这是她离自己最近的一次，虽然他都能闻到她身上的油烟味，可他一点都不觉得那油烟味难闻。只见她又是着急又是生气，可是手却稳稳地扶着他，他心里沁出无限欢喜来，这会儿见她在大声"呵斥"自己，这欢喜中又多了几分委屈："我没有。"

第 7 章 "你说呢?"

话音刚落,驾驶座的门开了,周秘书从车上下来,他一副好像没看到两人过于亲密的样子,从容淡定地解释道:"温小姐,我是宋总的秘书,我姓周,您叫我周秘书就好,是我开车送宋总过来的。"

温乔认出来,今天晚上这位周秘书也是在的。她没想到周秘书居然在车里,顿时有点尴尬,下意识就要甩开宋时遇躲到一边去,偏偏宋时遇像是站都站不稳了,几乎半个身子的力都压在她身上,她一走他就得倒。

她连忙对周秘书说道:"你们宋总喝醉了,你快送他回去吧。"

宋总醉了?周秘书愣了愣,宋总喝酒的时候他在边上看着,虽然喝了四五杯,但以宋总的酒量,不至于啊。这样想着,他看向歪倒在温乔身上的宋时遇,正好对上宋时遇那双清明的眼睛,哪有半分醉意?

这时宋时遇说道:"我不回去,我还有话要跟你说。"说着看了周秘书一眼。

周秘书顿时心领神会,他一向稳重,此时也十分稳重地掏出手机来看了一眼并不存在的消息,然后恳切地对温乔说道:"温小姐,我突然有些私人急事要处理,正好宋总还有话要说,就请您帮我照顾一下宋总,我晚点再过来接宋总。"

温乔顿时急了:"已经凌晨四点了,很晚了,你直接把他带走吧。"

宋时遇微皱眉头,不悦地垂眼看她,她就这么想把自己甩开?

周秘书却只对温乔微鞠了一躬:"那宋总就拜托给温小姐了。"说着就上了车,根本不给温乔拒绝的机会,直接把车给开走了。

温乔看着车子的尾灯消失在视线里,简直惊呆了。这周秘书就这么走了?就这么把宋时遇交给她了?这大半夜的,她要怎么安置他?

温乔仰起头来问宋时遇:"宋时遇,你能自己站住吗?"

宋时遇"虚弱"地歪在她身上，没带半丝犹豫地说："不能。"

温乔没办法了，带他上楼肯定是不行的，要是平安醒了，她都不知道该怎么跟平安解释，她只能四处看看，看到一处花坛，就扶着宋时遇先去那边坐下。

好不容易扶着宋时遇坐下了，她刚想坐开点，宋时遇却没骨头似的又歪倒过来，靠在了她的身上。

温乔昏头涨脑的，只觉得这场面有点不真实，她低了头去看靠在自己身上的宋时遇，他闭着眼皱着眉，一副醉酒难受的样子。温乔一时有些茫然，刚才宋时遇从车上下来的时候，看着似乎还挺精神的，怎么这么一会儿就不行了？醉成这样？

她忍不住问道："你怎么样了？"

宋时遇也真有了三分醉意，此时脑袋靠在她肩上，哼哼了声："难受。"

温乔皱起眉，声音不自觉放软了："哪里难受？"

宋时遇在她肩上蹭了下："头晕。"

他一蹭，发梢就蹭到了温乔的脸上，温乔半边脸都被蹭得麻了，人也愣了愣。

宋时遇喝醉的时候，太像他生病的时候了。

宋时遇少年时身体就不好，所以才回到乡下养病，他抵抗力弱，只要变天，一不留神就会感冒发烧。两人还没有那么亲近的时候，宋时遇生病了，只会在床上裹着被子昏睡。在一起以后，宋时遇每每生病了，就会变得特别黏人，总要她陪着。

温乔不由自主地心软下来："晕得厉害吗？想不想吐？"

宋时遇摇了摇头，只是靠着她不动。

第 7 章 "你说呢？"

温乔看了看他，视线垂下去，又看见他无力垂放在腿上的手，顿时有些移不开目光。

她很喜欢他的手。她以前对人类的手并没有什么特别的癖好，直到看到宋时遇的手。他的手像是一件艺术品，玉一般的质感，手指修长，连骨节都是好看的。宋时遇给她讲题的时候，总是会漫不经心地转动钢笔，她常常能看入迷，以至于连宋时遇说了什么都忘了。

想到少年时期的宋时遇，温乔不自觉地笑了笑。

✶

宋时遇成绩很好，一转过来，就把二中常年年级第一的学霸给挤下去了。

宋时遇是个好学生，但他实在不是个好老师。他刚开始给温乔补课的时候，常常气到脸色发青，露出那种不敢相信这个世界上居然会有这么笨的人的眼神。

而让温乔印象最深的，是有一次她有一道题，宋时遇教了三次后她还是做错，他很生气地说了她一句猪脑子。温乔再怎么脸皮厚，也还是有那么一点自尊心的，她当时没说什么，可是回到家却忍不住偷偷抹了眼泪。这句话简直深深地刺痛了她，她伤了心，也伤了自尊，再也不想去找宋时遇讲题了。

那阵子正好她跟班里学习成绩最好的班长同桌，她有不懂的就问班长，班长是个戴着眼镜的斯斯文文的男生，脾气很好，讲题的时候也总是很有耐心，她没做出来，他只会笑笑再教一次。两相对比之下，温乔觉得班长简直太好了。

宋时遇一开始还觉得轻松，像是甩掉了好大一个包袱，结果温乔连续半个月都没有再找他问过题，他开始觉得奇怪，好像少了点什么。直到某次

"无意间"从他们班教室外面路过,看到她同桌的男生在给她讲题,两人的脑袋几乎都凑到了一起,一边讲题还一边笑。

他给她讲题的时候,她永远都是一副紧张害怕的样子,从来没有这么笑过。

他很生气,中午前的两节课上,他莫名地烦躁,一个字都听不进去,满脑子都是温乔和那个戴眼镜的男生说笑的样子。

当天在温乔和往常一样给他送饭的时候,他冷冷地告诉她以后不用给他送饭了,他以后中午在食堂吃。

她愣了愣,呆呆地看着他,但她最后还是说了"好",把饭盒放下就走了。

宋时遇故意冷淡她、疏远她,想要让她自己意识到自己做错了,然后主动找他和好。可实际上,事情的发展却和宋时遇想象中的背道而驰。

温乔也察觉到了他的冷淡疏远,她却觉得是自己招他烦了,她心里伤心得很,也开始躲着他,反倒是跟班长的关系越来越好。

班长学习好,家境也好,但是没有半点架子,又斯文又温柔,而且对她特别好,去小卖部买零食吃的时候还会给她带一份。

温乔那时候没有零花钱,极少买零食吃,跟班长坐同桌以后,班长几乎每天都会买零食,然后分给她吃。

而且班长还有和她一样的爱好,打羽毛球。知道她也喜欢打羽毛球后,班长特地从家里带了一副羽毛球拍来学校,课间的时候就和她去楼下的小操场打球。

宋时遇在课间出来晒太阳的时候,不可避免地总能看到温乔在楼下打羽毛球,而每一次,跟她打羽毛球的那些同学中,总有那个和她同桌的男生。

第 7 章 "你说呢？"

别的同学在打的时候，他们也总是站在一起说话。

宋时遇在三楼阳台看得很清楚，每次都是那个男生主动站到温乔身边去和她说话，甚至到他的场次了，他也不去，而是让给其他同学打。

更让宋时遇越来越难以忍受的是，温乔和那个男生的关系越来越好，好到她不再刻意在校门口拖延时间，就为了等他一起回家，而是跟那个男生一起走，更离谱的是，她居然还带着那个男生回家吃饭。

宋时遇就站在他家阳台上冷眼看着温乔送在她家吃完晚饭的男生出来，两人一路有说有笑地走过去，而他和温乔已经好几天都没有说上一句话了。

宋奶奶都觉得奇怪："怎么最近温乔都不来找你玩了？你们是不是吵架了？"

宋时遇轻描淡写地说了句没有，晚上却郁闷地连觉都睡不好。

然而更大的打击还在后面，第二天中午，他刚睡了一觉，准备去食堂随便吃点，一下楼，远远地就看到温乔拎着一个保温盒往这边走过来，他心里一阵暗喜，她终于知道要来找他了？

宋时遇心里虽然暗喜得意，脸上却还是装出一副云淡风轻的样子，他轻轻皱了皱眉，对她说道："我不是说了以后不用你给我送饭了吗？"

没想到温乔尴尬地看着他说道："这是给我们班长带的。"

班长昨天晚上在她家里吃了她做的珍珠丸子，觉得很喜欢，所以今天中午她就又蒸了一点带到学校给班长吃，感谢他经常给她买零食吃。没想到会遇到宋时遇。

宋时遇心里气得要发疯，更有一种陌生的妒意啃食着心脏，胸口又酸又疼又闷，他冷冷地盯了温乔一眼，铁青着脸从她身边走了过去。

那天正好变了天。宋时遇当晚就发起烧来。

第 8 章
仙人掌过敏

温乔放学回来才听说宋时遇病了,她左思右想的,还是放心不下,于是煮了份瘦肉粥给他送去。

温乔想着他看到她可能会不高兴,就打算让宋奶奶帮她把瘦肉粥送上去,没想到宋奶奶却不肯帮这个忙,反倒问她:"你们两个最近是不是闹什么别扭了?"

温乔说:"没有啊。"

温乔倒不是故意撒谎,而是在她看来,她和宋时遇的确没有闹什么别扭,是她自己想明白了,不想再每天缠着宋时遇,招他讨厌嫌弃了。

宋奶奶没有点破,只是慈爱地说道:"乔乔,时遇他这阵子很不开心,他心思敏感,但是心里有什么又不愿意说出来,你就当帮奶奶一个忙,多开导开导他好不好?他一天都没吃东西了,你一定要想办法让他吃点东西,他身体本来就不好,要是再不吃东西,我怕他身体受不住的。"

温乔只好答应,拎着保温盒上去了。

宋时遇在床上昏睡了一天,这会儿醒了,也提不起精神,躺在床上看着天花板发呆,只要一动脑子,脑子里就都是温乔这半个月以来的种种,他心

第 8 章 仙人掌过敏

里又恨又酸。

正在此时，门被小声敲开了，他以为是姑奶奶，就闭上眼睛装睡。

他听到刻意放轻的脚步声慢慢靠近了床边，然后一道声音轻轻地响起："宋时遇，你还在睡吗？"

宋时遇立刻睁开了眼睛，转头就看见温乔站在床边，正小心翼翼地看着他。

哼，他都病了一整天了，她才知道来看。

忽略掉心里控制不住涌出来的那一丝暗喜，宋时遇刚要开口说话，却正好看到了温乔手里拎着的保温盒。他脸上的表情顿时僵住了，一看到这个保温盒，他就想起昨天的事，她就是用这个保温盒给那个男生带的饭。这以前明明是给他带饭的保温盒，她就这么随便地给别人用了。

宋时遇的脸色一下子就冷了下来："你来干什么？"

他一天都没吃饭，也没喝水，嗓子又干又哑，说话的时候甚至还有点疼。

温乔看到他脸上的表情，顿时觉得自己不该来，她心里一酸，讷讷地说："宋奶奶说你发烧了，一天都没吃东西，我给你煮了点粥。"

宋时遇直接背过身去，盯着墙，冷冷地说："你拿走，我不吃。"

温乔听他的声音都哑了，她抿了抿嘴，问："那你渴不渴？我去给你倒杯水好不好？"

宋时遇还是冷冷地拒绝："不渴。"

温乔踌躇了一下，还是说道："你一天都没吃东西了，还是吃一点吧，生病了不吃东西是不行的，这是青菜瘦肉粥，煮得稠稠的，很好喝的。"

宋时遇猛地翻身面对她，一双眼眶发红的眼睛死死盯着她："我说了我不吃，你听不懂人话吗？"

温乔被吓了一跳，一瞬间只觉得又委屈又难过，她没想到他这么讨厌自己，顿时眼眶一酸，忙低着头，不敢看他发红的眼睛，只低声说道："那我先走了，你休息吧。"她说着就要走。

宋时遇见她真要走，气得差点吐血，他从床上猛地坐起来，声嘶力竭地冲她喊："你敢走！"

温乔都走到门口了，结果被他这一声喊吓得一哆嗦，她震惊地回头，看着宋时遇。

不想宋时遇这一激动，就岔了气，他双手撑在床沿边上，佝偻着身子咳得天翻地覆。

温乔本来是被那一句"你敢走"吓到了，见他咳得这么厉害，什么也顾不上了，委屈和眼泪也都憋了回去，立刻放下保温盒去给他拍背顺气，好不容易给他把气顺好了，又连忙跑去给他倒水。宋时遇捧着水杯，泛红的眼睛还直勾勾地盯着她，好像一眨眼她就能跑了。

喝完了水，宋时遇整个人倒是平静了下来，他坐在床上靠着靠背，眼睛一直没有离开她。他脸色苍白，又因为咳嗽而出现了潮红，嘴唇发白干裂，两只眼睛的眼眶也全红了，就这么盯着她不说话。

温乔想走又不敢走，犹豫了下，试探着问他："要不要吃点东西？"

宋时遇用两只红红的眼睛死死盯着她："你昨天还拿这个饭盒给别人带过饭，你不嫌脏我还嫌脏。"

温乔愣了愣，然后说道："不是饭，是珍珠丸子。我、我想着下次可能还要给你带饭，就用筷子夹到他自己的碗里了，饭盒是干净的。"

宋时遇听她这么说，心里舒服了不少，但还是半信半疑地看着她："真的？"

温乔见他表情柔和了些，立刻连连点头："当然是真的了！这个饭盒还是我为了给你带饭才专门给你买的呢。"

宋时遇怔了下："专门给我买的？"

温乔以为他不相信，有点急了："真的是专门给你买的，不信你去问我奶奶！"

宋时遇扯了下嘴角："谁说不信了。"

温乔察言观色，觉得宋时遇此时的神情已经不再冷冰冰的了，于是得寸进尺地在床边蹲了下来，双手扒拉在床沿上，仰着脸眼巴巴地看着他："那你不生气了？"

宋时遇坐在床上，垂着眼看她像小狗一样扒拉在床沿上，一双眼睛亮晶晶的，正可怜巴巴地看着他，心里虽生出几分柔软，脸上还要装出一副平淡的样子："生什么气？"

他当然生气了。

整整半个月，她居然敢整整半个月都不来找他！而且还每天跟那个什么班长混在一起，走个路都要边说边笑。

可是现在看着她这么讨好卖乖，他的气倒是消了一点点，就一点点。

温乔却有点委屈："明明是你先骂我的。"

宋时遇皱起眉："我什么时候骂你了？"

温乔难以置信地看着他，他居然忘了，或者说是不认账，她顿时鼻子一酸，委屈得不得了："你明明骂我了，还骂我是猪脑子！"

宋时遇一噎,忍不住回想了一下,他好像的确说了,可那时候他是气狠了,一道题说了三次,她还是做错,他就随口说了这么一句,哪里是骂她?

但是一看温乔,她眼眶都红了,看着像是要哭还拼命忍着,他心里一慌,连忙坐直了,离她近了点,好声好气地解释:"我不是骂你,我是,我是恨铁不成钢。那道题我都跟你讲过三次了,结果你还做错,你说我该不该生气?"

说到这里,他顿了顿,眼睛定定地盯着她:"你就是因为这句话,才不找我给你讲题了?"

不是因为有别人给她讲题,所以才没来找他的?

温乔委屈地点了点头。

宋时遇心里的郁结一下子打开了,有点高兴地想,这还差不多。

他心里舒服了,于是又懒洋洋地靠回了靠背,说:"算了,以后你还是来找我吧。"

温乔想了想,摇了摇头:"还是不用了。"

宋时遇又皱起眉,不满地看着她:"为什么不用?"

温乔说:"现在我跟我们班长同桌了,有什么不会的题,我问班长就可以了,就不用麻烦你了。"

班长可比宋时遇温柔多了,哪怕她一道题错三次,班长都不会骂她,最多只是轻轻叹口气,然后再教她一遍。而且跟班长学习的时候,她也不会那么容易紧张分心。

宋时遇的眼神一下子又冷了下来:"你的意思是,他比我教得好?"

温乔当然不敢这么说,她最会看宋时遇眼色了,她眨巴眨巴眼,讨好地说道:"那当然不是了!班长虽然是我们班里的第一名,但是在全年级还排

第 8 章 仙人掌过敏

二十名呢,你可是全年级第一名,当然是你厉害得多了!"

宋时遇虽然脾气坏,但其实很好哄,温乔就这么几句,就把他哄高兴了。

但是宋时遇心里高兴了,脸上还是没有表露出来,只斜睨着她,鼻腔里发出两声哼哼:"那你为什么还要去找他?"

温乔说:"那是因为班长跟我是同桌,我问他比较方便。而且他给我讲题,我也没那么容易分心。"后面那句话她是咕哝着说出来的。

宋时遇怔了怔,随即皱起眉来:"什么分心?怎么我给你讲题,你就容易分心了?"

温乔自己也有点苦恼:"我也不知道为什么,你讲题的时候,我就老忍不住要看你,一看你就走神了,根本不记得你说了什么。"

宋时遇却被她这些话说得一愣,随即心口怦怦乱跳,脸上也跟着一阵发热,一时间说不出话来,只觉得向来好使的脑子也昏昏然地不好使了,心里泛起一阵甜。

这情绪来得太过猛烈,以至于他脸上都绷不住了,有些惊疑不定地看着温乔。

温乔后知后觉地也感觉到不对了,脸上也发起热来,眼神呆滞地看着宋时遇。

然后,宋时遇蓦地离开靠背,坐直了身子。

✦

温乔等了好一阵,都不见周秘书回来,她又看了看小区入口处,拿出手机来看了眼时间,都四点四十了,也不知道周秘书什么时候才能回来。

"阿温。"忽然,一道声音轻轻在她耳畔响起。

温乔整个人都愣住了，疑心自己听错了。

宋时遇却又叫了一声："阿温。"

这次温乔听得清清楚楚。

奶奶和大伯叫她乔乔，村里人叫她小乔或者阿乔。宋时遇却连她的名字都要叫得独一无二，他叫她阿温。

但这个名字，宋时遇也只在只有他们两个人的时候才会叫。这么多年，也从来没有人再这样叫过她。

温乔怔怔地转过头去看他，随即跌进一双幽深专注的眼睛里，一瞬间她连呼吸都屏住了，不属于她的轻浅又温热的气息轻轻拂过来，掺杂着令人迷醉的淡淡酒气。

宋时遇好看的眉眼近在咫尺，她几乎能看到他从少年时期就让她羡慕不已的纤长睫毛颤动时的弧度，她的心脏仿佛被某种无形的力量紧紧攥住，且不断收紧着——

"阿温。"他轻声叫她，同时缓缓地贴近她。

温乔瞳孔紧缩，就在宋时遇的唇要贴上来的瞬间，她把头转到了一侧。

一个落空的吻。

宋时遇眼神里漾动的柔光缓缓凝固。

温乔一口气颤抖着松出来，胸腔里的心脏不规律地急跳着，脑子里一片混乱，根本没办法整理好思绪，好半响，也不知道是说给自己听还是说给宋时遇听，她艰难地说："你喝醉了。"

空气仿佛凝固了几秒，然后，好像是要证明自己并没有真的醉，靠在她身上的宋时遇缓缓坐直了身子。

第 8 章 仙人掌过敏

温乔愕然地转过头去看他，宋时遇却没有与她对视，他微低着头，垂着眼，长长的睫毛覆下来，在眼睛下投出一片阴影。

"你走吧，周秘书会来接我的。"平静而又冷淡的声音响起，昭示着他此刻的清醒。

✦

温乔不知道自己是怎么上的楼。

等到她清醒的时候，她已经坐在自己的小冰箱前，喝了小半瓶冰水。

冰箱里的冷气蔓延出来，有些刺骨的寒意。她把手放在胸口，胸口下这一颗心似乎还没有安静下来，她轻轻叹了口气，关上了小冰箱的门，爬起来拿上睡衣去了浴室。

温乔站在镜子前，久久地凝视自己。

她出门的时候扎了头发，但这会儿已经松松垮垮的了，还有好多小碎发跑出来，看着有点乱。她左看右看，还是觉得镜子里的人只能称得上是清秀，就连常常被人称赞的眼睛，她也看不出有什么值得称赞的地方来。

她长相也就这样了，身材更是平平无奇，家境贫困，学历只有高中，家里有一个偏瘫的奶奶，一个智力低下的大伯，还有平安，一家四口，担子全压在她一个人肩上，这几年，连媒都没有人敢给她做。

这就是个深不见底的窟窿，就算有人看得上她这个人，知道她家里的情况后，也不敢接近了。

事实上，她也没想过要结婚。这么多年，她再没有遇到过一个让她动心的人。

宋时遇实在是太好了，好到她这辈子都不可能再遇到比他更好的人。她也相信自己不会再像当初喜欢宋时遇那样喜欢一个人了。

温乔早就计划好了,她这辈子就不结婚了,她就想好好照顾奶奶大伯,好好把平安养大。她有一手好手艺,不怕苦不怕累,迟早会把生意做好,存够钱,一家人好好地过。

宋时遇现在表现出来的对她的念念不忘,不过是对少女时期的她的眷恋。他们之间隔着十年的时间鸿沟,他根本不知道她现在变成了一个什么样的人。

温乔洗了个冷水澡,冲掉一身热气,头发白天已经洗过了,晚上她是不洗头的,吹风机的声音太大,会吵醒平安。

她从浴室走出来,和往常一样来到平安的床前,亲了亲他的小脸,轻轻抚了抚他细软的头发,心情也逐渐平复下来。

※

"宋总,早,您的咖啡。"

虽然昨天凌晨五点多才睡,今天早上八点准点起床,但周秘书脸上不见丝毫睡意疲态,依旧精神奕奕。

宋时遇微一点头,接过他递过来的咖啡,推门进入办公室。

周秘书从宋时遇冷淡的脸色中判断出宋总今天心情不佳。

是因为昨天晚上吗?周秘书想起昨晚他接到宋总电话后去接他的场景。

他开车过去时,温乔已经不知所踪,宋总一个人孤零零地坐在花坛上,上车后一句话都没说,只在下车的时候对他说了句辛苦了。

不会是吵架了吧?周秘书在心中猜测。但这个念头在脑子里没做停留,他回到办公桌后开始处理今天的工作。

不出五分钟,宋时遇一通电话把他叫进了办公室。

第 8 章 仙人掌过敏

"宋总。"

宋时遇坐在偌大的黑色办公桌后,神色冷淡,语气也很冷淡:"以后公司员工的桌面上不能摆仙人掌,不用行政发通知,你私底下处理一下。"

不能摆仙人掌?周秘书一愣,就这一愣让他反应的速度慢了一秒。

或许是知道他的疑惑,宋时遇甩过来一个淡淡的眼神:"我仙人掌过敏。"

周秘书:"……"

仙人掌过敏?他在宋时遇身边好几年,宋时遇所有生活上的习惯和禁忌他全都记得一清二楚,仙人掌过敏这件事,倒是头一回知道。

内心活动再丰富,周秘书面上也不显,还是一副沉稳的样子:"好的宋总,我现在去处理。"

✷

公司那么多人,办公桌上摆什么的都有,盆栽也有很多,但是摆仙人掌的倒是没有几个。

周秘书心里清楚得很,其他人桌面上的仙人掌是不会让宋总过敏的,让宋总过敏的,是贺澄桌面上摆的那一盆。

他昨晚是最后一个走的,自然也看见了温乔送贺澄仙人掌那一幕。

周秘书和其他摆放了仙人掌的同事一一沟通后,最后才来到贺澄的位置:"贺澄。"

贺澄停下敲键盘的手,转过头来,有些诧异:"周秘书?有事吗?"

"是这样的。"周秘书看了一眼被贺澄摆放在电脑旁边的仙人掌,仙人掌显然是经过精心挑选的,形状很好看,翠绿新鲜,看起来生机勃勃。他微微一笑,语气很温和,"从今天开始,公司办公桌的台面上不允许再摆放仙人掌类盆栽,所以这盆仙人掌还请你下班以后带回家里。"

贺澄皱了皱眉,疑惑不解:"为什么不能摆?"

周秘书淡定地说出那个听起来十分离谱的理由:"宋总仙人掌过敏,我刚才已经通知其他人了,希望你配合。"

显然贺澄也觉得这个理由十分离谱:"宋总仙人掌过敏,但是这盆仙人掌摆在我桌子上,宋总又碰不到,有什么影响?"

旁边的同事也看了过来,周秘书依旧淡定:"抱歉,这是宋总亲自下达的命令,我只负责执行,希望你配合。"

他总不能说,宋总是视觉过敏吧?

贺澄像是突然想到了什么,脸色微微变化。

"请你今天下班后把这盆仙人掌带离公司。"周秘书下了通知,微微一点头就离开了。

不到半天时间,宋时遇"仙人掌过敏"这件事就传遍了整个公司。

※

温乔连续两个晚上都没睡好,眼下隐隐透出了青色。

她本来以为,宋时遇今天不会再找她订餐了,没想到到了时间,他还是发了信息来。

没多久,姚宗也来找她订了午饭。

再加上他们公司员工的订单,温乔算了算,光是宋时遇公司的订单数就超过她平时整个午餐时段的订单数了。

订单一多起来,温乔从十点半就得开始炒菜,一直忙到下午一点半才吃上饭。她这会儿才有空拿起手机,然后就看到了穆清给她发的微信。

第 8 章 仙人掌过敏

穆清："晚上我带一个朋友过去吃夜宵。"

温乔好久没见她了，回她："你出差回来了？"

穆清是温乔唯一一个这么多年一直都没有断联的朋友。穆清在临川买了房子，可是能在临川住的日子却是屈指可数，她去年制作的一档明星谈恋爱的综艺节目小爆了一把，今年的档期就更紧了，常常要飞到全国各地出差。算起来，她们上次见面还是温乔的店刚开业的那天，她特地带了一群朋友过来捧场，那些朋友现在也有不少成了温乔这里的常客。

穆清："今天晚上的飞机，我回家一趟就去你那儿。"

温乔："好，那我给你留位置。"

穆清："哎哟？生意这么好了？都要预订了？"

温乔笑了笑，给她回："今天星期五，生意要比平时好，你什么时候过来记得提前说一声。"

穆清："估计得很晚了，到时候我给你发微信。对了，今天晚上我带个帅哥过去给你见见。"

温乔并不在意，回："等你。"

穆清："你等不等没关系，重要的是让平安等我，我想死他了！"

温乔好笑地摇了摇头，把手机放到一边。

✳

星期五，晚上十一点。第二天不用上班，晚上出来玩的人就多，这会儿正是酒吧蹦迪蹦累了、KTV 唱歌唱饿了出来觅食的时候，温乔的店在这附近也算是有了口碑，生意自然十分不错。

店里店外平时就摆八张桌，每逢周六，还会再支几张桌子。

黎思意带着一帮朋友来的时候，店里刚好走了两桌客人，空出两桌来。

她看到站在炉灶前熟练颠勺的温乔，居然有点不敢认了。

陈珊珊过来招呼他们坐下。

黎思意让那几个朋友点菜，自己则走了进去。

"温乔。"黎思意走到温乔身边，叫了她一声。

温乔正把锅里的蛋炒饭往两个盘子里分装好，听到有人叫她，一转头就看到一个穿着十分性感热辣的大美女正站在她边上对她微笑。她愣了愣，一时没认出来。

黎思意冲她一笑："怎么，不认识我了？"

温乔又瞅了两秒，才从那精致的浓妆下认出熟悉的模样，忍不住又惊又喜，说道："思意？"

黎思意脸上绽开一个大大的笑容："是我。"

"你等会儿。"温乔拉着她的手，叫陈珊珊来把蛋炒饭端上桌去，然后才笑着对她说道："你怎么来了？"顿了顿，又有点迟疑，"是宋时遇告诉你的？"

第 9 章
邵牧康

"是前几天姚宗给了我你这里的名片,我今天正好有空,就带一帮朋友过来给你捧捧场。"黎思意说着,转头四下看了看,又微笑着说道,"我看你这里生意挺好的。"

温乔笑着说道:"今天是星期五,所以晚上生意还可以。"

黎思意说道:"在我面前你就别谦虚了,你以前做的东西就好吃,别说现在了,怪不得生意这么好。"

温乔笑了笑。

黎思意拉着她的手,上上下下看了几眼,说道:"刚才我差点没认出你,我记得那时候你的皮肤还很黑,现在居然变得这么白了。"

温乔有点羞涩地笑了笑:"这些年没怎么晒过太阳,慢慢就养白了。"

她家的基因本来就是白皮肤,奶奶就很白,大伯也是斯文白净,平安从小很少晒太阳,皮肤更是雪白,她小时候和少女时期会那么黑,纯粹是因为从来不注意防晒,大夏天也在外面疯跑。

温乔看着黎思意说道:"你变得更漂亮了,我刚才也差点没有认出你。"

她夸得真心实意。黎思意本来就是个漂亮女孩儿,现在成熟了会打扮了,更是美得耀眼夺目，店里好几个男生都在偷偷看她。

黎思意生活中也没少被人夸漂亮，可是被温乔夸，莫名让她觉得不大一样，不枉她今晚出门打扮了一个多小时。她捂了捂脸，居然有点害羞："哎呀，会化妆了嘛，卸了妆黑眼圈能吓死你！"

温乔只是含笑看她。

"那是谁啊？"外面黎思意带来的一群朋友坐下了，点菜的点菜，没点菜的就看着黎思意跟里面的烧烤店老板娘说话。

"以前没听她说过有这么个朋友啊。"

他们正议论着，就看见了黎思意在温乔面前边说边笑还捂脸的样子。

她在他们面前一向是高贵冷艳的形象，这么"少女"的一面他们可是从来没见过，顿时都吃惊得不得了。

黎思意一点都不知道自己现在是什么样子，总觉得只要在温乔面前，她就没来由地放松自在，但此刻又有点生她的气："你怎么连以前那个微信也不用了？我后来都联系不到你了！"

温乔不大好意思："后来换了号码，那个微信就没再用了。"

黎思意知道内情，也不再问，只说道："我开了家酒吧，就在四五路上，离这么近，以后可以常来找你玩。"她眨巴着一双大眼睛，"就是不知道你欢不欢迎我？"

温乔立刻认真地说道："我当然欢迎你。"

那个暑假，在偌大的临川，她除了宋时遇，只认识黎思意一个。

黎思意是宋时遇的青梅竹马，两人从小一起长大，她一开始还小心眼地偷偷紧张过黎思意和宋时遇的关系，后来才发现他们只是很好的朋友。也不

第 9 章　邵牧康

知道为什么，黎思意像是很喜欢她，总来找她玩，久而久之，两人也成了好朋友。

她从临川回老家那天，黎思意还特地来送她，到老家后，黎思意也常常会给她发微信。只不过后来，她为了断了跟宋时遇的联系，换了号码，以前的微信也不再用了，所以跟黎思意也断了联系。

这一断，就是十年。

"平安，过来！"温乔招招手，把坐在外面专给他准备的小桌子那里的平安叫进来。

今天是星期五，明天不用上学，平安才获得了不用早睡的"特权"，可以一直在店里待着。

黎思意看到平安，被他漂亮的长相给惊艳了一下，脑子里电光石火地闪过一个大胆的念头："他是？"

温乔没留意到她的表情，只揉了揉平安的小脑袋给他介绍："平安，这是黎思意姐姐。"

平安乖巧地仰起脸叫道："姐姐好。"

黎思意连忙笑着跟他打招呼："你好你好。"她看了看平安那张精致漂亮的小脸蛋，又抬起头看看标致清秀的温乔，脑子里那个大胆的念头简直摁都摁不住，她欲言又止："温乔，这……平安……是你跟宋时遇？"

平安有些困惑地看着她。

温乔一愣，从黎思意的表情上反应过来，顿时有些啼笑皆非："平安是我大伯的儿子，我的弟弟。"

黎思意"啊"了一声，脸上顿时一热，知道是自己误会了。

可是平安长得太精致漂亮了,而且隐隐跟温乔还有那么几分相似,她下意识就觉得这么漂亮精致的小孩,也只有宋时遇生得出来。

其实要是再细想一下,平安的年纪也对不上,都怪她狗血小说看多了。

温乔又是无奈又是好笑地看着她,黎思意羞得脸都红了,她像个小女孩似的摇着温乔的手臂:"哎呀,你就别笑我了!"

温乔顿时忍俊不禁。

平安依旧困惑,有点听不懂大人们的"谜语"。

"思意!干吗呢!快过来啊!"已经落座的那一群朋友在外面催促道。

黎思意不耐烦地扭头骂了他们一句。

温乔笑了笑说道:"好了,你出去陪朋友们坐吧,我们离得这么近,有什么话随时都能说。"

黎思意不好意思地对着她甜笑一下:"好的,那你先忙,我去外面坐了。"

温乔轻轻笑了笑:"快去吧。"

黎思意又对平安说道:"第一次见面,姐姐什么都没带,见面礼姐姐下次再补上啊。"说着揉了揉他的小脑袋就去外面了。

"思意,那是谁啊?"朋友好奇地问道。

黎思意说:"这是我朋友,这店就是她开的,以后你们多过来照顾照顾生意啊。"

朋友们七嘴八舌地答应。他们都看出来了,黎思意嘴里这朋友可不是一般的朋友。

✦

黎思意刚落座不久,穆清带着朋友姗姗来迟。

第 9 章 邵牧康

一见面，穆清先把平安抱了个满怀，然后在他的小脑袋上一顿乱揉："平安，姐姐想死你了！快看看姐姐给你带的礼物。"她从大纸袋子里掏出一个大大的包装盒。

这时，跟朋友们坐在一起的黎思意也注意到了穆清。

平安抱着包装盒，矜持地露出一个笑："谢谢清姐姐。"

穆清又在他脸上嘬了一口才放开他，冲到里面给了温乔一个大大的拥抱："温乔！我想死你了！"

黎思意看到两人亲密的举动，心里微妙地有几分不爽。

温乔被一身清爽的穆清抱住，连忙小声惊呼："哎呀，别抱我，我一身的汗。"

穆清爽朗一笑，松开她："有什么嘛。"

穆清她穿一件白色小背心，搭配黑色阔腿裤、人字拖，虽然留着一头黑色短发，但是风格却并不中性，而是自有一股飒爽明媚的美。说笑间，她看了一眼她身后的那位朋友，笑着说道："温乔，你看看这是谁。"

温乔这才去看穆清带过来的那位年轻男人。他看起来二十七八岁的年纪，身材高瘦，戴着一副银边眼镜，长相清俊，气质斯文，此时他正微笑着望着她。

温乔愣了愣，隐约觉得这人有点眼熟，但是又实在想不起来是谁。

穆清夸张地说道："不会吧？班长你都不记得了？"

温乔呆住，惊讶地看着这个清俊斯文的男人："班长？"

不怪她没认出来，她印象中的班长是个斯文腼腆的少年，戴一副黑框眼镜，不高，很瘦，不大爱说话。可现在站在她面前的男人身形修长高挑，黑框眼镜换成了银色细边眼镜，五官也彻底长开了，眉眼舒展，轮廓清隽。她左看右看，觉得他似乎只有身上那股书卷气没有变，只是这股书卷气中又仿佛比少年时多了些带棱角的东西。

邵牧康望着温乔，镜片后的眼睛弯了弯，微微一笑："温乔，好久不见。"他说着，伸出手来。

温乔因为没认出他而有些羞赧，见他要跟自己握手，便在围裙上擦了一下手，才生涩地回握住，笑着说道："好久不见。"

✦

此时外面的黎思意正拿着手机偷拍。

"你在拍什么呢？"旁边的朋友凑过来。

黎思意低头把刚刚偷拍到的几张照片发给了姚宗。

姚宗秒回："你在温乔那儿？"

黎思意："这不是重点。"

姚宗："美女！"

美女？黎思意点开照片，一眼就看到那个看起来跟温乔关系很好的女人正笑着，一头短发很利落，但是露出的侧脸却很柔美。她翻了个白眼，打字骂姚宗："你脑子是不是有点问题？我让你看那个跟温乔握手的男的。"

姚宗："这谁？"

黎思意："不知道。"

姚宗："不知道你发我干吗？还都是侧脸，正脸呢？"

黎思意："正脸拍不到。"

姚宗："……"

第 9 章 邵牧康

"哎，你见我的时候怎么没跟我握手啊？"一旁的穆清佯装不满地对邵牧康说道。

邵牧康轻轻握了握温乔的手，然后松开，从容一笑，说道："忘了。"

穆清"喊"了一声，随即说道："温乔，其实不怪你，我今天晚上见到他的时候也没认出来，变化太大了。"她开玩笑地对邵牧康说道："你这些年都吃什么了？怎么突然蹿得这么高？不过也是，我们都有十年没见了，大家都变了。"

邵牧康轻轻笑了笑，镜片后带着笑意的眼睛注视着温乔，说道："温乔没怎么变。"

温乔愣了愣，随即讶异地看着他，她觉得自己变化不小啊。

穆清笑着说道："班长你这是什么眼神啊？温乔还没怎么变？都从黑种人变成白种人了。"

邵牧康只是微微一笑。

穆清又笑着岔开话题："你还不知道吧？班长现在也在临川工作，我们刚联系上，就想说一起来看你。"

这时陈珊珊从外面点单进来，说道："温乔姐，要一份炒花甲，一份炒米粉，一份黄金蛋炒饭，都要辣。"

穆清说道："好了，你先忙吧，我们晚点再聊。"

现在的确不是个好的叙旧场合，温乔只能笑着招待他们："那你们先去外面坐吧，给你们留了位置。"

穆清又跟温华打了声招呼，倒是没怎么搭理陈珊珊，就带着邵牧康去外面坐了,还把平安也叫到了他们那桌坐。

※

黎思意正低头给姚宗发微信,一只手突然搭在她肩上。

她一扭头,不是姚宗又是谁!

"你怎么来了?"

姚宗让边上人让了个位置,然后坐了下来,说道:"时遇也在路上了。"

"宋时遇要来?"黎思意一愣,皱眉看着姚宗,"你告诉他了?"

"我把你发给我的照片发给他了。"姚宗说道,"我正好在这附近,就过来凑个热闹。"说着还张望起来,"那男的呢?"

黎思意一拳捶在姚宗胳膊上,罕见地有点生气:"姚宗你有病吧?"

边上的朋友都惊讶地看过来。

姚宗捂着胳膊,惊诧地看着她,表情带有几分无辜和冤枉:"怎么了?不是你说那男的一直盯着温乔,怕是有情况吗?我不得帮着我兄弟吗?"

黎思意冷冷地看他:"我看你是唯恐天下不乱。"

姚宗被戳破也丝毫不慌:"你可别冤枉我,我这都是为了时遇。"他说着,视线已经锁定目标人物。

穆清和邵牧康那一桌人在靠近大门附近,侧对他们坐着。

姚宗上下打量了邵牧康好几眼,然后又看了看里面正握着大锅把手颠勺的温乔,顿时有点百思不得其解,忍不住嘀咕:"这个温乔,姿色也平平,到底好在哪儿?桃花运怎么这么旺?"

关键是她的桃花还都不差。

就说侧对面这个男人,他哪怕用挑剔的目光去看,也难从这人的身上挑

第 9 章　邵牧康

出什么毛病来，外表虽说比不上能靠脸吃饭的宋时遇，但气质也很不一般。

还有他们公司的贺澄，也是时下小女孩最喜欢的那一款，公司好多小女生提起他都眉飞色舞地犯花痴。他的业务能力也好，张经理对下属要求那么严格，都把他当亲徒弟看。可那天晚上新员工聚餐的时候，长了眼睛的人都能看出来他对温乔不一般。

更别说宋时遇十年的念念不忘了。

黎思意嫌弃地看姚宗一眼："你这么肤浅的人当然不知道温乔好在哪儿了。"

姚宗不服："我怎么就肤浅了？"

他也喜欢内在美啊，喜欢内在美的同时也不妨碍他喜欢长得好看的妹子啊。

黎思意懒得搭理他，翻了个白眼，低头扒拉了两口蛋炒饭："宋时遇说他要来？"

姚宗不客气地拎起桌上一根羊肉串，塞了一嘴说："倒是没说要来，但是我赌他会来。"

黎思意拿起手机看了眼时间："都这么晚了。"

话音刚落，姚宗就用手肘捣了她一下，挑眉示意她回头："这不就来了吗？"

黎思意一回头，果然看见宋时遇正往这边走来。

今天是星期五，四五路这边街上都没地方停车，宋时遇和姚宗都是把车停在附近的地下停车场，然后走路过来的。

"时遇！这边！"姚宗起身叫他，故意提高了声音，还顺手拍了拍另外一边男生的肩,"哎,哥们儿,让个位置。"

姚宗这一声,叫得整家店的人都听到了,也惊动了穆清和邵牧康。

两人同时往这边看了过来。

邵牧康在看见宋时遇的瞬间,微怔了下,随即,镜片后原本温和的眼睛里的笑意凝固了,嘴角的弧度也渐渐消失了。

穆清却是被狠狠惊艳了一下。她在娱乐圈也见过不少男明星,但是看到宋时遇的瞬间,却有种一眼万年的感觉,清冷古典的长相,高贵出尘的气质,这样一个人乍然出现在市井烟火气之中,简直叫人移不开眼。

她不禁在心里惊呼了一声好帅。

被姚宗的声音夺走注意力的店里其他客人也都纷纷看过来。这么晚来烧烤店吃夜宵的大抵都是年轻男女,宋时遇的出现顿时引起了一阵小骚乱。

穆清这个在娱乐圈混了几年的人都能被宋时遇给惊艳到,这群年轻女孩自然更加难以抵挡他的"神颜"。

"天啦,好帅!"

女孩儿们兴奋地尖叫着,当然,分贝仅限于自己这桌能听到。有人拿起手机打开摄像头,准备偷拍发给自己的闺蜜分享,然后才发现宋时遇准备坐下的那一桌里,还有黎思意这么个大美女和姚宗这个帅哥。

而宋时遇本人显然已经对此习以为常,他没有半点波澜地在姚宗身边空出来的位置落座,眼神很自然地看向门面里的温乔。

温乔也正看着他,眼神带着些许惊愕。

姚宗凑过来对他使眼色:"门边上那一桌看见没?"

宋时遇淡淡看了过去,正对上一双镜片后的眼睛。

第 9 章 邵牧康

眼神交会，暗流涌动。

正在犹豫要不要过去要个微信的穆清突然看到坐在身边的邵牧康蓦地起身，向宋时遇那边走去。

穆清一愣："班长？"

而那边的黎思意和姚宗显然也没料到邵牧康会径直往这边走过来，都略有些错愕地看着他。

邵牧康在桌前停下来，正对着宋时遇，镜片后的眼睛里虽满是从容温和的笑意，然而眼尾闪过的光却带着几分冰冷锋利："学长，好久不见。我是邵牧康，高中的时候我们曾经就读同一所学校。"

黎思意和姚宗都很惊讶，这人居然还认识宋时遇？他们下意识看向身边的宋时遇，顿时看出了一身的冷汗。

宋时遇仍端坐着，本就清冷的眉眼此时覆着一层寒霜，浑身都在无声地散发出冷气，他仿佛是在审视着邵牧康，脸上的神情冷淡至极，连一贯用来交际的虚假笑容都懒得堆砌。

他实在太厌恶眼前这个人了。

他点开姚宗发过来的那张照片的瞬间，就认出了这个人。

平心而论，邵牧康的确变化很大。但是他微笑着凝视温乔的那个侧脸，却能让宋时遇瞬间就认出他来，这个用过自己"专用饭盒"的人。

高中的时候，宋时遇就看出邵牧康对温乔有所企图，没想到这么多年了，他还是阴魂不散。

宋时遇在来的路上不可遏制地想，他和温乔分开的这些年里，这个男人是不是一直盘旋在温乔身边？又或者，温乔对他的躲闪逃避，会不会就是因为这个男人？

照片上温乔对邵牧康笑得那么灿烂。

重逢后，她一次都没对他笑过。

只要一想到这些，宋时遇就控制不住地妒意翻涌，哪怕是面对商业场上最强劲最卑劣的敌人他都能云淡风轻地谈笑，此时此刻却是连半点表情都挤不出来，眼神也是冷淡阴沉。

眼见宋时遇一直坐着不出声，只是面无表情地看着面前的男人，空气里像是被搅进了水泥一样僵滞，场面也跟着要难看起来。

姚宗轻咳一声，刚露出一个笑来准备缓和气氛，穆清却适时出场打破了僵持的气氛，她出现在邵牧康身边，眼睛却注视着宋时遇，微笑着问："牧康，是你认识的人吗？"

她观察到，这位令她惊艳的男士此时的心情可能不大愉快，眼神冷到让她和他对视的时候，忍不住心里一颤。

邵牧康眸光一闪，放松下来，微微一笑："是高中时的学长。"

然而一放松下来，他才发现，他居然还和高中时的自己一样，对宋时遇如临大敌。

高中学长？电光石火间，穆清想起刚才被人叫出来的那个名字。

穆清看着宋时遇，惊讶到脱口而出："你是宋时遇？"

她是高三那年转到二中的，那个时候宋时遇已经走了，但是宋时遇的传奇光环却没有消退。

这个完全不受重视的偏僻小镇的高中历史上连县高考状元都没出过，现在居然出了一个省高考状元！可想而知有多轰动了。

第9章 邵牧康

穆清转学过来的时候，学校里还到处是写着宋时遇名字的横幅。

但是她真正认识他，却是在和温乔成为朋友之后。

穆清也是从城市里转学过来的，因为跟父母吵架，一气之下剃了个光头，在城市里都显得另类，更别说在这个乡下高中了，人人都把她当怪物看。

乡下这边说方言，他们经常聚在一起对她指指点点，而她什么都听不懂，也不愿意搭理任何人。

班里每半个月换一次座位，她换着换着就跟温乔成了同桌。

她从来没见过像温乔这样的人，毫不吝啬自己的善意，乐观积极，说句烂俗的话，那就是像个小太阳，不遗余力地想要温暖她身边的人。

温乔的好是那种纯粹的好，并不在意回报，完完全全地以助人为乐。

穆清对温乔从一开始充满敌意，到后来爱搭不理，再到最后不知不觉把她当成了朋友。温乔就是有那么一种魔力，她是班里学习成绩最差，但却最让老师和同学喜欢的学生。

温乔也是穆清见过的成绩最差，但是却最刻苦用功的学生。

特别是高三的下学期，温乔就像是打了鸡血一样疯狂地学习，连上厕所和到走廊上通风都要带着书，下课时间也不出去玩了，不是找她，就是找班长问问题，每天不是做题就是做题，甚至为了节省上下学的时间，温乔还搬进了宿舍。

有时她半夜醒来，都能看到温乔的床位上还亮着光。每天早上，温乔也是最早醒来的那个，一个人躲在阳台上小声背单词。有一次正上着课，温乔还流起了鼻血，止都止不住，把老师和同学都给吓坏了。

穆清知道，温乔会这么拼命，都是因为宋时遇。

宋时遇每天都会给温乔打电话，她很难不发现温乔和宋时遇的关系。

虽然没有见过宋时遇，但是关于他的传说她却听得不少。不仅是学神级的人物，而且还帅得惊天地泣鬼神。

从主观上来说，穆清觉得温乔配得上任何人；但是站在客观的角度上来看，温乔这样一个学习倒数、长相最多算是清秀的女孩，和传闻中那位既是省高考状元，又是超级大帅哥的宋时遇，简直就像是两个世界的人。

当然，穆清一直觉得那些人口中的宋时遇比明星还好看，帅得无法用语言形容的评价是夸张的修辞手法，毕竟他们在穷乡僻壤，可能都没见过什么世面，反正以她的审美来看，就没有几个真正的帅哥。

直到此时此刻，穆清见到宋时遇真人，才知道原来那些评价并不夸张，不仅不夸张，而且十分写实。

穆清在心里诚恳客观地评价：宋时遇的确是帅得惊天动地。

第 10 章
温乔姐的男朋友

但作为温乔朋友的穆清,对宋时遇却全无半点好感。

她还清楚地记得温乔当时那个半死不活的样子,正是眼前这个男人造成的。兴奋和惊艳褪去,剩下的反而只有淡淡的敌意。

气氛再次僵住。

姚宗终于开口说话,他带着笑,语气故作轻松:"不会这么巧吧?你们都是高中校友?"

穆清笑了笑:"学长应该不认识我,学长从二中毕业后,我才转学过去的。我对宋时遇学长也是久闻大名。"她说久闻大名的时候,有刻意的停顿,显然还带着一层别的什么意思。

黎思意听着,有点微妙的不舒服,再加上刚才看到穆清和温乔关系亲密,这种不舒服就变成了不爽,她似笑非笑地看着穆清:"过来打招呼,不先自我介绍一下吗?"

姚宗向来是最怜香惜玉的,他不想穆清尴尬,就笑着说道:"是啊,既然遇见了,大家认识一下吧。"

穆清这才把目光移向黎思意,看起来倒是个大美人,脸上的情绪也丝毫不加掩饰，大概是宋时遇的朋友吧，或许还是红颜知己，这是在示威？她散漫地笑了一笑："抱歉，我是温乔的高中同学，也是温乔的好友，穆清。"

她说着从包里拿出名片，分别递给三人："这是我的名片。"

姚宗打量了一下手里的名片，又抬眼看了看穆清，有点讶异："电视制作人？"温乔的人脉还真是让人想不到。

宋时遇眸光一深，曾经，温乔的一切他都了如指掌。可是现在，他却对温乔过着什么样的生活，交了什么样的朋友，一无所知。

黎思意则根本没看。

姚宗摸了摸身上，笑着说："不好意思，我出门没带名片，我是姚宗，这是黎思意。"他厚脸皮地介绍，"我们都是温乔的朋友。"

穆清挑了挑眉，但笑不语。

温乔好不容易得了空闲，解下腰上的围裙从店里走了出来，看到这种怪异的局面，她一时有点不知道该说些什么，最后只能硬着头皮笑着开口："大家觉得味道怎么样？"

刚才充当背景板的黎思意的朋友们此时活跃起来，都赞不绝口地表示味道很好。

这时，邵牧康抬起手腕看了眼时间，转向温乔说道："时间不早了，我明天还有工作，得先走了。"

温乔也转向他，刚想说什么，邵牧康又对她温温一笑："我们把微信加一下吧，以后方便联系。"

穆清在旁边也笑着说道："是啊，好不容易才联系上了，以后可得常联系。"

第 10 章 温乔姐的男朋友

温乔尽可能地忽略掉从某个方向投射来的存在感极强的冰冷视线,从口袋里掏出手机来和邵牧康交换了微信。

"那下次见。"邵牧康同她告别,镜片后的眼神褪去锋利,只剩下一片温柔。

虽说高中的时候两人关系很好,但是多年未见,而且邵牧康变化太大,温乔本来还觉得有几分生疏,然而此时看着他一如少年时温柔好脾气的样子,那几分生疏无形中又消弭了,她点头笑着说好。

宋时遇冷眼看着两人互动,脸色冷了又冷。

穆清也笑着对温乔说道:"那我也先走了,困死了,回去补个觉。"

走之前,她还不忘去跟平安说再见。

贺灿这会儿也在,刚才他央求平安去他家玩未果,就在这里陪平安一起玩手机游戏。平安很有节制,偶尔玩玩游戏,温乔也让他玩。

见穆清来道别,平安立刻把玩到一半的游戏交给贺灿,认认真真地和她说再见。

※

邵牧康的车停在附近的停车场,两人正好散步过去,边走边聊。

穆清猜测着邵牧康是不是怕温乔尴尬才要先走:"你跟宋时遇在学校时互相认识吗?"

邵牧康闻言,眼神微微动了动:"不算认识。"

他和宋时遇唯一的交集,大概就是在小卖部遇见那一次。但其实他在此之前就已经关注了宋时遇好一阵了。

他一直没有什么上进心,学习上也并不怎么用功,做什么都是点到为止。

他也不大爱和人打交道,和任何人都只维持表面上的礼貌,所谓的温和与好脾气只不过是一种为了减少麻烦的伪装。在和温乔成为同桌之前,他曾经观察过她,温乔是和他截然相反的一种人,他并不喜欢她,甚至有点讨厌,她那种时时刻刻散发出来的热情让他觉得虚伪。

温乔贫困的家境并不是什么秘密,听说她还是个孤儿,没爸没妈,跟她住在一起的大伯智力还有问题。于是在他看来,温乔的热情只是在谄媚地讨所有人的喜欢,卑微可笑又可怜。

转变是从她成为他的同桌开始的。

她小心翼翼地问他可不可以给她讲一下刚才课堂上老师讲的那道题,不好意思地笑着说她没听明白。

他不想教她,他讨厌脑子笨的人,但是她用那双亮晶晶的眼睛期待、恳切地看着他的时候,他诡异地说不出拒绝的话。

然后她就赖上他了。

每次讲完题,她都要露出那种曾经他觉得"虚伪"的笑容来讨好他,再说些"班长好厉害"之类的谄媚的话,可诡异的是,当她那双亮晶晶的眼睛眨巴眨巴,眼神里满是对他的崇拜和赞叹的时候,他居然连她那些"虚伪""谄媚"的讨好也并不觉得讨厌了,甚至还有些受用。

他很快发现,她的热情是与生俱来的,她生性乐观,对一切事物乃至人类都充满热情,而且很容易感到幸福和满足。他不过是给她买一点零食吃,她就感动得不得了。

后来他想,大概是老天爷觉得她的身世太过悲惨,作为补偿,就让她拥有知足常乐的天赋性情。

第 10 章 温乔姐的男朋友

他其实并不大爱吃零食,可是因为她,他开始习惯每天都去小卖部一趟。给她零食的时候,有点像是在投喂小动物,就好像她会冲他摇尾巴。

再然后他和她的关系越变越好,甚至温乔还带他回家吃饭,第二天又特地给他带了他只不过是在饭桌上随口夸了一句好吃的珍珠丸子。

他甚至生出了一个隐隐约约的,冒着粉红色气泡的猜测。这个猜测让他有点不知所措,但是更多的却是遏制不住的窃喜,这窃喜让他自己都吓了一跳。

然而很快,他的猜测和窃喜就被现实击得粉碎。

那天他特地在校门口拖延时间,想和她一起去教室,结果等来等去,见到的却是温乔和宋时遇两个人。

二中没有人不认识宋时遇。全校的老师都把他当成菩萨一样供着,就算在他们班里,各科老师也总会提起他。

温乔似乎跟他很熟。听说他们是邻居,之前她还天天给他送午饭。邵牧康也见过温乔和宋时遇放学一起回家,但是最近已经没有了,温乔放学以后都是跟自己一起走的。

看到他们一起来上学的时候,邵牧康心里沉了一下。温乔看到他,开心地和他打招呼,但是人却没有过来,依旧亦步亦趋地跟着宋时遇。

而宋时遇只是冷冷地扫了他一眼。

他看到温乔快活地跟在宋时遇身边,而她身后那条看不见的尾巴摇得正欢。

也就是那天,他去小卖部买零食,结完账准备出去的时候,迎面遇到了进门的宋时遇。错身而过的瞬间,宋时遇冷冷地开了口:"离温乔远一点。"

他恍惚了一瞬，等他回过神，转过头去看时，宋时遇已经拉开冰箱，从里面拿了一瓶矿泉水和一瓶酸奶。

他像是受到了莫大的羞辱，可是他居然没有勇气问宋时遇一句凭什么，他无法忽视他和宋时遇之间的差距。

小卖部里的女生都在偷偷看宋时遇，而宋时遇却泰然自若，习以为常。

等他回到教室，下意识看向温乔的位置，发现她桌子上正摆着那瓶被宋时遇从冰箱里拿出来的酸奶。

那天他们的座位已经被调开，不再是同桌。温乔对他的态度并没有太大的变化，但是放学后却不再和他一起走，也不再找他问问题。

而他越来越多次地看到宋时遇出现在她的身边，甚至偶尔还会出现在他们班的教室外，把温乔给叫出去。他甚至怀疑，宋时遇就是做给他看的，因为每次他都能感觉到宋时遇的眼神扫过了他。

又一次小考，宋时遇的成绩依旧稳稳立在年级榜首，而且高出第二名好几十分。而他也依旧是班级第一，但是在全年级，却只能排在第十三名。他不由自主地开始用功，喝不喜欢喝的牛奶，学着打篮球，暗自和宋时遇较劲。

最后宋时遇成了省高考状元，而他第二年高考，考了市高考状元。

全世界都喜出望外，只有他并不高兴。

温乔那年没有参加高考，拍完毕业照之后，她就没有再来学校。

从此他们没有再联系。

而他和宋时遇的交集，也只有小卖部那一次。

也就是那么一次交集，让他这么多年一直想问宋时遇一句。

"凭什么？"

第 10 章 温乔姐的男朋友

邵牧康和穆清走后,黎思意他们也没有久待。

黎思意和姚宗都过来打了招呼,但宋时遇依旧没有。温乔十年前就对宋时遇的冷淡态度习以为常了,宋时遇在她面前总是毫无顾忌地向她展示他性格里最坏的那一面。

他脾气很坏,而且还很骄傲。每次生气闹别扭,最后都是她妥协,主动去哄他。但他也有个优点,特别容易哄,只要顺毛撸几下就会和她和好如初。

可现在她不会再哄他了。

温乔连看都没往宋时遇那边看。这边黎思意把姚宗支走,然后要了温乔的微信。

"刚刚那个叫穆清的,你跟她关系很好吗?"黎思意开口问,带一点若有似无的酸味,但不明显。

温乔没听出来,抿唇笑了笑:"嗯,从高中开始就是好朋友。"

黎思意"哦"了声,又问:"那个男的呢?追求者?"

温乔正在给黎思意设置微信备注,闻言诧异地抬起头来,解释道:"当然不是,他是我高中时候的班长,好多年没联系了。"

她这些年忙于赚钱,基本上没有任何社交,即便早几年被拉进了一个班级群,也从来没有在里面说过话,跟邵牧康也是从毕业后就没有再联系过。那时候要好的同学,现在都很生疏了。

黎思意犹豫了一下,又提起宋时遇:"宋时遇他其实……"

温乔忙不迭打断了她的话:"思意,那都是很久很久以前的事情了,就不要再提了。"她的语气和态度都很温和,但同时又异常坚定。

黎思意在心里同情了宋时遇两秒,决定不再说了。她来找温乔,主要还是为了延续她和温乔的友情,给宋时遇助攻是顺便的。毕竟男人好找,能让她说几句真心话的女朋友不好找。

何止是宋时遇对温乔念念不忘呢,她不也对温乔念念不忘吗?只不过是另一种层面罢了。

两人道别,黎思意走的时候还抱了温乔一下:"你什么时候去我那儿玩啊,就隔了一条街。"

温乔虽然知道自己并没有时间去玩,但还是笑着答应,说等有空了就去。

✦

黎思意和姚宗会合后,姚宗一脸复杂地盯了她一眼,说道:"你在温乔面前怎么那么娘?"

说句实在的,黎思意从外表上来说,完全符合他的审美,大胸大长腿,还有一张漂亮的脸蛋。但是除了刚认识那一会儿,他对她有过想法,之后就完全没把黎思意当女人看了,他还是更喜欢那种会撒娇的。

黎思意大多数时候都散发出一种我很高贵,男人不配的气场,完全的御姐风,但是没想到她在温乔面前,居然娘唧唧的。

黎思意翻了个白眼,懒得搭理他。

宋时遇一行人一走,温乔整个人都放松下来了。

凌晨一点多,平安就犯困了,温乔走不开,就让温华送平安回去睡觉。

忙到两点多,陈珊珊开始抱怨:"温乔姐,再招两个人吧,我跟温华都要累死了。"

第 10 章 温乔姐的男朋友

温华这会儿闲下来,正在看手机上收藏的某个很有名的酒店厨师博主做饭的视频,闻言立刻抬起头来说道:"我不累。"

陈珊珊用力剜了他一眼:"你不累我累!白天也要做事,晚上也要做事,谁能吃得消啊,我都瘦了五斤了。"

温华刚想说什么,温乔打断了他:"珊珊说得对,现在的确可以再招两个人了。"

晚上烧烤店的生意越来越好,白天午餐的订单也渐渐多了起来,这段时间温华和陈珊珊的确累着了,她都隐约有点吃不消,短时间这样还行,长期干下去肯定是不行的。再找两个人轮班,他们的担子会轻松很多。

现在生意上了正轨,她估摸着年底就能把账给还了,她也不是那种硬要抢着吃苦的人,手里宽裕了,她也想大家都能轻松一点,而且她开店以后,陪平安的时间越来越少,天天在店里忙得团团转,都没带平安出去玩过。

"明天我去打印店一趟,弄几张招聘广告来贴上,招到人以后你们可以轮班,也能轻松一点。"

陈珊珊听她这么说,立刻说道:"温乔姐,我有个同学想来我们这儿帮忙,可以吗?"

温乔问:"男的还是女的?现在在哪儿?以前是干什么的?"

陈珊珊说:"女的,在临川,现在在火锅店当服务员,不过她说不想做了。"

温乔想了想说:"那你让她有空先过来面试吧。"

陈珊珊心想,这还要面试?但嘴上也没说什么便答应了。

最后温乔见陈珊珊实在撑不住了,就让她先回去睡觉了,她和温华收尾。

温华是最勤快的，外面的桌椅板凳他都抢着收，卫生也抢着做，做事也麻利。

温乔的梦想是开一家自己的私房菜馆，这个烧烤店，她打算以后交给温华来做，温华这么勤快又好学，肯定能做得很好。但她现在没说，毕竟开一家私房菜馆不是一件简单的事，而且在此之前，她得先把家人安顿好，这都需要很多的钱，不是一两年就能办到的。

计划赶不上变化，说不定那个时候温华已经找到更好的出路了。所以温乔现在只是自己在心里这样打算，并没有告诉温华。她默默计划着，没有什么奢望，只是脚踏实地地一步一步向着自己的目标前进，每天心里都觉得很充实。

等到收拾完店里，把门关上，已经是四点半了。这条街上，除了她的店，就只有24小时便利店没关门了。不过周末放假，中午的外卖会少很多，早上可以多睡会儿。

温乔又累又困，只想快点回到家冲个凉睡了，温华也是哈欠连连。

两人到了楼下，就看到那里停着辆熟悉的黑色轿车，橘色的车灯一闪，两人都看见了车里坐着的人。

温乔脚步慢下来，温华识趣地说道："温乔姐，我先上去了。"说着就闷头进楼了。

宋时遇从车上下来，砰的一声关上车门。

温乔现在一身疲乏，看到宋时遇，只觉得心累。她麻木地从他身边走过，仿佛当他不存在。进到楼里，走上三四个台阶后，她才听到轻轻的脚步声从后面传过来。

第 10 章 温乔姐的男朋友

她咬咬牙,继续往上走,楼梯间的老式灯泡上面布满灰尘,蒙蒙地散发着仅仅可以用来看清脚下的昏黄光线,她知道宋时遇还在跟着她。

温乔闷头一口气上了三楼,身后的脚步声依旧没断。

她终于难以忍耐,猛地停住脚步转过身去。

宋时遇也停下脚步,站在距她三个台阶远的地方,自下而上地望着她。

温乔的喉咙突然哽住,她居高临下,可以很清楚地看到宋时遇此时的样子。他的脸色有点苍白,昏黄的光线下尤其明显,大概是没想到她会猛地转身,他那双深邃清冷的眼睛里有几分错愕,还有几分惴惴不安。好像是第一次,他在她面前流露出这样"脆弱"的模样,好像只要她想,她轻易就能伤害到他。

温乔胸膛里即将要冲出来的愤怒突然之间烟消云散了。她心软了。

温乔定定地盯了他半晌,忽然认命似的,轻轻叹了一口气。她无奈地看着他:"宋时遇,你到底想要做什么?"

宋时遇没说话,沉默着抬腿迈上一个台阶,离她更近了点。他微微垂眸,小心翼翼地抓住她垂在身侧的手,试探着轻轻握住,然后抬眼看她,轻声请求:"温乔,我们和好吧,好不好?"

温乔恍惚了一下。

她常常惹宋时遇生气,虽然有的时候她都不知道他为什么又生气了。

但是每次宋时遇生气,她都会主动找他和好。至少在她的记忆里,宋时遇从来没有主动求和过。每次都是她对他说:"宋时遇,我们和好吧,好不好?"

现在却轮到宋时遇对她说这句话了。

他小心翼翼地握着她的手,不敢太松,却也不敢太用力,这份小心翼翼曾经也是专属于她的。

温乔心口酸了一下,不知道是为他还是为自己。

那时候,宋时遇就是她的世界中心。宋时遇不高兴了,她就千方百计地哄他高兴。宋时遇对她笑一笑,她就想把自己所有的好东西都捧到他面前。

哪怕是她在电话里说出"分手"两个字的时候,宋时遇也只是冷冷地说了句:"你不要后悔。"

温乔一直觉得,她对宋时遇的喜欢,比宋时遇对她的喜欢要多得多。

她喜欢宋时遇,是因为喜欢宋时遇这个人。而宋时遇喜欢她,可能只是因为喜欢她对他的喜欢。

对于她而言,宋时遇就像是天上的星星。

她少年时期觉得,能遇见宋时遇,是她这辈子最幸运的事。那么耀眼的星星,坠落在她怀里,是她捡了个天大的便宜。

她现在依旧这样觉得。

她曾经短暂地拥有过、私藏过这颗耀眼的星星,她已经很知足了。

温乔一点一点地,把手从宋时遇的手里抽出来。宋时遇的手徒劳地停在那里,心一点一点沉下去。

温乔看着宋时遇,眼神温柔,说出来的话却让人如坠深渊:"不好。"

一阵让人几近窒息的沉默后。

"为什么?"宋时遇眼底翻涌着一片深郁的墨色,情绪陡然激烈起来,冰冷的声音在狭窄的楼道里响起,"你喜欢上别人了?"

第 10 章 温乔姐的男朋友

是贺澄？还是邵牧康？他脑海里闪过几个她分别同那两个男人有说有笑的画面，胸腔里激荡着遏制不住的妒意。

宋时遇突然又上了一个台阶，两人间的距离骤然拉近，不等温乔回答，他一双漆黑幽暗的眸子死死盯住温乔，脸色阴沉地咬牙吐出几个字："你想都不要想。"

温乔下意识往后退了一步，脚后跟抵到台阶，人就要往后仰，她心里一慌，忙去抓旁边的栏杆，手一挥，却抓住了宋时遇伸过来的胳膊，被他反手带了回去。

宋时遇克制着没有把她带进怀里，只是让她站稳了。

温乔站稳了就条件反射般立刻甩开他扶着她的手，触到宋时遇冷若冰霜的目光后，她僵了一下，然后慢慢挺直了背，认真地看着他，说道："宋时遇，我没有喜欢上别人，但我也已经不喜欢你了。"

宋时遇的脸色又苍白了一分，漆黑的眼睛盯着她，不说话。

温乔心里也不好受，嘴唇微微抿起来，想再说点什么，但是又好像无话可说，她再次抿了抿唇，最后只说："我每天都很忙，很累，没有精力再来应付你了。我现在很困，要上去睡了，你回去吧。"顿了顿，她又说，"以后不要再来找我了。"

温乔说完，狠狠心，不等宋时遇回应，转身往楼上走去。

身后，宋时遇终于开口，轻声说道："那你就再喜欢我一次，不行吗？"

✱

这晚温乔睡得很不安稳，昏昏沉沉地做了很多梦。

梦到高三最后一年，她拼命学习，就为了考到临川去上大学。

有一阵子，她压力大到看到宋时遇打来的电话都不会开心了，反而焦虑得不行，就怕宋时遇问她学习的事，她甚至不想接他的电话，好几次都借口说手机没带在身上。

她每天都在想，如果最后她没考上，宋时遇该对她多失望。

但她基础实在太差，即便起早贪黑，拼了命地学，前几次考试，她考得还是不大理想。她都不敢跟宋时遇说，只借口说自己最后一个月要好好努力，不能再这么每天跟他打电话了。

宋时遇当时有点不高兴，但也答应了。

最后一次摸底考，她超常发挥，居然摸到了本科线。班主任特地把她叫到办公室鼓励她，让她继续加油，再努努力，说不定真的能考上本科。

但命运真正降临时总是悄然无声。

高考前一个星期，温乔奶奶突发脑出血，被送进了医院，哪怕知道她正是关键时候，但是家里实在没人，亲戚不得不到学校来找她。

奶奶这么多年省吃俭用，给温乔存了一笔上大学的钱，但是这笔钱拿来给奶奶看病还远远不够，后来是宋奶奶借了一大笔钱给她，而且让她安心，别着急还钱的事，让她先好好准备高考。

可医生告诉她，就算奶奶保住命，也会有瘫痪的后遗症，需要人时时照顾。

温乔那几天浑浑噩噩，只觉得未来一片黑暗，她一夜之间成了家里的顶梁柱，不得不扛起家里那片塌了的天。

温乔想得很清楚，她最合适的路就是放弃上大学。她本来就不是读书的料，就算真的考上大学，大学要上整整四年，家里没有收入来源，奶奶和大

第 10 章 温乔姐的男朋友

伯也没有人照顾,哪怕宋奶奶愿意借钱给她,可是借的钱始终是要还的。

她给自己找到了一千个一万个放弃高考的理由。

不放弃的理由,就只有一个,宋时遇。

这三个字,抵得上一千个一万个理由。

可温乔想,她不能那么自私。她可以为了宋时遇拼命学习,为了他做任何事,唯独不能为了他放弃自己的家人。

她终究没有去参加高考。

宋奶奶为她惋惜,她知道温乔为了考上大学,这一年来有多努力拼命,但也更加理解温乔为什么会做出这个决定。

那段时间,温乔无论走到哪里,大家都用一种同情的眼神注视着她。温乔只能一遍又一遍地笑着解释,说自己反正不是读书的料,不如早点出去打工。

只有她一个人的时候,她才敢放心地流眼泪。

高考那两天,宋时遇都有打电话来,温乔不敢说自己没参加高考,只想着先应付过去。

高考成绩出来那天,温乔也终于等到了自己的审判日。她一开始没有告诉宋时遇自己没有参加高考,只是说自己考得不好,上不了大学。但宋时遇执着地问她的分数,说上不了本科,也可以去上大专,他一心想让温乔去临川。

温乔没有办法,只能告诉他,自己根本没有参加高考。

电话那头死一样的寂静。

温乔坐在院子里,拿着手机,四肢都是冰凉的。

宋时遇问她为什么不去考。

温乔撒谎了:"反正我也考不上,你知道的,我根本就不是读书的料。"

那边传来宋时遇失望至极的声音:"所以你一直在骗我?你连试都不试就直接放弃了对吗?"

温乔想哭,拼命忍着,"嗯"了一声。

又是漫长的寂静。

宋时遇的声音很冷:"温乔,你太让我失望了。"

温乔心里破了一个洞,哗啦啦往外流血,她的眼泪也跟着流下来。

不知道过了多久。

宋时遇语气很不好地问她:"那你现在打算怎么办?"

打算怎么办?安顿好奶奶和大伯以后就出去打工,可能从服务员或者流水线女工做起吧。温乔双眼空洞地盯着自己脚上穿了三年、已经洗得褪色的帆布鞋:"宋时遇,我们分手吧。"

✦

"姐姐,姐姐。"梦里有声音将她唤醒。

温乔头痛欲裂地醒来,发现房间里光线昏暗,平安正趴在床边,一脸紧张地看着她。

"平安,"她声音嘶哑,"怎么了?"

平安皱着眉头,漂亮的眼睛里满是担心和心疼:"姐姐,你哭了。"

温乔后知后觉地伸手摸了一下脸,居然一片湿润,她愣了愣。

"姐姐,你做噩梦了吗?"平安担忧地问。

温乔想说话,却发现自己嗓子疼得厉害:"平安,先帮姐姐倒杯水。"

第 10 章 温乔姐的男朋友

平安连忙跑去倒了水来。温乔喝后，精神好了一点，问他："现在几点了？"

"九点多。"平安说。接着他又问了她一遍："姐姐，你做噩梦了吗？"

他刚刚下楼买完早餐回来，一进门就听到姐姐在小声地哭，急忙进来后，才发现姐姐居然是在睡梦中哭泣。他从没见过姐姐哭，胸口闷得难受，连忙叫醒了她。

温乔微微笑了笑，说道："嗯，姐姐做了个噩梦，现在没事了。"

平安还是很不放心地看着她："姐姐，你梦到什么了？"

"梦醒了就忘了。"温乔安慰他，"而且梦都是反的，做了噩梦，就说明要有好事发生了。"

平安露出半信半疑的表情。

温乔拿起手机看了一眼，发现穆清给她发了好几条微信。

她随手点开。

"醒了吗？"

"你跟宋时遇现在是什么情况？"

"你觉得班长怎么样？"

温乔先去浴室洗了把脸才拿起手机来回复她。

"醒了。"

"没情况。"

"班长跟你挺配的。"

穆清回得很快。

"什么叫跟我挺配的？看不出来？邵牧康是冲着你来的。"

温乔刚打了两个字，穆清就直接打了语音电话过来。

温乔接起来，"喂"了一声。

穆清直奔主题："我跟你说，邵牧康主动联系上我，没说几句话就开始跟我打听你，他之前就喜欢你，都这么多年没联系了，居然还惦记着你。"

温乔头还疼着，听着这些话只觉得离谱，她皱着眉头说道："你不要胡说。"

穆清觉得好笑："我哪里胡说了？是你自己没看出来吧。"

不过这也正常，邵牧康喜欢温乔，她也是观察了好久才发现的。邵牧康很谨慎，而且很会掩饰，但是穆清天生就对这种事格外敏感，谁喜欢谁，谁对谁有好感，只要她留心观察，很快就能从各种蛛丝马迹中推断出来。

穆清早就看出来，邵牧康表面上一副脾气很好、对谁都不错的样子，实际上他对什么都漠不关心，几乎所有社交行为在他身上都是被动产生的，但是他却会主动创造和温乔的交集，就连自己，也是邵牧康用来和温乔产生联系的工具人。

穆清就是从这一点上发现邵牧康对温乔不一般的，之后再去观察，就能捕捉到很多容易被忽略的细节了，只不过她从来没有点破过。

可能除了她，也没有人能发现邵牧康居然喜欢温乔吧。

不过时隔多年，邵牧康的变化可以说是天翻地覆了，不仅仅是外表方面，更多的是气场方面，多了很多攻击性，而且也不再小心翼翼地掩饰自己的情感了，看起来倒是来势汹汹的。

"我都给你打听清楚了，邵牧康现在跟人合伙创业开了一家公司，在业内还算小有名气，身家几千万应该是有的。"

温乔有点无奈地打断她："穆清，不要开这种玩笑了。"

第 10 章　温乔姐的男朋友

穆清正穿着拖鞋闲适地给家里的绿植浇水，听到这句话，她手上的动作顿了顿，微微一挑眉，问："你该不是还想着宋时遇，想跟他旧情复燃吧？"

✳

星期六，平安不用上课，上午就跟着温乔一起来了店里。

贺灿最喜欢睡懒觉，周末要睡到中午吃饭时才起来，平安没有伴陪着也不觉得无聊，自己找了个位置开始做卷子。

每到这种时候，温乔总会觉得有点对不起平安，别的小朋友周末都被家长带着到处去玩，可平安从小到大被她带出去玩的次数屈指可数。

店里另一边，陈珊珊介绍的那个女同学已经来了，她是陈珊珊的初中同学，和陈珊珊是一个地方出来的，叫周敏。

温乔先打量了她一会儿，她看起来比较朴实，也没化妆，就涂了点口红。问她什么她也只是一五一十地答，不多话，还挺老实的。

温乔告诉她在店里做事会比较辛苦，周敏立刻说自己能吃苦。

工资她已经找陈珊珊问过了，比她在火锅店的工资要高不少，她现在就是想多赚点钱，上班时间长点累点无所谓。

又聊了几句之后，温乔和颜悦色地说道："那你先试一个星期吧。一个星期以后如果你适应得了，那就留下来；如果适应不了，这一个星期的工资我也会结给你。"

周敏连忙答应了，并且表示自己今天就可以上班。

温乔让她先回去休息，晚上五点半以后再过来。

"好的，谢谢老板。"周敏起身说道。

温乔笑了笑，跟她说："不用叫我老板，以后就叫我温乔姐吧。"

周敏跟陈珊珊打了声招呼，就先走了。回去的路上，她等不及地给陈珊珊发微信："感觉温乔姐人好好。"

陈珊珊看到这条微信，撇了撇嘴，看了温乔一眼，下意识想说几句，但是想来想去也说不出什么不好的话来，只能回复说："没你想象中那么好，你来了就知道了。"

周敏本来正开心着，看到这条微信，心里顿时多了几分忐忑。

✳

温乔店里的午餐量多、味道好，但是价格比外卖软件上的大部分店都要贵上一些，所以中午的外卖主要是送到周边的高级写字楼。附近住宅区也有，但是比较少，所以每逢周末，订单量就要少很多。

今天快到十二点了，才零零散散来了五六个订单。

不过温乔想着这个星期他们三个都忙得够呛，正好喘口气。

陈珊珊和温华都坐在那儿玩手机，温乔坐在平安身边陪他一起学习。

平安正在做一张数学卷子，温乔是看到数学就头疼的，数学能力仅限于加减乘除，她看了看卷子，忍不住惊叹："现在小学的数学题目都这么难了？"

平安淡定地说："这是初中的卷子，老师给我的。"

温乔愣了愣，似乎想起了什么，说道："平安，姐姐问你，你想不想跳级？李老师跟我说了，你现在的学习水平可以不上五年级六年级，直接上初中。"

平安还是很淡定："我知道，李老师也跟我说过了。"

温乔问："那你是怎么想的？"

平安说："我想跳级。"早两年上初中，就能早两年读完书，早两年赚钱养姐姐。

第 10 章 温乔姐的男朋友

温乔并没有很高兴,反而有点担心:"但是你上了初中,你的同学会比你大很多,你可能跟他们玩不到一起去。"

平安浓密的睫毛像是蝴蝶翅膀那样扇动了一下,他一边做题一边平静地说道:"我跟现在的同学也玩不到一起去。"说完又反应过来,停下做题的手,抬起头果然看到温乔愣怔之后有点心疼的眼神,他抿了抿唇,看着她说道,"姐姐,你不用担心我,我可以照顾好自己的。"

温乔还是难过。平安比同龄人要成熟懂事得多,智商也要更高,所以他往往会觉得他们幼稚,和他们玩不到一起去。从小到大,就只有一个贺灿,从来不怕被他嫌弃冷落,跟个小太阳似的围绕着他,坚定地和他当朋友,所以温乔才会那么喜欢贺灿。但温乔想了想,如果平安跟那些比他年纪大的孩子在一起,那些孩子同样很难接纳他。

平安看出温乔的难过和担心,他不知道该怎么安慰她才好,思索了一下,说道:"贺灿说了,天才永远是孤独的,可是我一点都不觉得孤独,因为我有姐姐。"

温乔怔了怔,随即眼睛弯了起来,笑着摸了摸他的小脑袋:"是啊,我家平安,是个小天才呢。"

谁能想到呢,他们这样的家庭,居然生出了一个小天才。

温乔又想,她应该对贺灿再好一点。

平安见把她安慰好了,放下心来,又继续做卷子了。

温乔陪了平安一会儿,桌上的手机突然震了两下,她拿起来一看,愣了愣,居然是宋时遇。

温乔点开聊天页面,看到宋时遇发来的微信:"订餐。"

紧接着是一个定位，看起来像是他住的地方，温乔下意识点开那个定位，离店里五公里远。

宋时遇这样的态度，就好像昨天晚上什么都没有发生过一样。

温乔皱起了眉头。

平安很敏感地抬起头来："姐姐，怎么了？"

温乔立刻舒展开眉头，说道："没事，有人找我订餐呢。"

有人订餐，为什么要皱起眉头？平安想不明白。但是他也知道，有些问题，他就算问了，姐姐也不会告诉他，他的提问只会让姐姐觉得为难，增加姐姐的烦恼，所以他就当这是真的，继续做卷子了。

温乔坚定了想法，不再犹豫，斟酌了一下用词，冷冰冰地回了几个字："对不起，超出配送范围了，不送。"

其实一百块钱以上的订单，别说五公里，六七公里也是送的，更何况今天中午生意这样冷淡。

但是她已经做了决定，就不能再拖泥带水。

发出之后，她盯着屏幕，等着宋时遇回复。

大概过了十几秒，宋时遇回复了："好。"

温乔说不上心里是什么感觉，但并不觉得轻松。

平安默默地观察着温乔，看到她盯着手机屏幕发呆，微微皱了皱眉头，他觉得肯定发生了什么他不知道的事情。

姐姐那么坚强的人，是什么样的噩梦能够让她那么伤心？哭成那个样子？

✦

第 10 章 温乔姐的男朋友

周末,周秘书难得睡个懒觉。

床头柜上放着的手机突然震动起来,紧接着宋时遇专属的手机铃声一响,他立刻睁开眼,坐起身拿起手机,准备出去接电话。

旁边睡着的人也被铃声吵醒,发出的声音蒙在被子里,闷闷的,带着不满:"谁啊?一大早扰人清梦。"

周秘书拿着手机往阳台走去:"宋总。"顿了顿,他补充,"已经下午了。"

黎思意顶着一头乱发从被子里冒出头来:"宋时遇?今天不是周末吗?"

周秘书没有回答,推开阳台的门走出去,又顺手把门带上,这才接起电话:"宋总。"

宋时遇的声音从电话那头传来:"周秘书,帮我在四五路东二街附近租个房子。"

四五路东二街?周秘书脑子里很快就关联到了那条街上的那家烧烤店。

"好的宋总,什么时候入住?"

"越快越好。"

"宋总,是您住还是朋友住?"

"我住。"

"那您有什么要求吗?"

"东二街三公里范围内,其他的你看着办。"

"好的宋总,我会尽快办妥。"

"辛苦了。"

黎思意看着阳台上周秘书的背影,视线在他的窄腰长腿上流连。

周秘书从阳台外进来,看着床上醒过来的黎思意,说道:"你可以再睡一会儿。"

黎思意不满地问:"宋时遇给你打电话干什么?周末还要工作?"

周秘书说道:"宋总让我给他在四五路附近租个房子。"

黎思意愣了下,立刻从床上坐了起来,随之滑落的被子被她及时捞住裹在胸口:"租房子?他租房子干什么?给谁住?"

周秘书的视线从她胸前掠过,脸色微微有些不自然,语气却依旧冷静:"这个是宋总的个人隐私,我无权透露。"

黎思意靠在床上看着周秘书,有点生气,又觉得他这么有职业道德的样子很有魅力。她哼了声:"你要是不想说,那他租房子的事你就不该说,说一半留一半算什么,而且你就算不说我也猜得到。"

周秘书是实干派,嘴皮子功夫比不上黎思意,于是他选择不说话,走进浴室洗漱。

黎思意在床上打了个滚,然后用手撑着脑袋,自顾自地说道:"四五路,那不就是温乔开的店附近,啧啧,宋时遇这是打算近水楼台先得月啊。哎,你要出门吗?"

一会儿工夫,周秘书已经换上了衬衫西裤准备出门。

"去一趟中介公司。"

"今天不是周末吗?"黎思意不满地抱怨道。

周秘书拿上手机,看了她一眼,似乎犹豫了一下,但还是走过来,弯腰在她额头上轻轻一吻:"秘书没有假期。我给你叫了吃的,你吃了东西再睡。"说完,他就出门了。

黎思意看到门关上了,才用手摸了摸刚刚被亲吻的地方,脸上微微有些

第 10 章 温乔姐的男朋友

发热。

★

中午店里生意一般，不到一点钟，温乔就让陈珊珊和温华回去休息了，下午五点才开门做晚上的生意。

周敏也来了，温乔跟她说五点半过来，她提前了二十分钟。

温乔就让陈珊珊带着她。

平时温华不怎么爱搭理陈珊珊，她心里对温乔有意见，也觉得跟温乔话不投机，现在周敏来了，陈珊珊是最高兴的，跟周敏说东说西。

"我看新来的这个女孩子倒是比珊珊老实勤快多了。"谢庆芳过来串门，看着外面忙活的三个人说道，"至少有做事的那个态度。"

温乔往外看了一眼，温华正在调整外面摆放的桌子位置，周敏在往桌上摆放高温消毒后又包装好的碗筷，陈珊珊就在一边指挥周敏，语气还带着点不耐烦，但周敏并没露出不耐烦或者不高兴的神色来，只是按照陈珊珊说的都摆好了而已。

谢庆芳说道："你是得招两个人了，每天没日没夜的，你看看你，刚来这里的时候脸上还有点肉呢，这才多久，都瘦成什么样了，小脸上都没肉了。"

温乔笑着说道："哪有。"

谢庆芳又看着温乔说道："最近没睡好吧？黑眼圈都这么重了。"

温乔说道："是没怎么睡好。"

谢庆芳又看了眼外面正凑在一起拼拼图的平安和贺灿："这眼看就要放暑假了，你不打算给平安报个班什么的？"

温乔停下手上的活，看向外面："你给灿灿报了什么班？"

谢庆芳说道:"跆拳道、游泳,还有一个练字班,他那字写得跟鸡爪似的。这几项我都交了钱了,我还在想要不要再给他报个钢琴班,但就怕他皮猴似的坐不住,没那个耐性。你看你要不给平安报个钢琴班?我看他像个弹钢琴的料,那手生得多漂亮多长,而且他耐性好,坐得住,贺灿也能有个伴,他要知道你家平安去了,肯定也愿意去!"

温乔有点惊讶:"这么多?学得过来吗?"

谢庆芳说道:"怎么学不过来?上课时间都是错开的。你不知道现在的小孩儿,那可真是多才多艺,学什么的都有,我这还算少的呢。"

温乔有点难以接受:"那不是没有暑假了?"

她是在农村长大的孩子,小时候光是一个星期上五天课就已经觉得够辛苦了,到了寒暑假,那就是自由自在疯玩的时候,难以想象现在的小孩压力有多大。

谢庆芳说道:"现在谁家的孩子不是这样啊?养孩子就是又费精力又烧钱。"

温乔看着外面的平安,突然有点内疚,精力她的确是在平安身上费了不少,但钱是真的没怎么烧。平安是个懂事乖巧的孩子,从来就没主动要求过什么,一年都买不了几件衣服,虽然刚生出来的时候身体很不好,可是跟在她身边,却连感冒都很少有过。

谢庆芳见她松动,继续说道:"小乔,我看你家平安是个天赋高的孩子,你好好培养,说不定能培养出一个钢琴家、大画家什么的呢,可别把他耽误了。"

温乔点了点头,说道:"嗯,晚上我问问他有没有什么想学的。谢谢芳姐了。"

第 10 章 温乔姐的男朋友

"哎哟,有什么好谢的!"谢庆芳看向外面的平安,眼神怜爱,"我是真的喜欢平安这孩子。"又看着温乔,感叹道,"小乔,你也不容易。"

哪个年轻女孩子能做到温乔这样,只怕亲生的姐姐都没她这么有担当。年纪轻轻的一个女孩子,自己还是个小姑娘,又带着一个那么小的孩子,这么多年是怎么过来的。

关键是温乔从不把这些挂在嘴上当成荣誉勋章,好像只是理所应当。

她还能把平安教得那么好。

谢庆芳是打心底里佩服温乔。

✦

店里多了个人,原来的三个人都轻松了不少,温乔也不用总是伸长了脖子扯着嗓子喊陈珊珊了。

一晚上观察下来,温乔发现,周敏是个勤快的姑娘,也有眼力见儿,这让温乔松了口气,她真担心又招个陈珊珊那样的。

温乔没想到,她上午跟穆清打电话的时候还说了,自己已经跟宋时遇说清楚了,他以后不会再来找她了。结果到了晚上,宋时遇居然又来了。

店里的桌子都坐满了,他居然主动跟人拼桌坐了下来,点了几样吃的,他也没怎么动,就这么一直从晚上九点坐到了凌晨,其间除了偶尔看两眼手机,就是毫不掩饰地、直勾勾地盯着温乔。

温乔一开始还紧张,到后来就被他盯得麻木了,该做什么做什么。

西五街是漂亮女孩儿最多的地方,宋时遇坐在那儿,不时有漂亮女孩儿过去搭讪要微信,她自己店里的客人也就算了,居然还有从谢庆芳店里跑过来找他要微信的。

"招蜂引蝶。"温乔忍不住嘀咕了一句。

光是她看见的,就有四五个了,还有她没看见的呢。她知道她不该在意的,但是事情就发生在她眼皮子底下,她实在控制不住自己不去在意,只觉得胸口闷得慌。

"小哥哥,你好,请问能加个微信吗?"又一个漂亮女孩儿在旁边犹豫了几分钟之后,在朋友的鼓励下鼓起勇气过来要微信。

宋时遇穿了件白色T恤,外面搭了件软料子的淡蓝色条纹衬衫,清冷俊俏,俊出了青春的气息,不像是出入在高档写字楼的商业精英,倒像是大学校园里的"校草"。

宋时遇正在看周秘书给他发来的房子内部装修的照片,闻言抬起头来,脸上是一片拒人于千里之外的冷淡:"不能。"

然而就是这么一张冷淡至极的脸,却让刚刚只看清他侧脸的漂亮女孩儿瞬间坠入了爱河,明明刚刚还要朋友鼓励才敢来要微信的女孩儿这会儿却生出了莫大的勇气,她红着脸小心翼翼地问:"那个,我没有别的意思,就加个微信,绝对不会打扰你。"

宋时遇淡淡地说道:"不用了,我有女朋友。"他说着,突然抬起手,修长的手指轻飘飘地指向门面里正在偷瞥这边的温乔,"而且她现在正在看着你。"

漂亮女孩儿愣了愣,顺着宋时遇手指的方向看过去。

温乔本来正在一边炒饭一边偷偷观察,突然就看见他用手指向她,嘴里还说着什么,紧接着他身边那个漂亮女孩儿也看了过来,四目相对,女孩儿好像瞳孔都震动了一下。

第 10 章　温乔姐的男朋友

温乔满头雾水，完全不知道宋时遇跟那个女孩儿说了什么，只见那个女孩儿又看了看宋时遇，失望地走向了自己的朋友，然后也不知道跟几个朋友说了什么，那一桌男男女女全都齐刷刷震惊地看向温乔。

她被看得头皮发麻，忍不住收回目光，然后瞪了一眼始作俑者。

宋时遇却好像什么事情都没有发生过一样，淡定中又带着几分无辜地看着她。

温乔郁闷地攥着菜勺用力把锅里的饭拍扁搅碎。

此时内心地震的人还有周敏，她刚才正好在收拾旁边那张桌子，是看着那个漂亮女孩儿去要的微信。两人的对话她都听到了，就连最后宋时遇手上的动作，她也看见了。

她都惊呆了。

天啦！那个坐了一晚上的超级大帅哥居然是温乔姐的男朋友！老天爷！温乔姐可太有本事了！

周敏按捺不住激动的心情，把碗收到后面去时正好碰到陈珊珊上完厕所出来，她迫不及待地拉住陈珊珊激动地说道："珊珊，你知道吗？外面那个好帅好帅的男的是温乔姐的男朋友！"

陈珊珊愣了下："谁啊？"

周敏说："就是特别特别帅的那个啊，穿了件条纹衬衫的那个！"

陈珊珊知道她说的是谁了，立刻翻了个白眼，脚步不停："什么男朋友啊，就是小时候认识的人。"

周敏追着说道："不是！是那个帅哥自己跟别人说的，说温乔姐是他女朋友。温乔姐可太厉害了。"

周敏一脸的崇拜赞叹。

陈珊珊扭过脸来,脸上原本不屑的表情缓缓裂开来。

✳

温乔莫名其妙地总觉得陈珊珊看她的眼神很奇怪,她一问,陈珊珊又说没什么,但依旧用那种怪怪的眼神看她。而那个新来的周敏,则总是用一种崇拜又激动的眼神偷偷看她。

温乔一头雾水,完全不知道发生了什么,心里觉得古怪,又不好说什么。

眼看着已经凌晨三点了,店里的客人走得只剩两桌了,宋时遇还一直坐在那里。

温乔见人少了,再也忍耐不住,她径直走到宋时遇面前,锁着眉,居高临下地盯着他,压低声音说道:"我那天晚上不是都和你说清楚了吗?让你以后不要再来找我了。"

宋时遇看着她那双因为愤怒而熠熠生辉的眼睛,胸口像是被烫了一下,悸动中带着丝丝的灼痛,半晌,他轻轻扯了扯嘴角:"可我没有答应。"

第 11 章
最离谱的传言

凌晨三点五十,店里最后一桌客人才走干净,等收拾完,已经凌晨四点半了。

宋时遇还在。

温华收桌子的时候,宋时遇还试图帮忙,遭到了温华的激烈拒绝。

温乔被宋时遇气回店里以后就没再跟他说话。

陈珊珊和周敏先回去了。

温华见店里收拾得差不多了,看了一眼店外面的宋时遇,突然捂住肚子说道:"温乔姐,我肚子疼,想上厕所,我就先回去了。"

温乔愣了一下,立刻反应过来,叫住他:"店里不是有厕所吗?"

温华干笑两声:"反正要回家了,我还是回家上吧。"说着就往外走,路过宋时遇的时候还不忘打声招呼:"时遇哥,我先下班了。"

温乔把店里正在充电的电动车充电器拔了,然后锁上大门,转过身去,看也不看一直等在那儿的宋时遇,背着包径直往路上走。

宋时遇默不作声地跟上来。

星期六,一整条街的生意都不差。

谢庆芳家的烤鱼店也是忙到现在才关门,谢庆芳是最后一个走的,刚关上门,一转身就看见马路上的温乔,正准备打招呼时,又看见了她身后跟着的宋时遇。

谢庆芳都惊呆了。

那天晚上她过去送鱼的时候就对宋时遇有很深刻的印象,后来她还跟贺灿说:"你公司老板怎么长得那么好看,跟明星似的。"

他怎么会这么晚还在这儿,而且还一直跟着温乔。

谢庆芳顿时把打招呼的声音咽回了肚里,一直盯着两人,等他们走远了还回不过神来。

★

温乔闷头往前走,只当宋时遇不存在。宋时遇也不说话,就这么默默地跟着她。

两人一前一后,离着不近不远的距离,沉默地走着。

凌晨四点半,市中心也是寂静的,白天车水马龙的马路上偶尔才有车静静驶过,碰巧路过一两个行人,都忍不住多看他们几眼。

温乔一路上都在提防宋时遇跟她说话,可直到走到楼下,宋时遇都只是默默地跟在她身后,一句话也没说。

等她头也不回地进楼,宋时遇没再跟上来,只是站在门口看着她上楼。

温乔一口气爬上三楼,确定宋时遇没有跟上来,才把胸口憋着的那口气松出来,这口气一松,她腿也跟着软了,扶着栏杆站了一会儿,然后才慢慢地走上楼。

第 11 章 最离谱的传言

✦

温乔本来以为宋时遇那么骄傲的人,她只要冷处理,过两天他就不会再来了。

但是没想到,宋时遇一连来了一个多星期。

他来的时间不固定,有时候早一点,有时候晚一点,最早的时候八点多就来了,晚的时候,凌晨才来,有时候甚至还带着电脑,这么吵闹闷热的环境好像都不能影响到他坐在那里专注工作。不管怎么样,他每晚都会坐到最后,等到温乔关门,他就跟着温乔一起走。

温乔不说话,他也不跟温乔说话,只是默默地跟着,像个影子。

今天是星期二,宋时遇九点就来了。

店里的人都见怪不怪了,陈珊珊跟周敏都没有过去给他点单,因为温乔说了,要当他不存在。

"平安,那个叔叔他是不是喜欢温乔姐姐,想追她啊?"贺灿一边偷瞄宋时遇,一边偷偷问平安。

平安抬起头,往那边看了一眼,漂亮的浅色眼瞳里看不出情绪。

他问过姐姐,但是姐姐不愿意说,只说这是大人的事,让他不要管。

"哎,平安,我问你话呢,你知不知道他跟温乔姐姐是什么关系啊?"贺灿见平安不说话,用手肘碰了碰他支在桌子上的胳膊。

平安把胳膊挪过去,皱着眉头看他,冷冰冰地说道:"不关你的事。"

贺灿见他生气了,立刻放软了态度:"哎呀,我就是问问嘛,你怎么那么容易生气啊。"然后哼哼两声,又有点委屈地嘟囔道,"就知道对我发脾气,在你姐姐面前就装乖宝宝。"

平安用那双浅色眼瞳看着贺灿，不说话。

贺灿立刻委屈巴巴地闭上了嘴。

等平安回了家，贺灿也回了自己家店里。谢庆芳一看到贺灿就立刻抓着他问："怎么样，你问平安了吗？"

贺灿气呼呼地甩开他妈妈的手："都怪你，让我问问问，平安都不理我了！你要是想知道，不会自己问啊！"说完就气冲冲地拿上自己的书包回家去了。

谢庆芳追都没追上，忍不住犯起嘀咕：这贺澄他老板跟温乔到底是什么关系啊？她那天凌晨看见后，白天就去问温乔了，结果问了半天也没问出来什么。

谢庆芳站在门口往那边看，宋时遇坐在那儿，正对着电脑打字，在烧烤店里好像和在办公室里一样淡定自在。

谢庆芳百思不得其解，温乔是不错，长相标致耐看，性格更是没得说，又勤快又能干。可是贺澄的老板那可不是一般人啊，谢庆芳在贺澄嘴里没少听说宋时遇的事，哪怕是在临川大学，那也是尖子中的尖子，贺澄拿他当偶像看的，那么有本事的一个人，长得还跟明星似的，每天巴巴地守着温乔，温乔却不搭理他。

也不知道是不是心理作用，谢庆芳这几天都觉得温乔是越看越好看了。

这件事她没敢跟贺澄说。谢庆芳看出来贺澄对温乔有种不一样的关心，怕是对她有好感，她也试探过温乔，不过温乔倒像是没那个意思。

谢庆芳本来心里还有点不舒服，自己家的儿子当然是越看越好，但就算贺澄不是她儿子，客观来说，贺澄的各方面条件不也比温乔强得多？温乔这都不动心，那她喜欢什么样的？

第 11 章 最离谱的传言

现在看到宋时遇,谢庆芳再也没有这种想法了。再怎么看自己儿子好,她也不能说自己儿子比宋时遇还好。

✦

这会儿温乔店里又来了一拨客人,人数还不少,有八九个,都是年轻的男男女女,周敏立刻拿着菜单出去给他们点单。

他们坐下就开始聊天。

"我上次跟朋友来吃过一次,这家烧烤味道真的可以,特别是蛋炒饭,简直绝了!"

"这家店是新开的吧,我以前过来这边好像没见过。"

"有那么好吃吗?我看生意也不是很好啊。"

"那是因为今天星期二,你节假日过来看看。而且这家店刚开没多久,以后绝对会火,到时候你们想吃就都要排队了。"

周玉琼不屑地"喊"了一声。

旁边坐着的女生突然眼睛一亮说:"哎!玉琼,你看!那个男的好帅啊!"

周玉琼自从见过宋时遇,再看其他帅哥都觉得索然无味,听她这么说,也就不抱任何期待地往那边看了一眼。

结果这一看不得了,这不就是宋时遇本人吗?!

周玉琼呆住了。

她只见过宋时遇一次,就对他念念不忘,但是后面用尽了千方百计,哪怕是说动了爸爸去帮她约人都没约上,没想到居然会在这家小烧烤店里再次遇见他。

她上次见宋时遇,是在一场慈善晚宴上,彼时宋时遇西装革履,举手投足从容优雅,谈笑时云淡风轻却又气场逼人。她惊为天人,整场宴会都魂不守舍,眼珠子恨不得黏在他的身上。在她的想象中,宋时遇就是朵不食人间烟火的高岭之花,凛冽冰冷、不可侵犯。可谁能想到,此时此刻,她居然能看到宋时遇坐在路边吃烧烤?

实际上,"吃烧烤"这三个字并不准确,因为宋时遇面前并没有烧烤,只有一台笔记本电脑和一杯装在一次性杯子里的水,他没什么表情地在键盘上敲敲打打。

但也正是在这样的环境里,宋时遇凛冽冰冷、不可侵犯的气场好像弱化了不少。

即便如此,周玉琼还是在心里默默做了三分钟的自我建设,又做了几次深呼吸后,才终于下定决心说道:"我看见个朋友,过去打声招呼。"然后在一桌子人的注视中起身,向宋时遇那桌走去。

"宋时遇。"周玉琼走到他面前,鼓起勇气叫了一声他的名字。

宋时遇敲击键盘的手指微微一顿,抬起头,看着面前站着的女孩子,脑子里瞬间有无数张人脸闪过,没有一张对得上号的,于是他最后得出结论——不认识。

对视的瞬间,周玉琼感觉自己的心跳飙到了一百八,她强装镇定地说道:"你好,我是周玉琼,我们在上个月的慈善晚宴上见过一次,没想到在这里又遇到了,好巧。"

宋时遇没有姚宗那种认人的本事,对于非重要人物,他向来不会费心去记对方长什么样子。

"抱歉,我不记得了。"他嘴上说着抱歉,但语气中的歉意并没有多少,

第 11 章 最离谱的传言

反倒是冷淡居多。

周玉琼虽然不意外,但心里还是有些失望,她那天穿了一条亮闪闪的礼服,大家都夸好看,席间还有不少年轻男士来找她要联系方式。而且她当时还挽着爸爸跟他正面打了招呼,虽然只说了两句话,但没想到他连半点印象都没有。失望归失望,她还是强撑笑颜:"那天晚上人很多,你不记得我很正常,不过你应该认识我爸爸,我爸爸叫周志诚。"

宋时遇的确认识:"腾跃周总。"是姚宗负责的客户,跟他提过几次。

周玉琼松了口气,很自然地拉开椅子坐了下来,语气轻快:"你一个人吗?"

宋时遇在她坐下来的时候微微皱了一下眉。

周玉琼看到了,心里顿时一紧:"这里有人吗?"

宋时遇:"有。"

周玉琼有点尴尬:"啊,你约了人吗?"

也对,谁会一个人来吃烧烤呢,而且他看起来好像就是在等朋友过来再点单。

宋时遇:"我在等人。"

周玉琼俏皮地笑了一下:"那我等你朋友来了再走。"

宋时遇:"不用了,她看到了会不高兴的。"

周玉琼脸上的笑容僵住了,她试探着问:"女朋友?"不等宋时遇回答,她咬了咬唇又说道,"可是姚宗说你没有女朋友!"

上次姚宗说他没有女朋友的时候是半个月前,难道才半个月他就突然冒出来个女朋友?她不信!

宋时遇面露不悦:"姚宗只是我在公司的合伙人,我的私生活不需要他知道。"

此时正在酒吧搂着妹子喝酒的姚宗突然打了个喷嚏,呛了一口酒。

周玉琼的脸色白了一下,再次确认:"你真的有女朋友了?"

宋时遇的脸色冷下来:"周小姐,我还有些工作没有完成,你自便吧。"

周玉琼又气又委屈地起身离开,回到自己那桌,却没有坐下来,而是直接拿上自己的包走了。

那桌的朋友本来正在点菜,见她突然气冲冲地走了,连忙都起身追了过去。

周敏正写着单子呢,没反应过来,一桌子人就呼啦啦地走了个干净,她只能拿着写到一半的菜单弱弱地叫了两声:"哎、哎……"

*

星期二,凌晨三点就能关门了。

陈珊珊和周敏提前十分钟就走了,温华也和往常一样,不多不少,就提前那么五分钟走。

温乔是最后一个走的,关上门,还是看也没看宋时遇一眼,径直从他面前走过。

宋时遇像是早就习惯了这样的待遇,默默地跟在她身后。

但是很快,他就发现今天的温乔有点不大对劲。

温乔走得比平时快了很多,好像带着气,闷头闷脑地。

宋时遇皱了皱眉,不知道发生了什么事。

温乔越走越快,从大路拐进小路,路两边不再是漂亮的橱窗,而是变成了老式居民楼,视野也骤然变得昏暗,明明是走过无数次的路,今天却忘了

第 11 章 最离谱的传言

这个地方有个台阶,脚下一绊,人就摔了,膝盖狠狠地撞到了地上。

温乔脑子都摔蒙了,趴在地上没动。跟在她身后的宋时遇一个箭步冲上来,蹲在她面前,手握住她的胳膊,把她从地上扶起来,声音紧绷着:"怎么样?摔到哪儿了?疼不疼?"

温乔一句话不说,只是低着头。

宋时遇见她一声不吭还低着头,顿时眉头紧锁,紧张地问她:"怎么了?是不是摔到哪里了?"一边问,一边用视线在她身上梭巡,然后就看到她手掌根的一块皮肤被蹭破了,他着急地要去攥她的手:"让我看看——"

"我没事,谢谢。"温乔依旧低着头,默默把自己的胳膊从宋时遇手里抽出来,声音平静得可怕。

宋时遇的手里骤然一空,再听到她冷淡的声音,他僵了僵。虽然早就做好会听到冷言冷语的心理准备,可是真的听到她用这样的语气跟自己说话,他依旧很不好受。

"阿温。"

"不要再这么叫我了!"温乔的语气猛地激烈起来,她终于抬起头来,眼眶微红,眼睛里弥漫着潮气。她深吸了一口气,努力把自己激烈的情绪和泪意压下去,但是声音仍然克制不住地颤抖着:"我已经够累了,能不能请你……请你不要再来打扰我的生活了?"

哪怕一天里什么意外状况都没有发生,她也已经够累的了。

她不是铁打的,她也会累,每天凌晨回到家以后,她躺在床上连一个手指头都不想再动。她本来每天就睡不了几个小时,最近还要因为宋时遇而失眠。

她没有重蹈覆辙的本钱,也没有这个精力,她现在只想安安稳稳的,一颗心最好是像一潭死水一样,一丝波澜都不要有。

可她做不到。

昨天晚上看到那个又漂亮又精致的女孩儿在那里跟他说了好久的话,甚至还在他面前坐了下来,她心脏都揪紧了,胸口闷得难受极了,心里又酸又涩,还要假装没事。

"对不起。"宋时遇看着温乔泛红的眼睛,胸口像是被重重打了一拳,闷痛感蔓延到心脏,"阿……温乔,我们好好谈谈好不好?"

"可我不想谈。"

还能谈什么呢?谈她为什么会跟他分手?她既然下定了决心,那谈什么都没有意义。

温乔吸了吸鼻子,看着他:"宋时遇,我们分开不是一年两年,也不是三年四年,是十年了。"

宋时遇蓦地红了眼眶,死死地盯着她,一字一句地说道:"温乔,是你跟我提的分手。"

温乔脸色一白,怔怔地看着他,半晌,她才慢慢地说道:"你说的没错,是我提的分手。"

她定定地看着他:"你也说过,让我不要后悔。"

"宋时遇,我从来没有后悔过。"

宋时遇整个心都凉了,胸口一阵阵撕扯般的疼痛。他僵硬地立在那里,脸上的血色褪了个干净,连嘴唇都隐隐有些发白,看着她的眼神从未如此刻这般脆弱。

温乔眼眶一热,偏过头,不敢去看宋时遇那个被她伤透了心的眼神。她万念俱灰地想,自己这几句话,算是把她和宋时遇都逼进了绝境,再也没有什么转圜的余地了。

膝盖上一阵阵刺痛,她似乎也感觉不到。

"如果我说是我后悔了呢?"宋时遇的声音突然响起。

温乔震惊地望向他,不敢相信。

宋时遇抿着发白的唇角,发红的眼睛死死地盯着她,像是认了命,脆弱得好像一击即碎:"温乔,是我后悔了。"

温乔喉咙哽住,连呼吸都无法顺畅地进出,她怔怔地看着他,眼神里满是难以置信。

那么骄傲的宋时遇,向她低下了高傲的头颅,乞求她的"原谅"。

温乔难受得心口都在抽搐。

她吸了吸鼻子,轻声说道:"宋时遇,我不值得你这样的。"

"值不值得我说了才算。"宋时遇盯着她,眼神里的光明明灭灭,"我说你值得,你就值得。"

他的确是后悔了。

当初他满心期待着温乔会来到临川。他对她的期望并不高,说让她考上本科只是想多给她一点压力和动力,但他早就计划好了,如果温乔没有考上本科,那就上个大专,他连一些比较适合温乔的学校和专业都挑好了,只要她来临川就好。

当他从电话里听到温乔说她根本没有参加高考的时候,他一颗热血涌动的心脏仿佛一瞬间跌入了深海里。

在当时的他看来,温乔一直在骗他,说她努力学习了是在骗他,说她一直在做卷子是在骗他,说她以后要来临川和他一起生活也是在骗他,她甚至都不愿意试一试,就直接放弃了。

哪怕是这样,他也竭力保持冷静,问她以后有什么打算。

结果温乔给的答案却是分手。

他怒不可遏,像是把一颗心捧给她,却被她毫不珍惜地摔碎了,连同他的骄傲、自尊,也一并摔碎了。

直到两年后他才知道温乔当初是为什么放弃的高考。

"你为什么不告诉我你是因为奶奶病倒才放弃的高考?为什么最难的时候不向我求助?你知不知道我从姑奶奶那里知道真相的时候是一种什么样的心情?难道我就这么不值得你信任吗?"宋时遇红着眼睛问她。

"告诉你,然后呢?"温乔的情绪陡然激烈起来,她眼里带着泪意,目光灼灼地看着宋时遇,"让你给我还债,供我上大学,再养我这一大家子老弱病残吗?"

宋时遇看着她:"为什么不可以?"

无论发生什么,他都会和她一起面对,只要她站在他身边。

温乔骤然愣住,她定定地看了宋时遇半晌,忽然像是明白了什么,眼里明明还有泪意,嘴角却微微弯了起来。

宋时遇皱起眉头:"你不相信?"

温乔摇了摇头,收起笑容,温声说道:"我相信。"

这就是他们之间的鸿沟。

能够轻易压垮她的困境,他却可以轻描淡写地解决。她以前并不清楚这一点,但她现在知道了。

她不是不相信他,她是不相信自己。她没有这样的自信可以让宋时遇一直喜欢她,如果他有一天突然不喜欢她了,在她习惯依赖他之后,她要怎么一个人面对这艰难的处境?

归根结底,是她的自卑在作祟。她把宋时遇看得太高,高得像天上的星星。她捧着她的星星,想要把自己所有的好东西都给他,而不是让他沾上自己身上的泥点。

到今天,依旧如此。她依旧没有自信可以让宋时遇一直喜欢她,而她现在只想过平淡安稳的生活。

宋时遇皱眉:"先别说这些了,我带你去药店处理一下伤口。"

温乔翻开手掌,看了眼自己手掌根的蹭伤,然后说道:"我家里有药,我回家自己弄一下就好了。你回去吧。"顿了顿,她又认真地看着宋时遇说道,"我说的这些都是认真的,你以后不要再来找我了,我以前的确很喜欢你,但我现在是真的不再喜欢你了。"

"你不用强调这么多遍,我知道了。"宋时遇皱着眉说道。他盯了温乔一眼,又学着她刚才的语气说道:"你给我听好,我说的话也是认真的,如果你真的不喜欢我了,那我就让你再喜欢我一次。"

温乔怔了怔,然后皱起眉看着他。

宋时遇不给她再说话的机会:"我刚刚看到那边有一家药店还没关门,你在这里坐着等我,我马上回来。"像是不相信她会乖乖等他,又眼带警告说道,"如果我回来了发现你不在,我会去你那栋楼一层一层敲上去。"

温乔:"……"

"等着。我马上回来。"

温乔扭头看了眼自己家的方向，犹豫了一下，还是放弃了就这么回去。她无奈地叹了口气，在旁边的绿化带边上坐下来等他。

她太了解宋时遇了，深更半夜一户一户敲门这种事他真的做得出来。

她坐在那里，看着宋时遇匆匆离去的背影，突然想起了高中校运会的时候，她受了伤，就是宋时遇带她去的医务室。

※

那年温乔高二，宋时遇高三。

秋运会，每个班、每个项目都要有人报名。

男子比赛倒还好，一个班总有那么几个喜欢运动的男生，一般来说各种项目都被那几个喜欢运动的男生包圆儿了。

女子比赛却基本上没有女生主动参加。因为这件事，班主任还在班里发了一通脾气，最后拿着报名单看了看，直接点名温乔："温乔，你去年不是报了好多个项目吗？怎么今年就报了个标枪？你去年跑步跳远跳高都拿了奖，怎么今年一个都没报？怎么回事啊？不想给班级争光了？"

温乔讷讷地没作声。

她去年报名，那是冲着奖品去的。去年她几乎把项目给包圆儿了，短跑长跑接力跑，跳高跳远扔标枪掷铁饼扔铅球，拿了不少奖，领了不少奖品，什么保温杯、钢笔、羽毛球拍，抱了一堆回家。她给班级争了光，出了风头，成了学校名人，老师同学都知道有这么一号人物。她本来是挺开心的，抱着那堆奖品心里还美滋滋的，谁知道她和一些女生跑步时候的样子被男生拍了下来，还在班上传阅取笑，那些照片她也看见了，一个个奇形怪状、龇牙咧嘴的，十分难看。别的女生都气得追着男生打，她当时倒是没怎么在意，反

第 11 章 最离谱的传言

正又不是她一个人丑得出类拔萃，拿到奖品才是实在的。

那时候她没想过注意形象这回事，今年可不一样了，她要是参加，宋时遇肯定要来看的，这么难看的样子要是让他看见了可怎么办？

班主任见她不作声，直接给她下了命令："温乔，你看看你，成绩给班级拖后腿也就算了，运动会这种该你给班级做贡献争光的时候你还不出力，像什么话？体育委员！你给她把该报的都报上！还有周倩，蒋汉婷，张文雅，你们几个也去给我报名，别的班都抢着报名，你们倒好，平时成绩成绩上不去，现在有机会露脸争光了也不积极，还个个都往后面缩！"

温乔听了这话，不敢不从，老老实实地把名报上了。

宋时遇对此颇有微词："你现在还有空去参加运动会？有这个时间，不如多做两张卷子。"

温乔垂头丧气地表示，是班主任安排的，她也没有办法。

而且比起做卷子，她还不如参加运动会呢。

温乔最想不明白的一件事就是宋时遇为什么会那么喜欢做卷子。宋时遇做卷子完全不是为了提高成绩，而是把它当成一种娱乐和发泄途径，高兴了做两张卷子助助兴，不高兴做两张卷子发泄发泄，无聊了还是做卷子。

温乔去他房间找他，他不是在看书就是在做卷子，她都不知道他从哪儿找来的那么多卷子。反正每次宋时遇让她做卷子她就头疼，还不敢说。

不过宋时遇自从那次说她"猪脑子"，然后两人"冷战"了大半个月之后，就再也没有说过她一句重话了，就是偶尔被她气得脸色铁青。

既然报了名，温乔就抱着要拿奖的决心。她下定决心要做的事情就会尽最大的努力把它做好，每天放了学她也不回家，就在学校训练。

宋时遇无奈，只能陪着她训练。宋时遇喜欢动脑子，讨厌运动，每天上下学那二十几分钟的路程就是他一天的运动量了。温乔有模有样地在训练的时候，他就坐在操场后的礼台边上，喝着可乐看着她在那里跑来跑去，累死累活。

校运会如期举办。

每个班要选出一个举牌的代表。

温乔的班主任总是把民主挂在嘴上，所以这次就让班里学生自己选举牌的代表。

一般情况下，举牌代表选的都是班里最好看的那个。

本来有人直接提议选又是副班长又是"班花"的胡映璇举牌，但身为副班长的胡映璇坚持要组织匿名投票。结果最后票数一出来，最多的居然是温乔！

台下唯恐天下不乱的调皮学生们都开始起哄，胡映璇在台上报票数的时候表情已经有点僵住了。

温乔当时实在称不上好看，在班里人缘好也是因为性格讨喜。温乔当选，不仅她自己没想到，选她的那些人显然也没想到。

虽然令人意外，但是大家都没什么意见，毕竟这票都是大家自己投的，而且温乔的票数不是比"班花"的多了一两票，而是整整八票。

这结果惹得男生们纷纷在私底下议论。

"不过温乔长得也不丑，笑起来的时候还怪可爱的。"

"谁说她丑了？温乔本来就不丑好不好，我觉得她挺好看的。"

"温乔好看？她那么黑，跟非洲来的似的。"

"没有那么夸张，人家那是晒黑的，胳膊上可白了，而且人家黑怎么了，

第 11 章 最离谱的传言

黑得还挺均匀呢。"

"张博你有点不对劲啊,一个劲地夸她。"

"我这是实事求是。哎,班长,你觉得温乔好看吗?"

张博说着说着,突然扭头问坐在旁边做题,并没有参与他们讨论的邵牧康。

邵牧康停笔,顿了顿,不动声色地看了一眼站在教室外面眯着眼睛晒太阳的温乔。

"嗯。"

✦

"哎,宋时遇,你知道吗?温乔居然当上他们班的举牌代表了。"赵龙飞从教室外冲进来,在宋时遇前面的座位坐下,趴在宋时遇桌子上激动地分享他的最新情报。

赵龙飞是有名的"交际花",哪个班都有他认识的人,哪个班的八卦他都知道那么一点儿。

宋时遇手里的钢笔在手指间灵活地转了一圈,把重点放在了"居然"这两个字上,他抬起眼看着赵龙飞,淡淡地问:"有什么问题吗?"

赵龙飞说道:"当然有问题了!你知道温乔跟胡映璇在一个班吗?"

宋时遇:"胡映璇是谁?"

赵龙飞一阵无语:"人家去年还找过你呢,你这么快就忘了?我不是跟你说过吗?"

宋时遇:"不认识。"

赵龙飞:"反正高二年级所有班的女生里,最好看的就是她,她跟温乔一个班,怎么说都应该是她来举牌,结果她非要搞什么匿名投票,没想到居然把温乔给投出来了！"

宋时遇一副意料之中的表情，看着赵龙飞："这不是理所当然的事吗？"

赵龙飞不理解："怎么就理所当然了？哪个班选的不是最好看的？你看我们班不都说让你去举牌嘛，是你不去。"

宋时遇的眼神逼视过来，微笑着反问："那你觉得谁不好看？"

赵龙飞："……"

赵龙飞有那么一瞬间怀疑自己要是乱说话，今天可能没办法活着走出这间教室。

"好看，好看，温乔最好看行了吧？"赵龙飞说完还有点受不了地哆嗦了两下。

不管怎么样，举牌的人就算是定了。

校运会当天，温乔举着256班的牌子走在最前面。

宋时遇坐在自己班级的区域里，眼睛却不看自己班级的队列，而是搜寻着温乔班级的队列，很快，他就在那一条长龙里找到了她。

她穿着校服，一头齐肩发在脑后扎成马尾，没有刘海，露出光洁饱满的额头和清秀的五官，手里举着牌，站得直直的，很精神。

赵龙飞就坐在宋时遇边上，他也看到温乔了，忍不住说道："看看，啧啧啧，神气的哟，雄赳赳气昂昂的，不知道的还以为她要去打仗呢。"

宋时遇笑了，第一次觉得赵龙飞的形容十分精准。

温乔觉得所有人都在盯着她，但她越不自在，腰就挺得越直。

聚在一起说话的老师们也在议论。

"哎，周老师，你们班怎么是这个女孩子举牌啊，那个长得很好看的小姑娘呢？"

256班班主任老周本来也正皱着眉，不知道温乔为什么会当选，听张老师这么一说，他却不高兴了，立刻把眼睛一瞪："怎么了？温乔长得也很精神啊！瞧瞧那背挺得多直！我们班一向很民主，这是我们班的学生自己选出来的，证明我们班的学生没有你们班的学生那么肤浅，就只知道看谁好看，选的都是花瓶。我们就不一样了，我们选的都是实力派，人家小姑娘去年给我们班争了不少光呢。"

张老师笑着说道："好好好，我说不过你。"

班主任老周说道："我说的是实话！"

他本来对温乔举牌还不是很满意，不过刚才那一番话说下来，他也越看越觉得温乔顺眼。瞧瞧别人班那些举牌的一个个无精打采、有气无力的样子，再看看温乔，精神饱满、斗志昂扬！嗯，不错！

开幕式结束后，比赛正式开始。

温乔报的项目多，全程基本上都有她的名字。

第一天是100米短跑和800米长跑，还有扔标枪。

温乔100米跑了个第二名，800米跑了个第一名，扔标枪也拿了个第二名。

第二天是跳高、跳远、扔铅球、掷铁饼。

温乔不擅长跳高，没拿到名次，跳远拿了个第三名，扔铅球和掷铁饼都拿了第二名，主要是输在了高三一位体重比较重的女同学手里，这种力量型的运动，她体重不够，力量再大也大不过体重比她重好多的。

前两天的项目，温乔可算是出尽了风头，只要是她上场的项目，基本上都能争一保三。

班主任老周红光满面、趾高气扬。

最后一天是400米接力赛和1500米长跑。

温乔都报了。

400米接力赛，温乔跑的是最后一棒。

第一棒跑了第二，但是差距很小，第二棒又把这个差距给拉大了，结果在交接的时候，第三棒的女同学忘了预备动作，在第二棒的女同学冲过来时被撞了一下，顿时引起观众席上一片惊呼。

等到交接好，第三棒的女同学跑出去，已经落后到第四名了，而且这个女同学的发挥明显受这个意外影响，和对手的差距一直在拉远。

赵龙飞一边往嘴里塞薯片一边说道："这下悬了。"

宋时遇也忍不住微微皱起眉，看向站在最后一棒起始位置的温乔。

温乔的身体保持着微微前倾的姿势，手往后背，头往后扭，一张平时总带着笑的脸此时却紧绷着，眼神专注又锐利，紧紧盯着正咬着牙拼命向她奔来的女同学。

另外三个班的同学都先后交接了最后一棒。

"蒋汉婷！加油！"256班的同学们大声给第三棒的女同学加油。

蒋汉婷跑得眼泪都要出来了，眼看温乔就在前面，她一边拼命跑一边向温乔伸长手把交接棒递了过去，温乔小跑着往前，一直伸着的那只手一把抓住前端，用力握紧的同时，整个人像是蓄满力的猎豹一样冲了出去！

眨眼就超过了第三名的女同学！

赵龙飞激动地把薯片一抖："牛啊！"

256班的同学们更是全都激动地站了起来，齐声大喊：

第 11 章 最离谱的传言

"温乔！加油！""温乔！加油！""温乔！加油！"

加油声响彻整个操场。

温乔耳朵里是同学们激动的加油声和呼呼的风声，她紧紧攥着手里的交接棒，眼睛死死盯着跑在她前面的那个人，然后超过——

"温乔加油！"256 班的同学们全都涨红了脸喊道。

赵龙飞也激动地站了起来。

一眨眼，温乔又超一人，到了第二！

这回连宋时遇都站了起来。他倒不是因为激动，而是因为他前面的人都站了起来，他再不站起来，就看不见了。

操场上所有观看这场比赛的人全都沸腾了！他们都大喊着加油！

还有最后 20 米！

温乔此时已经形象全无，她咬紧牙关，不去看终点，只是死死地盯紧前面那个女同学，拼了命地往前跑——

她们之间的距离也在以肉眼可见的速度不断地缩减！

两米！

一米！

在距离终点还有十米远的时候，温乔拼尽全力，几乎咬碎了牙，居然再次提速！

当温乔超过第一名的女同学、冲破终点线的时候，整个操场几乎都被尖叫声和欢呼声给抬了起来！

谁都没想到温乔居然能彻底逆转局势，最后一棒连超三人拿了第一！

班主任老周喜不自胜，得意非常："哎呀，这个温乔，没给我丢脸。"何止是没丢脸！温乔这回可是给他大大地长了一回脸啊！刚才那种逆风翻盘的场面把他都给看激动了，特别是她们表现出来的团队精神，更值得写一篇作文。

旁边的张老师"啧啧"两声，也不禁感叹道："这小姑娘的确厉害，这个抗压能力也是强。哎，她学习怎么样？"

老周正在笑着鼓掌，闻言皮笑肉不笑地说："现在正高高兴兴的，别问这种扫兴的话。"

张老师："……"

赵龙飞内心余波未平地坐了下来，忍不住感叹："哎，宋时遇，温乔可真厉害啊，你别看她腿不长，跑得还真是挺快——哎？那边怎么了？是不是出什么事了？怎么围那么多人啊？"

他说完，没有得到回应，于是扭头看去，身边的位置已经空了。他连忙又站了起来，这才发现宋时遇正往那边奔去。

赵龙飞呆了一呆，他好像还是第一次看到宋时遇跑起来的样子。

那边温乔已经被一圈人团团围住了。

"我没事我没事，就是脚崴了一下。"温乔捂着脚腕坐在地上，她被这么多人围着，也有些受宠若惊。

她跑步的时候没事，反而是冲了终点线之后小跑的那几步，因为用力过猛腿软而崴了一下，疼得她当时就瘫到地上了，把一堆人吓了一跳。

"都肿了，还说没事。"邵牧康蹲在她身边检查，罕见地皱起眉，语气严厉。

温乔有点不好意思，忍不住弱弱地说道："不是刚刚肿的，是昨天腿就有点肿。"

"那你今天还参加跑步比赛！"有女生惊讶地说道。

第 11 章 最离谱的传言

温乔还笑得出来:"那不是因为我不参加就没人了嘛,而且就是肿了,根本不疼,没有影响的,你看,我还跑了第一呢!"

邵牧康突然抬头,眼神复杂地看了她一眼:"我送你去医务室。"说着就要把温乔扶起来。

"不用了。"一只修长的手伸过来,结结实实地握住温乔的手臂,然后人就在她面前蹲了下来,"哪里受伤了?"

边上一圈人看着突然出现的宋时遇,都愣住了。

邵牧康脸上没什么表情,看着温乔在宋时遇出现后一下子亮了起来的眼睛,他眼神暗了暗,默默站起身来。

温乔一看到宋时遇,明明刚刚还笑得出来,这会儿却是眼眶一酸,脚腕莫名其妙地更疼了,她用眼神询问宋时遇"你怎么来了",同时嘴上说道:"没什么,就是脚崴了一下。"

宋时遇的视线落在温乔明显肿了的脚腕上,眉头一下子皱紧,他还没来得及说什么,温乔就连忙解释:"不是现在肿的,是昨天就肿了。"

没想到她这句话不说还好,说了之后宋时遇眉头皱得更紧了,眼神也更可怕了,他深深地看了温乔一眼。

虽然他没说出口,但是温乔领会了意思,他是在说——"你还好意思说?"

宋时遇把胳膊伸到她面前示意她抓住:"起来,我送你去医务室。"

温乔抓住他的胳膊站起来,结果右脚脚腕受力的瞬间,一阵钻心的疼痛传来,她嘶的一声倒抽了口凉气,一下子把右脚离地提了起来,整张脸都皱到了一起,马上要掉眼泪。

宋时遇扶住她,看着她的眼泪在眼睛里打转,又气又心疼,不理解她为什么为了这么个根本不重要的运动会这么拼命。

这时赵龙飞也赶了过来:"怎么了怎么了?哎?小乔你这是怎么了?光荣负伤了?"

温乔眼含着一包泪看他,赵龙飞心突然颤了一下。温乔眼睛本来就又黑又亮,现在还水汪汪的,叫人觉得又可爱又可怜。

赵龙飞就愣了那么一下,宋时遇冰冷又危险的眼神就扫视了过来。赵龙飞心里一哆嗦,回过神来:"那、那个,要帮忙吗?"

温乔还没来得及说出拒绝的话,宋时遇突然松开扶她的手,转身背对着她蹲了下去,然后头转向惊讶的赵龙飞:"扶她上来,我背她去医务室。"

赵龙飞愣了一秒,随即动手去扶温乔。

边上围着的其他人都看傻眼了,不知道这是什么情况。

这可是宋时遇啊,平时跟谁多说几句话都少见的人。

一群人的目光从宋时遇身上转移到温乔身上,开始心照不宣地默默猜测了起来。

第 12 章
新邻居

温乔昏昏然地被赵龙飞扶着趴在了宋时遇的背上。

她趴上去的时候还有点担心,宋时遇肩不能挑,手不能提的,能不能背起来她啊?要是她趴上去了,他却起不来,那他不是很尴尬?

她忧心忡忡,小心翼翼地趴上去,虚虚地搂住宋时遇的脖子。

很显然赵龙飞也和她有同样的担心,蹲下来问宋时遇:"你行不行啊?"

宋时遇凉凉地看他一眼,反手托住温乔,腿部一用力,就背着温乔站了起来。

赵龙飞跟着起身,一脸没想到的表情:"真是看不出来啊。"

宋时遇懒得再理他,背着温乔走了。

班主任老周闻讯赶来,看到宋时遇背着温乔,震了一下:"这、这是怎么了?"

宋时遇说道:"老师,她受伤了,我送她去医务室。"

旁边的赵龙飞也帮腔:"对,老师,学妹脚受伤了,我们送学妹去医务室。"

老周愣了愣,下意识地说道:"那、那你们快去吧。"

等两人走了，老周才猛地醒过神来，刚才256班那么多人呢，谁不能送啊？怎么非要宋时遇送？

宋时遇背着温乔去医务室，一路上引来了不少目光，路上再碰到哪个老师，赵龙飞又要费口舌解释一通。谁让宋时遇在学校是大名人，哪个老师都认得他，哪个老师都要叫住他们问一番。

温乔反正是把脸镶在了宋时遇的背上，就怕被人看见。

好不容易到了医务室，发现这里已经有好几个伤员了，坐的坐站的站。

宋时遇背着温乔进来的瞬间，几双眼睛齐刷刷地盯了过来，都露出不可思议的眼神来，当着当事人的面，他们不好出声交流，只能用眼神疯狂交换信息。

二中的医务室很小，外面没位置了，医生就安排温乔到里面去。医生检查了温乔的扭伤以及腿上的水肿，帮温乔摸了摸骨头，活动了一下脚腕，说是没什么事，用药油揉一揉就好了。

"那我下午还能比赛吗？"温乔问。

宋时遇顿时扫过来一个危险的眼神，温乔当没看见。

赵龙飞倒是对她肃然起敬，都这样了还想着比赛呢，这集体荣誉感也太强了。

医生问："比什么赛？"

温乔说道："我还有1500米的田径。"

医生好笑道："下午跑1500米？同学，你现在走路都成问题，还赛跑，别想了，好好坐着休息看别人比赛吧。你这扭伤挺严重的，这两天都得注意点，这只脚别太用力。"

第 12 章 新邻居

医生去外面拿了药油进来:"这个药油,你现在用一次,晚上睡觉前再用一次。要用点力道揉,揉久一点,把脚腕都揉热了让药性进去。"

温乔点点头,然后问:"医生,这个药油多少钱啊?"

医生说:"十三块。"说完就走出去了。

温乔下意识看向宋时遇:"我没带钱。"

宋时遇则看向赵龙飞:"你去把钱给一下,回去我再给你。"

赵龙飞看看这个,又看看那个,扬起一个"友爱"的笑脸:"行,那我去了。"出去的时候,他还贴心地把门给带上了,隔绝了外面那些人窥探的眼神。

小屋里,宋时遇拉了张椅子坐在温乔面前,把药油从她手里拿过来,一拧开盖子,一股冲鼻的味道弥漫出来,熏得他微微皱了皱眉。

温乔连忙说道:"给我吧,我自己来。"

宋时遇皱着眉看她一眼,然后把药油倒在掌心里:"把裤脚拉上去。"

温乔说:"还是给我吧。"

宋时遇弯腰把药油瓶放在地上,然后用两只手把掌心里的药油搓匀:"快点。"

温乔只好把裤脚拉上去,露出肿胀的脚腕。

宋时遇又示意她:"腿过来。"

温乔把腿放到他腿上,宋时遇用两只沾满了药油的手轻轻裹了上去。

他手上的动作比他说话的语气要温柔百倍,带着几分小心翼翼和不易察觉到的紧张。

温乔看着宋时遇那两只又白又长又细的手握住了她那只又肿又黑的脚腕,

脸一下子红了，觉得很不好意思。

宋时遇低着头认认真真地帮她揉按脚腕，怕弄疼她，手上也不敢太用力："疼不疼？"

"不疼。"

"你怎么想的？腿都肿成这样了你还想去跑，就为了那点破烂奖品，值得你这么拼命吗？"宋时遇一边给她揉脚，一边皱着眉头训她。

"我不是为了奖品。"温乔解释，"下午1500米的田径比赛我们班报名的就我一个，我要是去不了，就没人比赛了。"

宋时遇抬起头来，盯她一眼："没人比赛就没人比赛，就一个校运会，你以为你在参加奥运会？"

温乔抿了抿唇，说道："我们班主任说，我平时成绩拖班级后腿了，这种时候，我得给班级争光。"

宋时遇闻言，眉头一皱，手上的动作停了下来，声音也冷了下来："这是你们班主任说的？"

温乔见他生气了，连忙解释道："班主任当时是因为没有人报名，他生气才这么说的，他平时对我很好的。"

宋时遇眉头皱得更紧了，一脸恨铁不成钢的表情："他这么说你，你还替他说话？"

温乔知道他生气也是因为她，心里是欢喜的，抿着唇笑："哎呀，你快点吧。"

✳

温乔看着正蹲在她面前，皱着眉头用酒精和棉签小心翼翼给她清洗伤口

第 12 章 新邻居

的宋时遇，就想到了他在学校医务室给她上药的那个场景。

一下子又想起了学校里的好多人、好多事情。

想到她那个时候是真的好快乐。

她还记得宋奶奶家后院有一棵水桐树，宋时遇房间的窗户就正对着那棵水桐树，宽大的叶子从外面探进窗里，阳光穿过树缝洒在书桌上。她坐在书桌前做卷子，在蝉鸣声中昏昏欲睡，一转头就能看到坐在床上看书的宋时遇。

她常常做着卷子就睡着了，宋时遇有时会把书卷起来敲她的头，有时会放任她睡，但她醒来的时候总少不了冷嘲热讽。

那个时候，她连心里都是甜的。

后来，宋时遇高考结束，回到了临川。

她想他的时候，就会去他的房间，坐在书桌前做卷子，有时候趴在书桌上睡着了，醒来的时候心里空落落的。

她是真的想过要拼了命考去临川的。

她也真的拼过命，只是最后结果不尽如人意。

掌根突然传来丝丝凉意，灼烧感也跟着减轻了不少。

温乔低头一看，发现宋时遇正凑近了朝她伤口上吹气，眉头还皱着。他吹了几下之后抬头问她："还疼不疼？"

温乔愣了愣，立刻把手从他手里抽出来："不疼了，谢谢。"

宋时遇盯着她，像是在忍耐什么，但他什么也没说，只是问："膝盖呢？"

温乔看了一眼自己的膝盖，牛仔裤上蹭了一大块泥。

温乔说没事，宋时遇低头把东西收拾进袋子里，然后起身说道："走吧，我送你回去。"

温乔站起来，膝盖被牵动，传来一阵疼痛，她装作正常，就这么一路走到了楼下。

她转头看宋时遇。

宋时遇也睨她一眼："看我干什么？我送你上楼。放心，我不会进去的。"

温乔抿了抿唇，不说话了，开始往上爬楼。

可走路还好，爬楼梯，膝盖牵动更大，疼得她偷偷龇牙咧嘴，不敢让宋时遇看见。

四楼的灯还坏了，楼梯扶手上也都是锈，看得宋时遇直皱眉头："你怎么住在这种地方，楼下连门禁都没有，谁都可以上来。"

温乔手掌根疼，膝盖也疼，听到这句话有点忍不住，压着火气淡淡地说道："因为我没钱。"

宋时遇默了默，半晌，说道："对不起。"

温乔没说话，继续往上爬楼，到了门前，她说了声再见，看也不看宋时遇一眼就开门进了屋。

宋时遇站在门外，看着铁门在他面前关上，半晌，低声说了句："晚安。"

✦

温乔进屋后，看到家里的灯还亮着，平安正坐在书桌前做卷子。听到关门声，他立刻转过头来："姐姐。"

温乔把包挂在墙上，走过去惊讶地问："你怎么还没睡？"

平安说道："我睡了一觉，刚刚醒了，再睡睡不着，就起来做一会儿题。"

温乔简直无话可说，要是让黎思意看见这一幕，估计更得怀疑平安是宋时遇生的了，她揉揉他的小脑袋："为什么睡不着？"

第 12 章 新邻居

平安抿了抿唇,说道:"我做了个噩梦。"

温乔皱了皱眉:"什么噩梦?"

平安从椅子上转过来,伸手抱住温乔的腰,脸贴在她柔软的腹部,声音闷闷的:"我梦到姐姐不要我了。"

在梦里,姐姐嫁了人,还生了个小孩。那个小孩被姐姐抱在怀里,对他说,这是我的妈妈,不是你的。他伤心极了,哭醒过来。

温乔哑然失笑,但也明白,这是因为平安没有安全感。平安还小的时候,就有人开玩笑说姐姐不是妈妈,以后嫁人了就不要他了,吓得平安做了好几晚上的噩梦,睡觉时都要紧紧抱着她的胳膊。

温乔有点难过,手放到他头顶上,轻轻摸了摸他细软的头发,柔声说道:"傻瓜,姐姐怎么可能不要你?上次我都跟你说过了,梦是反的,你忘了?"

平安摇了摇头,他知道那只是做梦,也知道姐姐不会不要他,可是他还是好伤心好伤心,伤心得胸口都痛了,只能爬起来做题转移一下注意力。

"姐姐。我好想你。"平安抱紧温乔,从她身上汲取温暖。他刚才好想好想她,想去店里找她,可是那么晚了,他又不敢。不是怕黑,是怕姐姐会生气。

温乔想,那个噩梦真是把平安给吓着了,她轻轻拍着他的背安抚他:"姐姐也想你。"

平安忽然闻到一股药水味,他松开她,然后一下子抓住温乔的手放到眼前,看到她手掌根上的擦伤,他又着急又心疼地问:"姐姐,你怎么受伤了?"

"没事,就是不小心蹭了一下,都涂了药水了,明天就好了。"温乔把手从他小手里抽出来,接着说,"好了,很晚了,你明天还要上学,快点上床去睡觉。我也困了，要赶紧洗个澡睡觉了。"

平安皱着小眉毛："伤口不能碰水的。"

温乔笑着说："我知道，我会注意的，好了，你快上床睡觉。"然后她就拿上睡衣进浴室了。

在浴室脱了牛仔裤之后，她才发现膝盖上青黑一片，看着挺吓人的。

洗完澡出去，平安已经乖乖躺在床上了，但是还没睡着。温乔想起之前谢庆芳和她说的话，于是走过去在床边坐下来，问平安："平安，马上就要暑假了，你想不想学点什么？你看贺灿暑假报了好多班，有跆拳道、游泳，还有钢琴什么的，你想不想学呢？"

平安说道："我知道，贺灿都跟我说了。姐姐，我不想学。"

温乔愣了愣，问："为什么不想学？你是不是担心学费的事？姐姐现在有钱了，店里的生意那么好，每天都能赚好多钱，而且学那些都不贵的。"

平安很平静地说："不是的，是我对那些东西不感兴趣，我只想好好学习。"

温乔想了想说："不然你先跟着贺灿去看看？万一有感兴趣的呢？"

平安很坚定："姐姐，我真的不想学那些。"

温乔也不想再勉强他，更何况他平时学习就够用功的了，好不容易到了暑假，她也想他能像他这个年纪的其他孩子一样好好玩玩，于是说道："好，既然你不想学，那我们就不学了。等到了暑假，店里没那么忙了，姐姐带你出去好好玩玩。"

平安开心地抿嘴笑，漂亮的浅色眼瞳闪闪发亮，说好。

温乔亲了亲他的额头跟他说晚安，平安也对她道了声晚安，然后乖乖闭

第 12 章 新邻居

上了眼睛。

温乔等平安睡熟了,才找出药油来给自己的膝盖上药,她做这一行,磕磕碰碰是常有的事,所以家里的药备得很齐。

上了药之后躺下,她实在是太累太困了,都没有精神再想别的什么,很快就睡着了。

✦

下午两点,店里忙完了温乔就回家午睡,睡到三点半,闹钟还没响,就被楼道里的动静给吵醒了。她干脆起床,准备早点去店里,一开门就看到隔壁正在搬家。

她刚搬来不久,和隔壁那家人也就是偶尔见了面打声招呼的交情,看到那家的女主人,也只是问了句:"搬家啊?"

女主人笑了笑,说道:"对。"

温乔也没怎么放在心上,毕竟是跟她没什么关系的事,以她的作息时间,十天半月也见不了邻居几次。

她手掌根的伤不算严重,昨晚上又涂了药,今天就结痂了,反倒是膝盖上的更疼一点,特别是上下楼梯的时候,平地上行走倒是不怎么疼,不过这点疼她还是能忍的,不影响她做事。

到了晚上十点,外面都不见宋时遇的身影,温乔不自觉地频频用余光往外看,心里说不上是什么感觉,但并没有想象中的如释重负。

陈珊珊从外面走进来,好像很好奇:"温乔姐,那个人今天是不是不来啦?"

温乔皱了皱眉,看了她一眼,没说什么。

炒完一份花甲，让周敏端出去后，温乔心里莫名有点烦闷，她洗了手，在围裙上擦了擦，拿出手机，一眼就看到了宋时遇给她发的微信。

"今天有事，晚一点再过去。不用等我。"

看一眼时间，是半个小时前发的了。

谁等他了？温乔在心里嘀咕了一声，胸口的烦闷感却奇异地消失了，紧接着她意识到什么，心里一跳，立刻按灭了手机，皱起了眉头。

宋时遇一直到十一点半才过来。

陈珊珊看他又来了，有点失望，心里想着他以后再也不来了才好。

她的视线又转到温乔身上，真想不明白，温乔有什么好的。

凌晨两点半，温乔关了店门就走，宋时遇还是一如既往地跟了上来，好像昨天晚上什么都没有发生过一样。

温乔一路忍到楼下，见宋时遇还没有要停下来的迹象，她终于忍不住了，停下脚步转身看着他，皱着眉头问："你打算这么跟着我到什么时候？"

宋时遇也跟着停下脚步，好像一直在等着她问这句话似的，冷静地说道："我没有跟着你。"

温乔愣了愣。

"是我忘了告诉你了。"宋时遇淡定地说道，"我刚搬过来，正巧，跟你同一栋。"

他说完，居然径直走过温乔身边，上楼去了。

温乔愣了好几秒才跟上去，难以置信地跟在他身后追问："你说什么？你搬到这里来了？"

宋时遇脚步不停，轻描淡写地"嗯"了一声。

第 12 章 新邻居

温乔简直不敢相信:"宋时遇你是不是疯了?"

宋时遇蓦地停下脚步,转过身来,垂眸看她:"怎么?你能住,我不能住?"

温乔噎住,一时间说不出话来,只觉得匪夷所思。

宋时遇怎么能住在这种地方呢?

宋时遇见她不说话,又转过身去,继续往上走。

温乔脑子混乱地跟着往上走,然而走过了三楼,都不见宋时遇停下来,她突然有种不祥的预感,然后猛地想起今天下午在楼下看见的那辆搬家公司的货车,该不会——

她眼看着宋时遇走过了四楼,又走过了五楼,最后停在她家隔壁刚搬走的那户人家的门口,他对着她微微一笑,将细长的手伸到她面前:"你好,我是宋时遇,是你的新邻居,以后请多多关照。"

温乔定定地盯了宋时遇几秒,又低头盯着他的手几秒,然后"啪"的一声脆响——她拍开他的手,面无表情地越过他,掏出钥匙,开门进屋,又是"啪"的一声——关上了门。

宋时遇愣了愣,半晌,看着自己被拍的手,莫名地轻轻笑了一声。

他拿出周秘书交给他的钥匙,打开面前的房门,一股闷热的风扑面而来,顿时让他皱起了眉头。

按下墙上的开关,宋时遇扫视了一眼房间的大概布局,眉头皱得更紧了。

四十多平方米的大单间,一眼能望遍,虽然周秘书下午亲自过来监督布置了一番,替换了里面的一些家具电器,但宋时遇要求今天就要搬进来,时间实在太仓促,房子整体看起来还是很破旧,崭新的家具电器摆在里面反而显得格格不入。

之前的租客是一家三口，为了省钱，也没有安装空调，周秘书只能临时买了一台大立扇先顶着，等明天再安排人过来装空调。

周秘书虽然跟他说过这里的条件简陋，但宋时遇没想到会这么简陋。

想着自己刚才跟温乔说的话，宋时遇反手关上门，走进了这蒸笼似的房子里。

✦

姚宗罕见地一大早就到了公司。

他也不去自己的办公室，而是直奔宋时遇的办公室，推开办公室的门，和坐在外面办公室的周秘书打了声招呼："周秘书早啊。"

他在公司有自己的办公室，但是却形同虚设，他在宋时遇办公室待的时间比在自己办公室待的时间要长得多。

周秘书起身："姚总早。"紧接着说道，"宋总还没有来公司。"

姚宗诧异："怎么还没来？"说着推开里面办公室的门，果然办公桌后空荡荡的。

他扭头问周秘书："他最近怎么了？"

"具体我也不大清楚。"周秘书说道，"不过我想，应该是与温小姐有关。"

✦

与此同时，后同小区二栋。

宋时遇在楼下转了一圈后，买了早餐回来，上到二楼的时候，平安正好背着书包从楼上下来。

两人一大一小，一上一下，在看到对方的同时，都停下了脚步。

宋时遇早就知道温乔有个弟弟，是她大伯的孩子，这么多年她一直把

第 12 章 新邻居

他带在身边。在温乔店里的时候他也看见过几次,但一直没有这么近距离地见过。

黎思意说的没错,这个孩子的确长得很漂亮,皮肤雪白,五官精致漂亮,身上穿着航天小学的校服,干干净净,清清爽爽。

他长得的确和温乔的大伯有几分相似,还隐隐有几分像温乔。

宋时遇刚准备开口说话,平安却率先开口了,他看了一眼宋时遇手里拎着的早餐,绷着一张小脸,面无表情地看着宋时遇:"姐姐还在睡觉,请你现在不要去打扰她。"

宋时遇看着他,微微有些讶异,想到这个孩子是温乔养大的,他的语气不自觉地温和下来,没有解释什么,只是说道:"放心,我不会去打扰她睡觉的。"

平安听他这么说,紧绷着的小脸柔和了一些,接着说道:"你来早了,姐姐早上要睡到九点半才起来。"

他说完,就从宋时遇身边走过,径直下楼去了,十分冷酷。

宋时遇看着他背着大大书包的小小背影,有些意外,这个孩子,一点都不像是温乔养出来的孩子。

※

这种老小区的房子,隔音并不好,隔壁稍微大一点的动静都听得到。宋时遇坐在简陋的房间里,听着隔壁温乔起床后弄出来的动静,因为闷热而焦躁不安的心却莫名地静了下来。

温乔九点半准时起床,洗漱完换好衣服,拿上挂在墙上的包包,拧开门走出去。

她前脚刚出门，宋时遇后脚就从隔壁的房子里出来了。两人一碰面，温乔才猛然想起来宋时遇昨天晚上搬过来了。

宋时遇转过头来看着她："早上好，好巧。"

温乔狐疑地盯着他看："你这么晚才上班的吗？"

宋时遇淡定地说道："我时间比较自由。"

温乔想，他是当老板的，的确想什么时候去公司，就可以什么时候去公司。

宋时遇的车停在东二街附近，所以要步行过去。

温乔不得不跟他一起走。

"你手上的伤好了吗？"宋时遇问。

"好了。"温乔不冷不热地答道。

她突然想清楚了，这段时间她对宋时遇避之不及，宋时遇反而步步紧逼，不如就这么不冷不热地相处着，说不定他自己会慢慢发现，他对她的喜欢，也许只是一种执念罢了。

宋时遇却因为她态度的变化而暗暗窃喜。

在路过一家早餐店的时候，宋时遇说道："你等我一下，我去买早餐。"

温乔突然叫住他："等一下，我不想吃这个。"说着，她指向马路对面那家卖生煎包的店，"我想吃生煎包。"

这家早餐店没有人排队，就一两个人在买早餐，那家卖生煎包的店却排了很长的队。

宋时遇没想到温乔居然会主动提出要吃什么，更没想到她是在故意为难他，他有些雀跃，清冷的眼睛发着亮，嘴角也上扬起来："那你在这里等我一

第 12 章 新邻居

下,我过去买。"

温乔冷淡地点点头,看着宋时遇穿过马路,进到对面排队的队伍里后,还转过身来看她。

温乔忍不住回想起高中,绝大多数时候都是她跑腿去给他买早餐,没想到现在居然反过来了。

她站在原地,默默看了他一会儿,转头走了。

宋时遇排在最后面,跟着队伍慢慢往前移动,他下意识转头往马路对面看,却发现温乔的身影已经不见了。他怔了一下,忽然反应过来,眼神里雀跃的光亮顿时黯淡,原本上扬的嘴角也跟着沉了下去。

✷

"你要的生煎包。"宋时遇神色如常地把买来的生煎包和豆浆放在温乔手边的灶台上。

温乔愣了愣,然后淡淡地说了句"谢谢"。

宋时遇"嗯"了声,然后说道:"我去公司了,你快点吃,要凉了。"

温乔张了张嘴,想说什么,宋时遇却已经转身走了出去。

温乔看看他离开的背影,又看看灶台上那份生煎包和豆浆,心里一时间说不上是什么滋味。

✷

宋时遇到公司的第一件事,就是让周秘书安排人去装空调,他昨天晚上热得半宿没睡。

推开门,在进到办公室前,宋时遇又想起一件事:"还有,浴室的淋浴头是坏的。"

周秘书立刻说道:"好的,我现在安排人过去处理。"

宋时遇一进办公室,就看到了坐在办公桌后正在看文件的姚宗。

姚宗看到宋时遇来了,立刻丢开文件,从椅子上起身:"你今天怎么来得这么晚?"

宋时遇淡淡地反问:"你今天怎么来得这么早?"

姚宗一噎,换了话题:"哎,你最近跟温乔怎么样了?对了,黎思意说你要搬家?你要搬去哪儿啊?"

宋时遇坐下来,打开电脑,微一蹙眉:"她怎么知道我搬家的事?"

姚宗一屁股坐在办公桌上,长腿还能轻松地踩着地:"那我哪儿知道啊,反正是她跟我说的。好端端的,你搬什么家啊?要搬去哪儿?"

宋时遇淡定地说道:"不是要搬,是已经搬了。"

姚宗惊讶地连声问:"已经搬了?那么快就找好房子了?怎么半点动静都没有?搬去哪儿了?"

*

虽然宋时遇拒绝将自己的新住址告诉姚宗,但是下班以后,姚宗还是死皮赖脸地说要去他家喝酒,跟着宋时遇到了他的新住处。

姚宗站在楼下时就露出了一脸匪夷所思的表情,等到气喘吁吁爬到六楼,跟着宋时遇进去,好家伙,本来爬楼就爬了一身汗,门一开,一股热风迎面扑来,他发出一声惨叫:"这什么地方啊?蒸笼啊?"

虽然外面天还没黑,但是房间里光线却不好,看着像晚上。宋时遇一进房间就先把灯打开,然后找到被周秘书放在书桌上的空调遥控器,打开了空调,冷空气从空调里被徐徐输送出来。

宋时遇放下遥控器，走过去拉开冰箱，里面整整齐齐地放着他常喝的矿泉水和酒："喝水吗？"

姚宗正盯着墙上被小朋友用粉笔画出来的涂鸦发呆，闻言回过神来，用一言难尽的表情看着宋时遇："你这牺牲也太大了。"

他的家境跟宋时遇的旗鼓相当，别说住了，像这种房子他见都没见过，就连他的卧室也比这房子大。

他了解宋时遇，宋时遇对生活品质的要求和他比起来，只高不低，现在居然住在这种房子里。他抬头看了眼天花板，上面的墙皮都开裂了，感觉随时有可能掉一块下来。

宋时遇丢过来一瓶水，姚宗手忙脚乱地接住，然后把旁边的椅子拉过来坐下，拧开盖子咕咚咕咚一口气喝了半瓶，这时候空调也开始发挥作用，房间里凉快了一点。他呼出一口气，又看了看房间里的摆设，一眼就看出来："这些家具电器什么的都是现买的吧？"

宋时遇没理他，打开衣柜从里面拿了几件衣服，随手解开领带丢到床上，往浴室走："我冲个凉。"

姚宗哎了两声，认命地继续观察这间房，想着自己能不能为谁做到这个份儿上，但怎么想都想象不出来自己得多喜欢一个人才会为了她来受这种罪。

宋时遇很快冲完凉出来。

姚宗扭头看过去，宋时遇带着一身冰凉清爽的潮气走出来，头发没有吹干，湿漉乌润地搭在前额，他随意往后一抓，完整地露出一张难以简单用英俊两个字来形容的脸庞，有种漫不经心又舒展的迷人。

他不禁在心里感叹，居然能拒绝宋时遇的追求，这温乔真不是一般人。

"哎,时遇,你跟温乔,你们两个当年到底是怎么分的手?"

宋时遇正拉开冰箱从里面挑酒,闻言,手顿了一下,随即拿出两罐啤酒,丢给姚宗一罐:"喝完快滚。"

姚宗拉开拉环喝了一口,长出一口气,一挑眉说道:"哎,你现在不是正在追温乔吗?你就不想听一听前辈的建议?"

宋时遇也喝了一口酒,冰凉的酒液灌进喉咙,感觉舒服了一些。他瞥了姚宗一眼:"说。"

姚宗立刻说道:"那我得先知道你们当初是怎么分的手啊。"

宋时遇拿着啤酒罐的手不自觉收紧,眼神暗了暗。

"……后来我才知道,高考之前,温乔的奶奶脑出血进了医院。"

姚宗听傻了:"——这也太狗血了吧。"

宋时遇凉凉地看他一眼。

姚宗立刻改口:"不是,我是说太戏剧化了。说真的,温乔也太惨了,估计人家那个时候说分手也不是真的想跟你分手,你还那么说人家,人家心里该多伤心啊——"说着说着发现宋时遇的脸色不对,他连忙住口,生硬地转变了话题,"那你后来都知道了温乔是因为什么和你分的手,你怎么不去找她?"

宋时遇深深看他一眼:"你以为我没找吗?"

当年宋时遇从姑奶奶那里知道内情后,得知温乔在家,就迫不及待地想要回去找她,那时候正好是国庆节,他本来没有出行计划,临时买票已经买不到,于是干脆从临川开车过去。

他开了一整夜的车终于到了,都来不及去姑奶奶家,就直接冲到了温乔家,结果温乔却不在家,大伯笑嘻嘻地说温乔跟男朋友去玩了。

他心里一沉,仍抱着一线希望问温乔的奶奶。

奶奶乐呵呵地说道:"她跟那个男孩子去坝上玩了,应该很快就回来了,你在家等她一会儿吧。"

他彻底乱了阵脚,苍白着脸告辞,等回到姑奶奶家,又佯装镇定地问起温乔的事。

姑奶奶虽然见他脸色不对,但也只以为是开车开的,听他问起温乔,就兴致勃勃地说道:"温乔真是有福气,那个男孩子是她表姑介绍的,长得挺秀气的,个子也高,家里还有钱,说是介绍了好多他都看不上,挑得很,没想到这回来看温乔,一下子就看上了。那个男孩子经常来找温乔,刚刚我还看到他们往坝上去了。我昨天听她表姑说,他们好像下个月就打算订婚了,要是成了,温乔也能松口气了。"

不等姑奶奶说完,他已经难以忍受,随即夺门而出,开车冲去了坝上。

他就坐在车里,远远地看到围栏边上温乔抱着一个小孩和一个男孩站在一起,时隔两年,温乔变化很大,皮肤白了很多,头发也留长了。那个男孩子个子挺高,正弯着腰逗温乔怀里的小孩,惹得小孩和温乔一起笑了起来,男孩看着温乔也笑了起来,简直就像是温馨甜蜜的一家人。

仿佛最后一线希望也破灭了,原来停在原地放不下的人自始至终都只有他一个。

那一瞬间,他万念俱灰,五脏六腑都像是浸泡进了强酸里,剧烈的灼痛让他的脸褪尽了血色,胸口闷痛难忍,口腔里甚至尝到了腥甜味。他都没有再掉头回去跟姑奶奶打声招呼,就这么开车从温乔身边驶过……

之后他回到学校，喝得烂醉，然后大病了一场。

宋时遇并没有说得很详尽，但依旧让姚宗听得叹为观止。姚宗完全没想到这两个人之间的事居然这么曲折，他也一下子想起来宋时遇那次在学校宿舍里失态的样子，原来就是因为这个。

他着急地问道："那后来呢？温乔没有跟那个男的订婚吧？"问完又觉得自己这个问题问得太傻了，要是订婚了，温乔怎么可能是现在这个样子。

"没有。"

果然。

"那你后来就没有再打听过她的消息了？"

宋时遇没有说话。

他每年过年都会回去一次。

每年他都会从别人的只字片语中得到她的消息。

说她孝顺，经常往家里寄快递。说她不容易，自己还是个小姑娘，就要带着侄子在外面闯荡。说她厉害，家里的债都还得差不多了。说她在外面找了个男朋友，感情稳定，对她很好。

而他始终走不出去。每年回去，他都会去二中，去看他们曾经一起走过的路，坐过的教室；半夜的时候睡不着，他就坐在他的房间里长久地看着外面那棵水桐树。

他们都说他念旧，只有他自己知道，他不是念旧，他忘不掉的，是曾经蹲在他床边，被他问是不是喜欢他的时候涨红了脸不敢看他，最后点头说喜欢的那个人。

是总是睁着一双亮晶晶的眼睛崇拜又热切地看着他，无论在有多少人的

第 12 章 新邻居

场合，都始终只注视着他的那个人。

是做错了事就可怜巴巴地拽他袖子求他原谅，决定了做什么，拼了命都要去做的那个人。

是不知道什么时候让他怦然心动，不知不觉越陷越深，想和她永远在一起的那个人。

他曾经也试着忘记她，重新开始，可他遇见的所有人，都不像她。

那些同样崇拜又热切的眼神，他只觉得厌烦。

以前觉得只是普通平凡的人，原来是那样独一无二，独一无二到没有任何人可以替代。

姚宗把最后一口啤酒也喝光，问："你怎么知道她现在没有男朋友？"

宋时遇抬眼看他，眼神晦暗。

姚宗一下子明白过来，就算温乔有男朋友，宋时遇这回也不会放手了。

他难得正色："时遇，我不知道温乔到底哪里好，但是既然她能让你念念不忘这么多年，我真心希望你能得偿所愿。"

第 13 章
"我很想你。"

这小半个月来,温乔面试了二十几个人,都不怎么满意。倒是周敏留了下来,虽然她嘴上没有陈珊珊那么会说,但是做事却很扎实,交代给她的事情也都能完成。

陈珊珊虽然喜欢抱怨,做事也不积极,但是她在店里也不是没有作用的。她喜欢打扮,每天都化着妆来店里,再加上她本来长得不错,性格也自来熟,喜欢跟客人聊天,跟谁都能说上几句,倒是帮店里巩固了一帮熟客。

今天又面试了两个,温乔选了其中一个十九岁的男孩子,让他明天过来上班。这个男孩子看起来比较老实,之前是送外卖的,现在不想送外卖了,想学点东西。温乔计划着他来了可以跟着温华学烧烤,等他上手以后,温乔打算让温华试着掌厨,到时候她就不用像现在这么累了。

店里的生意正在稳定地变好,特别是午市。每天趴在书桌上数钱记账就是温乔心情最好的时候。

店里晚市的生意近来也一直很稳定,星期五星期六晚上生意最好,星期天略淡一些,星期一到星期四晚上生意相对冷淡。但是,今天却好像不大一样。也不知道怎么回事,明明是生意比较冷淡的星期三,而且还是六点多,不是烧烤店生意旺盛的时候，就连隔壁谢庆芳的烤鱼店都算得上冷清，温乔店里却是从五点半正式营业开始，就源源不断地有生意来。这会儿还不到七点，往常在星期三，这个点能坐三四桌就算是不错了，现在却已经坐满了六桌。

"温乔，你们今天生意怎么这么好啊。"谢庆芳那边没什么生意，本来想过来找温乔聊会儿天，没想到温乔这边却是忙得热火朝天的。

温乔刚刚炒完两份花甲让周敏端出去，笑着说道："我也不知道是怎么回事。"

她留意了一下，外面的人都挺眼生的，像是新客，而且好像女生居多。

因为是星期三，她想着店里生意一般，还放了陈珊珊的假，没想到今天比星期五星期六还忙，从五点半到现在，店里的生意都没怎么停过。

温华和周敏倒是干劲十足，没有半句抱怨。

※

"这些人怎么老是拍我们啊，烦死了。"

店外，平安正在帮贺灿检查作业，听到贺灿的抱怨，他抬头看了一眼那边正拿着手机拍这里的两个女孩子，细细的眉毛皱了皱，然后说道："不用管她们。"

"他看镜头了！好可爱！"其中一个女生在看到平安抬起头来看镜头后，激动地小声尖叫道。

店里除了她们，还有不少人也在偷拍平安和贺灿，虽然她们原本并不是冲着他们来的。

"那个帅哥怎么还没来啊，不是说他每天晚上都会来的吗？"另一个女生拍完，又四处张望了一下，然后问。

"现在时间还早吧。好像他来的时间不固定，有的时候早，有的时候晚。"那个小声尖叫过的女生一边嚼着蛋炒饭一边说道，"你们尝一下这个蛋炒饭，真的好吃呢。"

这时陪她们一起来的男生忍不住说道："你们两个花痴，那种视频都开了美颜滤镜的，真人不知道长什么样子呢，有什么好看的，说不定就是这家店请人炒作出来的。"

※

与此同时，黎思意正在自己店里休息。这会儿酒吧刚开门，还没有客人，她躺在卡座沙发里百无聊赖地刷视频，享受这难得的清静。

她的软件完全按照她的喜好为她推送视频，百分之八十以上的视频里都是各式各样的帅哥。

不过最近她都有点看腻了，因为很少有让人眼前一亮的，大多数都是妆容和动作都很做作的滤镜帅哥。她还是比较偏爱自然的那挂，就是那种长得帅，但是又不怎么把自己长得帅当回事的帅哥。

手指仿佛有自我意识地滑动着屏幕，每个视频看不过三秒就滑掉，直到看到一张熟悉的脸孔，她猛地从沙发上坐起来，盯着屏幕上的男人——这不是宋时遇吗？！

视频明显是偷拍的视角，场景也很熟悉，温乔的烧烤店。

而且这个视频还不是一天拍出来的，是拍了好几天，宋时遇身上的衣服和坐的位置都不一样，能看出是好几个视频剪辑在一起的。视频的最后是宋时遇发现镜头后扫过来的一眼，配上动人卡点的BGM，猝不及防地，黎思意都有那么一瞬间心动了一下。

黎思意吸着冷气，心有余悸地拍了拍胸口，把心动的感觉拍走。她跟宋时遇当了这么多年的好朋友，可不能因为这个视频就沦陷了。

黎思意瞥一眼旁边的数据栏，点赞居然有三百多万，评论也有七万条，她为了做个对比，又往上连滑了好几个视频，点赞数都在十几万，最多的也就一百一十多万。

所以宋时遇这个视频算是大爆了。

她兴致勃勃地点开评论区。

"我的妈！最后扫过来那一眼让我呼吸都屏住了！"

"我前天在这家烧烤店见到真人了！真人比视频还帅！好多人跟他搭讪想加他微信，他都没有加。我听人说他每天晚上都来，好像是在等什么人，但是每天晚上都是他一个人坐在那里。对了！这家店的烧烤也超好吃！蛋炒饭绝了！就在临川酒吧一条街里面的美食街。"

"哪家烧烤店！我现在飞过去！"

"这家店我吃过！在四五路东二街！我居然去了好几次都没见到！"

"东二美食街?!"

"一天刷一百个帅哥视频都心如止水的我终于找到我的心动男嘉宾了！"

"这是素人吗?!"

"这脸！这气质！这身段！娱乐圈居然放过了这么个超级大帅哥！"

黎思意津津有味地翻了好久的评论，看评论把宋时遇夸上了天，她与有荣焉。

说实话，她一直知道宋时遇长得有多帅，之前酒吧搞营销的时候，就有人建议把宋时遇拍进去,她和姚宗都没同意,主要是因为宋时遇不会同意,要是偷偷拍了,被宋时遇知道了,他们两个都得脱层皮。

"宋时遇红了,让他收拾收拾准备出道当明星吧。"

黎思意把视频给姚宗发了过去,想了想,又给温乔也发了一份。

姚宗收到黎思意发来的视频的时候还在宋时遇那儿,他立刻点开视频看了,看完还不忘给宋时遇看了一眼:"哎,有人偷拍你发到网上了,黎思意说你红了。"

宋时遇皱眉推开,表示并不感兴趣。

温乔也看到了黎思意发来的视频,然后她看了眼外面坐满了的客人,明白今天的生意为什么这么好了。看着外面越来越多的客人,她皱了皱眉,犹豫了一下,给黎思意发信息:"思意,你让宋时遇别来店里了,店里现在很多人,好像都是冲着他来的。"

黎思意收到这条信息后,乐了,直接给宋时遇打了个电话。

"黎思意打电话来了。"姚宗看到来电显示说道,"肯定也是跟你说这件事的,你开扩音给我听一下。"

宋时遇接了电话,点开扩音:"什么事?"

黎思意的声音传出来:"喂,时遇,温乔跟我说让你今天晚上别去她店里了,现在她店里去了好多人在堵你呢。"

宋时遇微微皱眉,有些不解。

姚宗立刻说道:"肯定是你那条视频火了,好多人过去围观了呗。"

黎思意听到姚宗也在,声音高了几度:"姚宗?你们两个在一起?"

姚宗说道:"我在时遇的新家喝酒,你来吗?"

宋时遇眉毛微蹙，显然对他这个提议并不赞成。

姚宗冲他挤眉弄眼："黎思意是情场高手，让她来出出主意。"

黎思意要了地址，十分钟不到就过来了。

她一进门就发出一声惊叹，然后一边打量这艰苦的环境一边啧啧称奇，这种房子她都住不下去，没想到宋时遇居然能住。

姚宗说道："别少见多怪，你现在过来算好的了，我刚刚过来的时候空调都没开，这里面就跟个蒸笼似的。"

黎思意又推开浴室的门看了一眼，然后真心实意地说道："这房子要是让我住，我真住不下去。"说完问宋时遇："温乔是不是也住这边？"

姚宗抬了抬下巴："就在隔壁。近水楼台先得月。"

黎思意在床边的单人沙发上坐下来，问宋时遇："你和温乔最近怎么样了？"

宋时遇想到今天上午温乔让他去买生煎包，然后自己先走了的那一幕，胸口又闷了闷："不怎么样。"

黎思意给他打气："你别气馁，俗话说得好，烈女怕缠郎，更何况她那个时候那么喜欢你，肯定招架不了多久。"

姚宗问："哎，你知道宋时遇跟温乔怎么分的手吗？"

宋时遇不满地皱眉。

姚宗立刻说："黎思意是女的，女的了解女的，我们现在得集思广益。"

宋时遇听了，不说话，算是默认了。

姚宗一看他态度松动了，就立刻把刚才他跟自己说的那些事情又转述给了黎思意听。

这是黎思意第一次知道温乔的家庭情况。

"天啊，我好心疼啊。"黎思意眼眶红红地说。

此前，黎思意理所当然地以为温乔是在一个贫穷但是却充满爱的环境下长大的，她的父母一定给了她很多的爱，才能让她养成那么乐观积极的性格。

她想象不到，温乔看起来那么阳光开朗，居然是在这样的家庭里成长的。

父亲车祸去世，母亲离开家再也没有回来，家里的大人只有奶奶和智力有问题的大伯，这种家庭，她只在新闻里见过。

黎思意后知后觉，也大概是因为在这样的家庭里长大，所以温乔的性格才会一面阳光积极，一面又充满坚韧吧。

"老天爷对温乔也太不公平了。"

明明已经够惨的了，居然还要让她在高考前遇到那样的事情，那个时候温乔才多大啊，刚刚成年，就要扛起那么沉重的负担，黎思意简直无法想象。那个时候的自己在干什么？和狐朋狗友厮混，和帅哥谈恋爱，到处疯玩。

原来是因为温乔家里根本没有人可以抚养平安，所以她才只能把平安带在自己身边。

黎思意一想到这些，心里就难受。

姚宗对温乔当然也是同情的，但他显然缺少黎思意这样的共情："我叫你来不是让你来发表感言的，是让你出主意的。"

黎思意瞪了他一眼，然后吸了吸鼻子，看着宋时遇说："你有没有想过，温乔不是不喜欢你了，而是因为不敢喜欢你了？"

宋时遇微微一怔，眼神忽然有了变化。

姚宗问："什么叫不敢喜欢？时遇都主动去找她了，她还能有什么不

第 13 章 "我很想你。"

敢的？"

黎思意没有看他，而是盯着宋时遇："因为自卑。"

姚宗还是不能理解："时遇都不在意，她有什么好自卑的。"

黎思意懒得搭理他，让他闭嘴，然后看着宋时遇："我记得你和温乔在一起，是温乔表白的吧，那你有没有告诉过温乔，你有多喜欢她？"

当局者迷，旁观者清。

黎思意这句话点醒了宋时遇。

宋时遇猛然发现，他居然从来没有对温乔说过他喜欢她。

现在回忆起来，温乔总是毫不掩饰她对他的喜爱，无论是用做的，还是用说的，她热情而又坦荡地表达了对他的喜欢。

而他似乎大部分时候都在克制自己，让自己不要表现出对她的喜欢，就好像在担心被她发现他有多喜欢她，会让她太得意忘形。

那也许在温乔看来，他根本说不上有多喜欢她。

像是被兜头浇了一盆冷水，宋时遇彻底冷静下来。

※

宋时遇没来，温乔松了口气。

因为生意太好，而她没怎么准备，食材都卖光了，最后连冰箱里的东西都清空了，两点不到就关了门。

温华和周敏虽然忙碌了一晚上，累得够呛，但是两人都很兴奋。

温华说道："要是每天生意都这么好就好了。"

温乔笑着说道："要是每天生意都这么好，那我得再招两个人了。"

昨天一晚上的营业额可能都超过星期天了。羊肉串早早卖完了，卖到后面,蛋炒饭也没有食材了,这是有史以来店里关门最早的一天。

有钱赚自然是开心的,多赚一点钱,就离温乔的目标更近一步。

温华也没问宋时遇为什么没来,陪着温乔关了门,两人先去隔壁谢庆芳店里接平安。

昨晚店里生意太好,三个人都走不开,只能让平安在谢庆芳店里的包厢里睡一会儿。

温乔接到平安的时候,平安和贺灿都在包厢里睡着了,谢庆芳用椅子拼起来给他们当床,身上盖着衣服。平安被温乔抱到温华背上的时候醒了过来,睁开眼看到温乔,叫了声姐姐,就又闭上眼睡着了。

温华眼尖,远远地就看见了等在楼下的宋时遇。

"温乔姐,你把钥匙给我吧,我先送平安回家。"

温乔也看见了,没说什么,把钥匙拿给温华,然后平心静气地走了过去。

宋时遇也向她走过来,隐隐有几分忐忑:"你回来了,怎么这么早。"

温乔淡淡地"嗯"了一声。

宋时遇罕见地有几分紧张:"我在等你。"

温乔静静地看着他。

宋时遇解释:"你让思意跟我说晚上不要去店里,我才没去的。"

温乔语气平淡:"我知道。"

宋时遇抿了抿唇,半晌,就在温乔要失去耐性的时候,他轻声说道:"我很想你。"

温乔愣了一下,瞳孔微缩,不敢置信地看着他,心跳不争气地漏跳了一拍。因为太过惊讶,所以她下意识脱口而出:"你、你说什么?"

第 13 章 "我很想你。"

宋时遇深深地凝视着她，又重复一遍："我说，一晚上没见你，我很想你。"

温乔白白净净的一张脸倏地红了，张口结舌地看着宋时遇，简直不敢相信他能说出这种话来。

她想起那时候，她和宋时遇分隔两地，几乎每天都要打电话。

每次都是她先跟宋时遇说这句"我很想你"。

然后宋时遇才会回一句"我也是"。

这是他第一次主动对她说"我很想你"，却是在这种情形，这种关系下。

温乔一时间感觉自己像是在做梦，心脏跳动的速度加快，脸上也一阵阵发热，人像是呆了木了，动弹不了，只能傻傻地盯着宋时遇。

宋时遇原本还算镇定，但却经不住温乔这么直勾勾地盯着他看，他心跳得有些快，脸也有些发烫，还要佯装淡定："你应该很累了，早点上去休息吧。"

温乔这才回过神来，她心里也正乱着，下意识就想逃避，巴不得快点上楼，"哦"了一声就从他身边走过，匆匆忙忙地上楼去了。

身后，宋时遇默默地跟上来。

到了六楼，正好遇到温华从房子里出来，他看到宋时遇跟在温乔身后，满脸掩饰不住的惊讶，同时还注意到温乔的脸红扑扑的，不过也不奇怪，估计是爬楼爬得吧。

温乔怕他误会，连忙说道："他住在隔壁。"

温华更惊讶了："时遇哥，你搬到这里来啦？"

一看宋时遇的车就知道他是个有钱人，没想到他居然会搬到这种地方来住。

宋时遇点了下头，恢复了在外人面前的沉着冷静。

"嘿嘿，挺好的。"温华笑嘻嘻地把钥匙还给温乔，"温乔姐，那我下去了。"

温乔说道："去吧，别熬太晚了，早点睡。"

温华还是笑嘻嘻的："知道啦。时遇哥再见。"说着一步三阶地下楼去了。

温乔拿了钥匙准备过去开门。

宋时遇说道："你好好休息。晚安。"

温乔看他一眼，又低下头去开门，钥匙却总对不准锁眼。

宋时遇又说道："早上见。"

钥匙终于进了锁眼，温乔手上的动作却顿了一下，她没说话，开门进屋了。

独自留在过道里的宋时遇轻轻长出一口气，紧接着又皱了皱眉，开始认真反省刚才温乔看他的时候，他是不是应该对温乔笑一笑，效果会更好？

✳

而进入屋内的温乔站在门口，脑子里还盘旋着宋时遇在楼下说的那句话。

直到她洗漱完躺在床上，那句话还在盘旋。

在她的记忆里，宋时遇极少对她说什么好听的话，她倒是常常对宋时遇说。那个时候她脸皮厚得很，从不掩饰自己对他的喜欢，而且实在是太喜欢宋时遇了，连晚上偷偷溜出来约会，都是她主动去牵宋时遇的手。

她和宋时遇之间，从来都是她主动的。

宋时遇唯一一次主动，就是他们的初吻。

温乔猛地摇了摇头，及时把那些回忆从自己的脑子里晃走，告诫自己不能再想了。

第 13 章 "我很想你。"

✦

早上,温乔困倦地摸到手机关掉闹钟,睁开眼,看着天花板发了会儿呆。她昨晚梦到宋时遇了,可是现在却不记得梦到宋时遇什么了。

她简单洗漱一下就出了门,刚走到楼梯口,就看见宋时遇正上楼来。

宋时遇抬头看到她,一怔之后说道:"早上好。"顿了顿,举起手里拎着的袋子,对着她微微笑了一下,"我给你买了生煎包。"

温乔一边走,一边用筷子夹了生煎包往嘴里塞,这生煎包太好吃了,难怪每天上午都排那么长的队。外皮煎得油汪汪的,但是却一点都不腻,只觉得香。她平时看排那么长的队,都没有去买来吃过,昨天宋时遇买的那份,她给温华吃了,这还是她第一次吃,味道的确对得起那些排长队的人。

路过那家店对面的时候,温乔往那边看了一眼,发现依旧有八九个人在那里排队买。她突然想起什么,转头问身边为她提着豆浆的宋时遇:"你吃过了吗?"

宋时遇愣了愣,本来看到温乔肯吃他买的早餐,他已经很高兴了,没想到她居然还会问他吃没吃,一瞬间居然有些受宠若惊:"我吃过了。"

温乔"哦"了一声就继续往前走了。

宋时遇嘴角情不自禁地扬了扬,又立马压下去,调整了一下表情跟上去。

他特地把车停在东二街附近的停车场,这样每天早上就可以和温乔一起走这段路,就像是上学的时候那样。

✦

宋时遇和温乔两个人走在一起,路过的行人都忍不住会多看他们两眼,第一眼永远都是先落在宋时遇的身上,被惊艳后,才会去看他身边的温乔。

宋时遇穿衬衫西裤，皮鞋锃亮，气质清冷，不食人间烟火一般，而他身边的温乔穿T恤牛仔裤，手里还拎着一袋生煎包边走边吃，浑身都是人间烟火气。

表面上看起来完全是两个世界的两个人，哪怕走在一起，也很难让人相信他们有着什么亲密关系，但宋时遇亦步亦趋的步伐，以及他毫不掩饰的侧目注视让这两个世界产生了连接。

"干不干？要不要喝口豆浆？"宋时遇在温乔皱眉的时候及时递过去那杯一直拎在他手里的豆浆。

"唔。"温乔的确有点噎到了，她停下脚步，接过豆浆，咬住吸管咕咚喝了一大口，先含在嘴里，然后一点一点咽下去，这才舒了一口气，接着就发现宋时遇一直在盯着她看。

"你盯着我干什么？"她下意识擦擦嘴角，怀疑自己脸上沾了什么东西，有点尴尬。

"没什么。"宋时遇不愿意承认自己是看她喝豆浆看得入了迷，迅速移开了视线。

温乔心里感觉怪怪的，又在脸上抹了两下。等到了店里，她第一件事就是去洗手间照镜子，看脸上有没有沾什么东西，然而发现并没有。

这时候，手机响了两下，她拿出来看了一眼。

是宋时遇。

"才刚分开我就已经开始想你了。"

温乔盯着这条信息，活像是见了鬼，又像是被电了，从脸皮麻到头皮。

宋时遇这是被鬼附身了吗？从昨天晚上就开始不正常。

第 13 章 "我很想你。"

她按灭手机，深吸了一口气，看着镜子平复了一下心跳，再次告诫自己不要被迷惑了。

※

新来的男孩子叫刘超，中午就过来店里上班了，温乔先安排他跟着温华一起去送外卖摸清路线，以后两个人中午可以轮班。

温乔店里中午订餐的生意也越来越好，光是宋时遇一家公司就能订四百多块钱的单，再加上其他的订餐，这部分的营业额已经超过一千了。温乔店里的午餐外卖是走小而精的路线，没有上外卖平台，这样就少了一部分的抽成，利润也很可观。

也会有熟客主动拍照发给温乔，夸饭菜好吃。这种时刻是温乔最有成就感的时候，比收到钱还开心。

忙到中途，还有外卖小哥送来了四杯奶茶。陈珊珊请了半天假不在店里，正好一人一杯。

温华还以为是温乔点的。

"不是我点的。"

"那是谁点的？"

"不会是送错了吧？"周敏好奇地看了一眼小票，然后说道，"没送错，上面写了温乔姐的名字。"

温乔走过去看了一眼，愣了愣，这是她和宋时遇兼职过的奶茶品牌，都十年了，居然还在。

"我知道是谁点的了，你们喝吧。"温乔说道。

"谁点的啊？"温华问。

"喝就是了，你管是谁点的。"温乔在他脑袋上轻轻拍了一下。

温华机灵，笑嘻嘻地说道："时遇哥可真好。"

"给你买杯奶茶喝就好了？我对你不好？"温乔似笑非笑地说道。

"那当然没得比了，温乔姐最好了！"温华立刻拍马屁说道。

周敏抿着嘴笑。

刘超因为是新来的，也不知道他们说的是谁，只能跟着笑。

温华帮温乔把吸管插上了："温乔姐，给。"

温乔也的确又热又渴，接过喝了一口，顿时觉得天灵盖都凉爽了。她其实很喜欢喝奶茶，以前在奶茶店兼职的时候，店员可以不限量喝，她一天能喝三四杯，还是在宋时遇管着她不让她多喝的情况下。但现在的奶茶都很贵，动不动就十几二十块钱一杯，她总也舍不得买，只是偶尔会买给平安喝。

这个奶茶品牌做了十年了，除了牌子没变，什么都变了，味道也不是以前那种廉价的奶茶粉冲泡的口感了，里面还有很多新鲜杧果，很清爽。

喝完了奶茶，本来想给宋时遇发个信息谢谢他，想了想，又没发。

还是得冷淡一点。

※

温乔回到家洗完头，用吹风机吹干，看一下时间，已经是下午三点了，还有一个半小时的睡觉时间，她爬上床，把手机调成震动模式，刚调完，手机就震了两下，进来一条微信。

居然是邵牧康。

"我刚出差回来，会在临川待一阵。你有时间吗？一起吃个饭。"

这是两人加了微信以后，邵牧康跟她说的第一句话。

温乔想起穆清跟她说的那句话,觉得穆清真是想多了,要是邵牧康喜欢自己,能过了这么久才来联系她吗?

她回复:"不好意思啊班长,我最近都比较忙,店里走不开。"

邵牧康:"不要紧。等你有时间再说。"

温乔想了想,回复:"等我有时间了,请你吃饭。"

高中的时候她没少吃邵牧康给的零食,而且在学习上他也帮了她很多,的确值得她请一顿饭。

邵牧康:"好,那我随时等你的通知。"停顿了两秒,他又补充一条,"希望不会让我等得太久。"

温乔忍不住笑了笑,回:"我尽量。"

本来以为对话到这里就该结束了,没想到邵牧康又发了一条过来。

"下个月临川校友会,你去吗?"

温乔知道校友会的事,是穆清跟她说的。一开始说是同学会,后来说他们班在临川就没几个人,聚不起来,就又扩展成了校友会,二中在临川发展的人还是不少的。

穆清自然是要去的,她是混得好的那种,现在是小有名气的电视制作人,很拿得出手,而且校友会也是个发展人脉的地方,二中虽然小,但是也出了不少人才。

她让温乔去,说服温乔的理由也很充分:"你以后不是还想在临川开更大的店吗?这些可都是人脉啊,我听说二中有不少在临川混得不错的,到时候我带你认识几个,以后多少能给你照顾照顾生意。"

温乔被说服了。

"应该会去的。"温乔回复邵牧康。

邵牧康:"那我就期待我们的饭能在校友会之前吃到。"

温乔:"哈哈哈,好的。"

"我先午睡了,班长,下次聊。"

"午安,好梦。"

✦

温乔睡醒后去店里,远远地就看到店外面已经围了一群人,她心里咯噔一下,急忙赶过去看发生了什么事,结果半路上谢庆芳把她拽住,告诉她那些人都是过来看宋时遇的,还拿出手机给温乔看那条爆红的视频。

之前贺澄也这么红过一次,虽然没有宋时遇这条那么爆,但也吸引了不少人来她的烤鱼店围观,所以在处理这种事情上,谢庆芳也算得上是有经验:"你让他别过来,他们堵不到人,没几天就消停了。"

提前过来开门的温华看到温乔,立刻求救似的向她招手:"温乔姐!"

温乔跟谢庆芳说了一声,就先过去了。

店外已经围了二三十号人。

温华像是找到了救兵,对那些人说道:"这是我们老板,你们有什么问题就问她吧。"

他话音一落,那些原本围着他问这问那的人,顿时齐刷刷地看向了温乔。

温乔穿了件灰色T恤,下半身是牛仔裤,素着脸,扎了一条马尾辫,皮肤白净,五官清秀。四五街上多得是妆画得一个比一个精致的女孩儿,因此他们乍一看到温乔这样素白干净的一张脸,居然觉得有种格外清新舒服的好看。

有个正在拍视频的女孩儿把举着的手机对准了温乔,软件自动给温乔素

第 13 章 "我很想你。"

白的脸加上了一层带妆的滤镜,看着反而怪怪的,还没有温乔本人好看,她试着关了滤镜,果然自然顺眼了许多。

女孩儿嘴甜,张口就叫姐姐:"姐姐,你认不认识那个经常来你们店里的帅哥啊?"

还有不少人正拿着手机拍她,听到那个女孩儿开口,也七嘴八舌地问起了问题。

温乔头皮有点发麻,被这么多人围着,还举着手机拍,她不大适应。最后她选择看向那个最先问她问题的女孩儿,女孩儿看起来也就二十岁出头,圆脸、齐肩短发,还戴了副时下流行的大黑框眼镜,跟个娃娃似的,很可爱。温乔只对着一个人,就从容淡定了许多,她先微微笑了一下,然后说道:"不认识,他只是我们店里的一个客人,我也不知道他以后还会不会再过来。"

温乔希望他们听了这句话就能散开,她主要还是担心这群人围在这里影响她做生意。

旁边正躲在烧烤架后面戴上一次性手套准备干活的温华听到这话,忍不住探头出去看了眼温乔。温乔在他心里一直是个十分正面的形象,温柔、好看,脾气也好,还特别能干,这是他第一次看到温乔骗人,而且还这么理直气壮的,半点不心虚。

听到温乔这么说,女孩儿却立刻说道:"刚才店里的小哥哥还说那个帅哥是你的朋友呢。"

温乔顿时转头看向温华,温华没想到火能烧到自己头上来,对着温乔双手合十做讨饶样,同时露出一个心虚的笑,还往后缩了缩。

温乔只能自己补救,转过头去对着女孩儿笑了笑说道:"因为他经常来,所以勉强算是认识吧。"

女孩儿又说道："姐姐，我看到网上有人说你是他女朋友。"

她一口一个姐姐，称呼上礼貌客气，问出来的问题却不大客气。

温乔面不改色，微笑着说道："当然是假的。"

女孩儿接着问道："那姐姐你知道他每天晚上来这里是在等什么人吗？"

温乔歉意一笑，语气温和地对围在店门口的所有人说道："不好意思，我要忙了，如果你们要等，可以等我们把桌椅摆出来坐着等，只要不打扰我们正常营业就可以了，谢谢大家了。"

温乔态度这么好，那些围观的人也不好意思打扰她做生意，都自动散开了些。只有那个女孩儿穷追不舍，还跟着温乔进了店里，笑眯眯地说道："姐姐，我们是过来吃烧烤的，就是顺便问你几个问题。"

温乔转身叫温华："温华，你们把桌椅摆出去。"又转头叫一直躲在后面的周敏："周敏，过来帮她们点单。"说完对那个女孩儿微微一笑："你们先去外面坐吧，有什么问题，等我忙完再问可以吗？还有，"她看了眼女孩儿手里镜头一直对着她的手机，"可以不要把镜头对着我吗？谢谢。"

温乔脸上还带着微笑，倒让女孩儿有点不好意思了，终于开始了自我介绍："姐姐，我是做自媒体的，有一百多万粉丝，我拍的视频到时候放到网上去也可以给你们店起到宣传的效果的，姐姐你只要配合我回答一些问题，等会儿我会专门拍一下你们店里的菜品。而且姐姐你很上相，真的，拍出来很好看的，不用害羞。"

女孩儿说的话立刻打动了温乔，她当然知道对于现在的餐饮行业来说，网络营销有多重要。之前斜对面那家自助小火锅就请了美食博主来拍打卡视频，本来不温不火的生意一下子火爆起来，不过据说营销费就花了十几万，后来谢庆芳也有样学样，花了几万块请了一个几十万粉丝的美食博主过来拍打卡视频，但效果不是很好，谢庆芳说不值那个钱，还不如贺澄那条视频带的客人多。

还有客人跟温乔说过，店里的东西那么好吃，要是找个网红来宣传一下一定火。温乔也去问了一下行情，发现最少都要几万块，她舍不得那个钱，再加上有谢庆芳的前车之鉴，她就打消了念头，觉得还是稳扎稳打来得妥当。

可现在有免费的机会，她当然不能拒绝。

于是温乔在看过那个女孩儿的自媒体账号之后，佯装考虑了一下，随后点头说道："好的，那有什么问题，你问吧。"

女孩儿笑了笑："我就是想问那个帅哥的事情，你知道他叫什么名字吗？"

温乔摇摇头："不知道，刚才我已经说过了，他就是我们这里的一个客人，我怎么会知道他的名字。"

以她对宋时遇的了解，宋时遇绝对不会想要出这种风头，所以她当然不能把他的名字说出去。

温华和刘超搬着桌子正从旁边路过，听到温乔的话，刘超没什么反应，温华却是偷偷地瞥了温乔一眼，两人眼神对上，温乔十分坦然。

温华心里默默地刷新了对温乔的认知。

女孩儿又问："姐姐，那你看过那条爆红的视频没有啊？"

温乔点头："看了。"

女孩儿说道："你觉得他真人好看还是视频里的好看啊？"

温乔毫不犹豫地说道："真人。"

那个视频剪辑得很好，BGM 也配得好，但还是没有宋时遇真人那么具有冲击力。

"哇！真的吗！"女孩儿惊叹，"视频里的我已经觉得很帅了，那真人得帅成什么样啊？"

温乔想了想，没有想出具体的形容词："就……很帅。"

四五路上汇集了临川市最好看的一拨人，来来往往的帅哥美女如过江之鲫。但是要跟宋时遇比起来，那就都算不了什么了。那些好看的男孩儿女孩儿，要挑的话，总能从他们的脸上挑出点什么毛病来，个子不够高，脸型不够流畅，皮肤不够好，鼻梁不够高，牙有点龅，嘴唇有点厚。

但是宋时遇整个人，都没什么可以供人挑剔的地方，个子一米八三往上走了，脸型三百六十度无死角，头发浓密，眉眼是他最好看的地方，清冷中带着几分古典韵味，鼻梁也挺拔，连手都生得细长白净，从头到脚，简直无懈可击。

哪怕是宋时遇做错了什么事情，一看他那张脸，温乔也很难生得起气来。

女孩儿笑着说道："我看到评论区里好多人在说让他去选秀出道，拯救内娱呢。"

温乔还没回过神来，下意识说道："他都要三十岁了，选秀怕是晚了。"

女孩儿眼睛蹭地一亮，抓住了漏洞："你怎么知道他要三十岁了？你不是连他名字都不知道吗？"

温乔愣了愣，终于回过神来了，她眨了眨眼，诚恳地说道："他长得就像是三十岁的人啊。"

女孩儿失笑："哪儿像了！最多也就二十五！"

温乔笑了笑，不接话了。

女孩儿又问了："他每次都一个人来吗？"

温乔说道："他的朋友也来过一次。"

女孩儿问："那他每次都点什么啊？"

温华戴了双一次性手套，正在教刘超怎么串肉，肉是中午送过来的，都切好了，只用穿起来就行。他一边穿一边听温乔那边说话，听到这里，他忍不住想，点什么，什么都没点。宋时遇一开始还会点吃的，但是后来发现他点的东西基本上都没怎么动过，温乔就不让人给他点单了。

此时的温乔却是侃侃而谈："蛋炒饭是一定会点的，蛋炒饭是我们店的招牌，吃过的客人没有说不好吃的，还有羊肉串，我们店里用的都是内蒙古吃草的羊的肉，价格虽然贵了些，但是绝对正宗，他一个人就能吃十串，还有牛油排骨，他都爱吃。"

温华差点没笑出声，别说吃十串了，宋时遇根本不吃羊肉。

店里生意渐渐忙了起来，温乔也没空了。

女孩儿倒是讲信用，在店里拍了不少素材，还和两个一起来的朋友吃了顿烧烤，一边吃一边等着宋时遇来。然而等到十一点都没等来，她们不禁有些泄气。

温乔过来跟她们说道："我都说了，他今天不一定会过来。"

她给宋时遇发了微信，说店里好多人在等着拍他，让他今天晚上不要过来。

宋时遇还委屈巴巴地给她回了信："那我想见你怎么办？"

温乔也不知道他抽的什么风，风格骤变，只应付他说，回去就能见到了，然后就不理他了。

她猜测着宋时遇风格骤变是不是跟姚宗有关，姚宗看着就不像是个正经人。

女孩儿没等到宋时遇，只能走了，走之前还夸了温乔家的烧烤和蛋炒饭，表示自己一定会履行承诺，给她宣传。温乔道了谢，自然也是没有收她那一桌的钱。

女孩儿还加了温乔的微信，说要是下次那个帅哥再来，随时通知她，接着又问："你有没有那个帅哥的微信啊？"温乔当然说没有，女孩儿就跟她朋友一起走了。

温乔也做了一晚上的好生意，那些赶来围观宋时遇的人大多受不了那股直往他们脑子里钻的烧烤香味，十个里有六七个都坐下来吃了一顿。网络红人没看到，倒是吃了一顿好吃的烧烤，不少人都拍了照，发朋友圈的发朋友圈，发微博的发微博。

温乔今天的心情很好，忙了一天了，精神上都不觉得累。她想着要是生意天天都跟今天一样好，那店里还得再招一两个人来打下手，说不定都不用等过完今年了，下半年就能把奶奶和大伯接来临川，一家团圆了。她有七八年没有回家过过年了，每年就只回去那么一次，主要是路途太远，来回车费也不少，还要避开节假日，而且每次也待不了几天。

温乔想着平安还小，早点把奶奶跟大伯接过来，可以让他们好好相处，培养感情。之前每次带平安回去，平安似乎都有些抗拒，跟奶奶和大伯也不亲近，要等他再长大点，怕是更难培养感情。

而且奶奶现在偏瘫，虽然有邻居和亲戚帮忙照应着，但温乔还是不放心，有条件了当然要接到身边来。这么多年，她在奶奶身边的时间少之又少，奶奶年纪也大了，再不接到身边来，她也怕子欲养而亲不待。

大伯更是每次跟她打电话都会哭，说想她。他对平安反而没什么深的感情，对她这个从小被他带大的小娃娃才是贴心贴肉地挂念，奶奶说他在家里常常要问乔乔什么时候回家。为此，奶奶让温乔平时没什么事不用打电话回去，不然大伯听了她的声音又要哭半天，往后好几天都要在奶奶身边念叨着乔乔，让奶奶不得清净。

温乔想到奶奶，想到大伯，心里暖烘烘的，脚步都轻快了许多，几乎有些迫不及待地想要把他们接过来了。

"想到什么那么高兴？"宋时遇的声音冷不丁地响起。

温乔嘴角边还噙着喜滋滋的笑，猛然听到声音，错愕地看了眼不知道什么时候走到了她面前的宋时遇，自己刚才居然浑然不觉这个人朝自己走了过来。

宋时遇说道："我给你发了微信，你没回我。我问了温华，他说你下班了，我就来接你了。"

温乔想，难怪温华又提前走了，居然连说都没跟她说一声，这个胳膊肘往外拐的。

"你刚刚在想什么？那么入神。"连他迎面向她走过来了她都没发现，要不是他出声叫她，他甚至怀疑她会直直地从他身边走过去。

"我在想奶奶和大伯。"温乔今天晚上的心情很好，再加上自己的这些计划和打算从来没跟谁分享过。她可以分享这些事情的人不多，她也不喜欢被人同情。但她刚才自己一个人想了那么多，突然有了很强烈的分享欲望，而且她十分确定，宋时遇不会居高临下地对她表达同情，所以她连嘴角的笑意都没有撤下去，"最近店里的生意很好，我想找个房子，再过两个月就把大伯和奶奶接过来。"

宋时遇和她并着肩，侧头看她唇畔柔软的笑意和眼神里的憧憬，心也跟着变得柔软："那很好。"

温乔看了看他，果然没有从他的脸上找到半点同情抑或是担忧，而是带着淡淡的笑，像是真心为她感到高兴，这让她心里软塌塌地陷下去一小片。她深吸了一口气，然后笑着说道："我也觉得很好。"

宋时遇也微微笑起来。

这是他们重逢以来，他第一次见她这样笑，第一次这样轻松地和她走在一起，他甚至有些小心翼翼，生怕自己一不小心打破了这样难得的氛围。

那天姚宗问他喜欢温乔什么。

他说不上来。

并不是找不到，而是太多，不知道从何说起。

就如同此刻，看着她微微笑着、眼睛里闪着光的样子，他心里就跟着欢喜起来。

第 14 章
"你这是在跟我表白？"

温乔和宋时遇两人重逢以来，难得度过了这样平和轻松的一段时间。

宋时遇也终于得到机会可以静静地感受温乔现在和以前的不同。

温乔身上的变化的确很大。她还是爱笑，无论跟谁，总是未语先笑，但是看起来并不是因为开心快乐才笑，更像是一种习惯。

不再像是少年时那样。那时候也不知道她怎么会有那么多开心的事情，一天到晚对谁都端着个笑脸，干什么都很快活。

两个人走在一起的时候，她也不再像以前那样叽叽喳喳说个不停，当然，也有可能是不想跟他说话。

她整个人都沉静了许多，这种沉静并不是外表上的沉静，而是由内而外的，突逢大变之后整个人脱胎换骨似的沉静。

想到这里，宋时遇心里微微一沉，抬眼一看，他们已经走到了楼下。

"对不起。"宋时遇忽然停下脚步说道。

温乔愣了愣，也跟着停下脚步，诧异地看着他，不知道宋时遇为什么突然没头没脑地说对不起。

"当时我应该问仔细的，如果我知道奶奶的事情，我一定会回来，陪着你一起面对这些事情。"宋时遇看着温乔，这是他第一次向她吐露心声，"当时我在电话里听你说要跟我分手，我气得要死。你也知道，那个时候我还很幼稚，还想着你要是来找我和好，我还要向你发一通脾气，让你以后再也不敢说这种话。"说到这里他停顿了一下，轻轻笑了笑，像是自嘲似的，"我让你不要后悔，可是先后悔的人是我，后来我给你打电话，你的手机关机了。"

他一度气得失去理智，后来冷静下来，又想着温乔应该会主动打电话来找他和好，毕竟之前不管是谁的错，都是她主动求和的。

这次她犯了那么大的错，他理所当然地觉得也应该是她来道歉，然后求他和好。

于是他又抓心挠肝地等了三天，煎熬了三天。

迟迟等不来温乔的电话，他的忍耐也到了极限，犹豫再三，他给温乔打了电话。打电话之前，他想得好好的，假装打错了电话，给温乔一个台阶下。没想到，他打过去，那边却传来冷冰冰的一句"您拨打的电话已关机"。

那个时候，他太骄傲，太自我，被温乔给惯坏了，一直以为温乔喜欢他喜欢得不得了，难以置信自己居然才是被抛弃的那一个。而且温乔抛弃他之后头也不回地走了，让他觉得骄傲尽被击碎，连带着开始怀疑温乔对他的喜欢到底有几分真，在这样接连的打击之下，他才没有进一步去求证。

温乔并不知道宋时遇后来还给她打过电话，打完那通电话以后，她就把手机关机了，后来又把电话卡从手机里拿了出来，她也怕自己会忍不住再去找他，所以手机也不再用了。

手机是宋时遇给她买的，电话卡也是宋时遇给她办的，那个号码，本来也只有宋时遇和黎思意知道，拔了电话卡，温乔就和远在临川的他们彻底断了联系。

这是她下的决心。

但她没想过,宋时遇会被她气成那样,还主动打电话给她。而且听他这么说,他那时候,是想主动来找她和好的。

温乔怔怔地看着他,心里有什么东西萌动欲出。

"温乔,"宋时遇凝视着她,神色忽然郑重起来,语气却是前所未有的温柔,"我喜欢你,比你想象中的要更喜欢,甚至比我自己想象中的还要喜欢,以前是,现在也是,抱歉,我藏了这么久才告诉你。"

温乔心里那些萌动欲出的东西彻底涌了出来,几乎漫延到了整个胸腔。

她心口酸酸胀胀又滚烫酥麻,一时间手足无措,也不知道该说什么做什么,脑子里像是乱极了又像是一片空白,话在喉咙里滚了好几圈,却说不出来,只僵站在那里,傻看着宋时遇。

不想宋时遇却忽然笑了,清冷的眉眼一下子融化成了一池春水,像是看出了她的窘迫,他突然抬起手温柔地摸了摸她的头顶,声音也温柔:"你什么都不用说,我不是要逼你做什么选择,我只是把我想说的话说给你听,你只需要听就好了。很晚了,上去睡觉吧。"

温乔听了他的话,心里松了口气,但是脑子里依旧是乱的,她默不作声地往楼上走,宋时遇依旧默默地跟上来。

到了六楼,宋时遇一如昨晚,对她说了晚安,又说明天见。

温乔昏头涨脑地"嗯"了一声,然后开门进了屋。她没开灯,摸黑走到冰箱边上,打开冰箱,倒了杯冰水一口喝干了,心脏还是怦怦乱跳。

她人也蒙了,脑子不大好用,坐在冰箱前晕乎乎地想着这好像是宋时遇第一次说喜欢她。

虽然她也只说过一次。就是宋时遇生病那次,他突然问她是不是喜欢他。

那张好看的脸凑到她面前来,眉眼像画一样,眼睛噼里啪啦地冲她放电,她脑子一晕,脸一红,就点了头。

宋时遇眼睛亮了亮,凑得更近了:"真喜欢?"

"喜欢。"

他还要问:"有多喜欢?"

温乔脸上烫得都能煎鸡蛋了,结结巴巴地也不知道该怎么形容。

有多喜欢?就是每天晚上睡觉的时候都希望明天能早一点来,这样她就能早一点看到他了。他要是对她笑一笑,她能开心一整天,晚上睡觉时都能开心地笑出来。他要是生气不理她,她就什么事都没心情做,只想着要怎么把他哄好。

但这些话只能在她脑子里过过,她即使脸皮再厚,这种肉麻的话也说不出口。

可宋时遇不肯轻易地让她过去这一关,那双漂亮的眼睛直勾勾地盯着她,非要逼问出个结果。

最后温乔用蚊子似的声音说:"就是很喜欢。"

宋时遇对这个答案显然还不大满意:"很喜欢是多喜欢?"

温乔心一横:"就是很喜欢很喜欢,喜欢得不得了。"

宋时遇像是被她这个答案给惊住了,有点不自然地轻咳一声:"那你还喜欢过别人吗?"

温乔想也不想地摇头:"没有。"

第 14 章 "你这是在跟我表白?"

宋时遇显然满意了,嘴角沁出一个笑来,眉梢却轻轻一挑,看得温乔小心脏又砰砰乱跳起来。

"你这是在跟我表白?"

温乔头昏了下,啊?她是在表白吗?

好像是。

但是这明明是宋时遇问她的呀,也能算表白吗?

温乔决定不给宋时遇这个拒绝的机会:"不是。"

宋时遇大概也没想到她居然会这么说,嘴角边甜蜜的笑意瞬间僵住了,柔和的眼神也逐渐变得危险:"不是?"

温乔脑子又热了一下,眨巴眨巴眼,盯着宋时遇的神色,小心翼翼地试探着:"那……是?"

宋时遇依旧微笑,只是这笑不再甜蜜,而是带着丝恶狠狠的意味:"你想清楚了,到底'是'还是'不是'?"

温乔犹豫再三,还是说道:"是。"

"是什么?"

"表白。"

"我接受了。"

"啊?"

✦

温乔躺在床上翻了个身,怎么也想不起来宋时遇有没有说过喜欢她了。但大概是没有说过的吧,不然她怎么会一直猜宋时遇到底喜不喜欢她呢?

温乔想着刚才宋时遇在楼下说的话,心跳又不受控制地变快了。

她深吸了一口气，忽然想起平安出生那年，她不得不回家照顾平安，直到有亲戚帮忙，她才又从老家离开，准备去临川闯荡。

她找到工作后，犹豫再三，决定去临川大学看看。

她没指望会看到宋时遇，毕竟临川大学那么大，她都走迷了路。谁知道正因为迷路，她一转身就看见了宋时遇，还看见了那个漂亮女孩儿挽着他手拍照的一幕。

想到这里，温乔心里又酸了下，把变快的心跳都给酸下去了。她轻轻呼出一口气，翻个身，把那些杂乱的念头都从脑子里抛出去。

想这些干什么，她现在最重要的，是把店里的生意搞好，早点把奶奶和大伯接过来。等奶奶和大伯来了，她就带着他们还有平安，在临川好好转一转。

奶奶这辈子都没出过市，大伯更是连那个小镇都没出过，要是来到临川这座繁华大都市，他们不知道会有多高兴。

想到这个，温乔又开怀起来，她这一晚上心里一阵甜一阵颤一阵酸一阵苦，但最后还是想着美好的未来，带着期望进入了梦乡。

✦

这阵子难得睡了个安稳甜蜜的好觉，第二天起床，温乔心情好，精神也饱满，而且还比往常早起了十分钟。在楼下遇到排队买完生煎包回来的宋时遇，惊讶之余，她也能平心静气地回一声早。

宋时遇又受宠若惊了，这回他笑得不像昨天那么刻意了，举了举手上买的早餐："我给你买了生煎包。"他说着抬表看了眼时间，"你今天出门的时间比昨天早。"

温乔接他的话:"闹钟还没响我就醒了。"

"昨晚睡得好吗?"

"挺好的。"

一夜无梦,安安稳稳地睡到了天明。

温乔一边吃宋时遇排队买来的生煎包,一边想,看这样子,宋时遇是打算学读书时候的她了。那时候她天天给他买早餐,可是那个早餐钱,宋奶奶都是管报销的,宋奶奶没报销的,宋时遇也连带着她吃的那份一起都给报销了。那她现在天天吃他买的生煎包和豆浆,是不是也得给他报销?

脑子里胡乱想着,冷不防身旁的宋时遇问:"那我今天晚上能去店里了吗?"

温乔愣了下,扭头看他,见他正专注看着自己,心里突然一跳,想起他昨天晚上给她发的微信,她脸上一热,埋头下去咬了口生煎包,含糊道:"别去。昨天店里围了好多人。"

宋时遇居然说道:"那不正好给你店里拉生意吗?"

温乔怪异地看他:"难道你愿意坐在那里被人当猴子看?"

以前,学校让他当升旗手,他不当,让他演讲,他不去,后来因为他声音好听,又让他去广播室播音,他也不去。

别人都说,宋时遇这是低调,不喜欢出风头,因此更让人倾慕和喜欢。只有温乔知道,他是不喜欢被人看,再加上懒。要她说,那个时候的宋时遇全身上下只有脑子勤快。要他被人围观,他得难受死。

果然宋时遇微微蹙了蹙眉。

温乔一口咬住剩下的半边生煎包:"你别来了,到时候又围一堆人拿着手机拍来拍去的。"

宋时遇微微一怔，忽然发觉温乔跟他说话自然了很多，连眼神都变得柔和了，他心里一喜，点点头："嗯，那我听你的。"

温乔怪异地看他一眼，就见他还对她卖乖似的抿唇一笑，她顿时一噎，差点把嘴里这半边生煎包给吐出来。

温乔炒菜的时候还在想，何止是她变了呢，宋时遇也变了不少。

※

另一头，早早就到了公司，坐在宋时遇办公室里等到十点才等来宋时遇的姚宗满腹牢骚："哎，你现在怎么天天迟到啊？还有没有个上班的样儿了？"

宋时遇连眼神都懒得给他，只有一句话："管好你自己。"

姚宗一噎。他跟宋时遇是合伙人。宋时遇其实也生性懒散，不喜欢坐办公室，但是他们两个必须得有一个在公司坐镇，而他实在是坐不住，宋时遇才勉为其难地坐了这间办公室。

他得了便宜还卖乖，是不大地道，于是心虚地摸了摸鼻子，说道："我这不是有重要的事要跟你说吗？"他说着，目光落在了宋时遇脸上，这一看，品出点不一样的东西来，"哎？你今天有点不一样啊。"

宋时遇这才给了他一个眼神。

姚宗立刻凑过来："快，老实交代，有什么好事瞒着我呢？瞧瞧你这眉眼含春的——"

宋时遇凉凉的眼神立时扫了过来。

姚宗及时打住，不过还是兴冲冲地问："是不是跟温乔有什么突破性进展了？"

最近这些天宋时遇总是沉着脸,今天却是一扫阴霾,有种拨开云雾见青天的感觉。

宋时遇矜持地说道:"算是吧。"

姚宗立刻说道:"没想到啊,黎思意有两把刷子,还真帮上忙了?"

说起来黎思意其实也没出什么主意,她只是站在一个旁观者的角度,点醒了宋时遇。

姚宗又兴冲冲地说道:"哎,那我们今天晚上去庆祝一下?"

宋时遇淡定地说道:"还不到庆祝的时候。"

温乔对他的态度只是略微地软化了一点,离目标达成还差一大截,可是具体差多大一截,却是不清楚的。

姚宗笑嘻嘻的:"真没想到啊,你宋时遇追个人也这么难,不过啊,也该你碰到点坎坷了。"

他这话带了点幸灾乐祸的意思。

要他说,宋时遇这辈子就是过得太顺了,要什么有什么,长得好看,家里有钱,脑子还好用,事业也蒸蒸日上,就是应该让他吃吃爱情的苦。

宋时遇凉凉地瞥他一眼,说道:"你不是有重要的事情要说?"

姚宗这才反应过来他这一大早来的目的,开始说起了工作上的事。说完,他又想起一件事来:"对了,宋瑶不是说搬进了新房子,说要找我们过去给她暖房的,怎么没听到信了?"

宋时遇像是听他这么一提才想起来,说道:"就是今天。"

姚宗不高兴了:"今天?她没跟我说啊,怎么就跟你说了?是不是不想我去啊?"

宋时遇很淡定:"她让我转告你,我忘了。"

姚宗一阵无语,又问:"黎思意去吗?"问完又自己回答了,"估计黎思意不会去,她们两个一向合不来。"

✦

晚上在宋瑶的新家看到黎思意的时候,姚宗别提有多惊讶了,因为黎思意和宋瑶合不来,他也不好意思说自己要来,没想到居然就这么撞见了。

果然,黎思意端了杯红酒似笑非笑地看着他,看得他头皮发麻。

姚宗只能硬着头皮迎上去,强颜欢笑:"你怎么来了?我还以为你不会来呢。"

黎思意挑眉:"你能来我不能来?"

"你不是一直跟宋瑶合不来吗?怎么想到来凑这个热闹?"姚宗说着,举目四望了一下,发现今天晚上来的人还真不少。

"人家都请我了,我不来不是不给面子?"黎思意说着,举杯露出一个完美的甜笑,"不给宋瑶面子,也得给我的青梅竹马面子吧。"

宋时遇和她碰了一下杯,说道:"你们不要打起来就是给我面子。"

黎思意扑哧一下笑了:"那都是多久以前的事了?"

那时候还不到二十岁吧,她和宋瑶两个人在派对上打起来了,她一个耳光把宋瑶扇到泳池里,一战成名。

姚宗还是第一次听说这事,立刻凑过来问:"什么什么?你跟宋瑶还打过架?为什么?谁赢了?"

"那还用说?当然是我了。至于为什么打架,罪魁祸首不就在这儿吗?"黎思意说着,冲宋时遇抬了抬下巴。

当时宋瑶一直误会她是宋时遇的女朋友,又撞见她跟当时的小男友亲昵,就泼了她一杯酒,被她反手一个耳光抽倒,摔进了旁边的泳池里。关键是后来事情弄清楚了,因为是宋瑶先挑的事,被她扇了一巴掌也不能计较,所以这么多年两人一直不对付。

"那她还请你?"姚宗惊讶道,他一直以为黎思意和宋瑶的矛盾就是两个漂亮女孩儿你看不惯我我看不惯你,没想到居然动过手。

黎思意环顾了一下四周:"这不是想在我面前炫耀炫耀她的大房子嘛。"

姚宗也看了看四周,说道:"这宋瑶,也太浮夸了吧,就暖个房,搞这么大的阵仗。"

黎思意哼笑了声:"人家有钱,房子大,来再多人也装得下。"

说曹操曹操到,只听到清脆的一声:"哥!"

随后就看见人群中闪出一道穿着小红裙的曼妙倩影,正往这边移动,很快到了宋时遇面前,仰着脸,笑靥如花,声音也是又甜又娇:"哥!你来了怎么也不去找我,就在这里跟姚宗哥说悄悄话。"说着娇俏的眼波掠过姚宗,却是半个眼神都没给到黎思意。

黎思意一挑眉,抿了口酒。

宋瑶像是才看到她,一双美目忽闪两下,就好像发微信邀请黎思意来的人不是她似的:"思意姐姐,你也来啦。"

黎思意一向受不了她这种"戏剧派"风格,但是今天就是因为自己无聊才来看她表演的,耐心自然也够,于是微微一笑,语气算得上客气:"恭喜你啊。"

宋瑶没料到黎思意这么客气,反倒显得她小气了,她脸上的笑容僵了僵,又马上恢复本色,对着宋时遇撒娇:"哥,你也真是的,我都回来多久了,每次约你吃饭你都说忙,结果呢?你居然每天晚上都去烧烤店,也不叫我!"

姚宗一听这话就来劲了:"宋瑶你也看到那条视频了?"

宋瑶得意地说道:"当然了,我那些朋友都看到了,我说那是我哥,她们都激动死了,还要我多拍几张我哥的照片给她们看呢。"

黎思意见他们说得热闹,自己端着酒杯走开了,一路上还遇到几个来搭讪的,她一一应付了。在这房子里四处转悠时,餐厅里的冰箱引起了她的注意,准确来说,是上面贴满的照片引起了她的注意。

黎思意回到客厅的时候,姚宗还在跟宋瑶聊天,而宋时遇正在听另一个年轻男人说话,黎思意顾不得什么,直接上去说道:"时遇,你跟我过来一下。"

那个年轻男人立刻说道:"你们先忙。"然后就走开了。

宋时遇见她脸色有异,微微蹙眉:"怎么了?"

"你过来就知道了。"黎思意说着把他往餐厅那边带。

姚宗看见了,马上跟了过来:"怎么了?"

宋瑶也紧跟了过来。

黎思意没说话,一直把他们带到了那个贴满了照片的冰箱前面。

"贴这么多照片呐。"姚宗凑过去一看,都是宋瑶的照片,他很快就发现了被她贴在最中间的那张照片,立刻用手指着,笑着扭头看向宋时遇:"哎!这不是我拍的那张吗?"

那张是宋时遇和宋瑶的合照,宋瑶还挽着宋时遇的手,笑得一脸开心灿烂。他记得当时,是宋瑶去学校找宋时遇说要逛一逛临川大学,宋时遇又叫上了他，路上宋瑶突然说要拍照，他就给他们拍了一张合影。

"就是你拍的啊！"宋瑶也盯着照片说道，"那时候我们都好年轻啊。"

那年她刚好十八岁，求了宋时遇好久，宋时遇才答应带她在学校里参观参观。

这是他们俩唯一的单独合照，手也是她趁宋时遇不注意时挽上去的，为此她开心了好几天。

"这都快十年了吧。"姚宗感叹道。

宋时遇看了一眼这张照片，随即又看向黎思意，眼带询问，她带他过来就是让他来看这些照片？

黎思意却问道："这张照片是什么时候拍的？"

姚宗回忆了一下，但不确定，他看向宋时遇："好像是大三吧？"

宋时遇说道："是大三，怎么了？"

黎思意终于进入主题，她抬起手，指向照片里他们身后的某处："时遇你看，后面这个人，是不是温乔？"

不止宋时遇，姚宗都愣了一下，正要定睛去看，人就被推开了，他"哎"了声，看到宋时遇的脸色又闭嘴了。

宋时遇推开他，把照片直接从冰箱上拿下来，放到眼下来看，黎思意指的地方是在他们身后的一棵树下，离着四五米的距离，温乔穿着一条浅蓝色的连衣裙，像是为了故意躲避镜头，身子是朝着这边的，头却转向另一边，只露出一截纤细修长的脖子和大半张白净的侧脸。

姚宗眼看着宋时遇的脸色变化，顿时也激动起来，从宋时遇手里抽走了照片："给我看看——"他也很快就看到了那个只露出大半张侧脸的人，定睛看了两秒,却很不确定:"这是温乔吗?是有点像,但是就这么半张脸。"

宋瑶终于插上话:"温乔是谁啊?"

没有人回答她的问题。

黎思意看着宋时遇。

姚宗也抬头看着宋时遇:"那温乔是不是去找过你啊?"

宋时遇没说话,只是把照片从他手里拿走,盯着照片角落里那道浅蓝色的身影,一颗心又酸又胀,胸口一片滚烫,声音却是轻到近乎喃喃:"嗯,她来找过我。"

他突然回过神来,对宋瑶说道:"这张照片我拿走了。"然后转向黎思意,郑重地道了一声谢:"思意,谢谢你。"

黎思意笑了笑:"不客气。"

宋时遇也笑了,眉眼都熠熠生辉:"我去找她。"

丢下这句话,他像是一刻都不能再等,拿着那张照片就往外走。

宋瑶什么情况都不了解,端着酒杯直发愣。温乔是谁?为什么哥拿走了她的照片却要跟黎思意道谢?她看向姚宗和黎思意:"温乔到底是谁啊?"

黎思意向她举了举手里的红酒杯,真心实意地微笑着说道:"恭喜你啊,你可能很快就要有嫂子了。"

✦

温乔刚炒好三份花甲,就听到了外面的骚乱,探头一看,居然是宋时遇来了。

她蒙了下,心里想,不是跟他说了,让他别来的吗?怎么还是来了?

宋时遇周身自然散发着一股生人勿近的气息,那些蹲点围观的人看到正

第 14 章 "你这是在跟我表白?"

主来了,居然也没有一团围过来,而是都急着打开手机摄像头拍他。

温乔手里还拿着菜勺,宋时遇已经穿过外面的桌椅和站起来的人群到了她面前:"我有话跟你说,你现在能分一点时间给我吗?"

话是商量的话,眼神却分明不是商量的眼神,他眼睛里熠熠生辉,明显是迫不及待地要跟她说什么。

温乔犹豫了一秒,看了眼外面,然后关了火,又把周敏叫过来让她把三份炒好的花甲端出去,也没再去管那些围观的人会怎么想,又会怎么传,解下围裙径直往后面走:"走吧,去后面说。"

温乔这个门面前后是打通的,从洗手间过去,再往后就是另外一条道了,这边也有做生意开店的,只不过被前面两条美食街一拦截,人流量就少了很多。

两人先后走出后门,"你找我什么事?"温乔站定了以后问道,她有点好奇是发生了什么事让他这么不管不顾地跑过来。

宋时遇定定地看着她,刚才在来的路上,他胸口一直沸腾着,原来她去找过他。他还一直以为,温乔在跟他说了分手以后就真的干净利落、半点留恋都没有地把他抛弃了,可是她去找过他。

他原本几乎想插上翅膀直接飞到她面前来问照片的事,可是此时他人就站在她面前,他沸腾鼓噪的胸腔反而渐渐安静下来,脑子里那些杂乱无章的头绪也一下子被捋顺了,他调整了一下呼吸,然后问:"你是不是去学校找过我?"

温乔怔了一怔,她就去过临川大学一次,他怎么会突然问这个?都过了这么多年了,他又是怎么知道的?

但她几乎是条件反射一般地否认了:"没有。"

宋时遇早料到她会否认,直接把那张从宋瑶冰箱上拿下来的照片亮了出来,目光灼灼地盯着她:"那你是说,这个人不是你了?"

温乔看到这张照片,愣了愣,第一时间不是去看角落里的她自己,而是去看照片上那一对"璧人"。这件事情过去很久了,虽然那个场景一直在她的记忆里,但是她已经快忘了那个女孩儿长什么样子了,就记得很漂亮。现在她清清楚楚地又看到了,的确很漂亮,一张瓜子脸,一双明媚的杏眼,手稳稳地挽着宋时遇的手臂,笑容灿烂,浑身都洋溢着大方和自信,一看就知道是那种没有被风雨吹打过、安安稳稳长大的女孩儿。

而女孩儿身边的宋时遇,却和她记忆中有些不同。她记忆中的宋时遇是神采飞扬的,可是从这张照片上看,他脸上都没有什么表情,看起来并不怎么高兴的样子,好像是被强行拉过来合影的,甚至还带着几丝不耐烦,但是看着依旧跟那个挽着他手合影的女孩儿很般配。

她看过照片上的两位主角,才去看那些边边角角,然后心里咯噔一下,她没想到真的在角落里看到了自己,她没想到姚宗拍照的时候居然会把她也拍了进去。照片里的她当时应该是在回避镜头,但是又没来得及,还是被拍到了大半张脸。

温乔盯着照片看了好半晌,斩钉截铁地说道:"不是我。"

宋时遇料到她会否认,但没料到她看到"证据"了还会否认:"你说这不是你?"

温乔看着照片角落里的人,觉得又没拍到正脸,宋时遇估计也不能确定是她吧?于是咬死了说道:"不是我,这上面的人就只有大半张脸,你怎么就能确定是我?"

宋时遇好像是被她气笑了,眼睛还是直勾勾地盯着她:"那是有一个跟你长得一模一样的人,穿了条跟你一模一样的裙子去了临川大学吗?你还记不记得那条裙子是黎思意给你买的,你拿它当宝贝似的供着,一直舍不得穿。"

温乔呆了一呆,又定睛看了眼,才发现照片上的她果真穿了那条浅蓝色的连衣裙。

那还是暑假陪黎思意逛街的时候,黎思意非要给她买的。那条裙子六百多块钱,对当时的她而言无异于天价,黎思意当场就要买下来送她当礼物,她坚持不要,结果第二天,黎思意就把裙子送到了她家里,而且还把吊牌剪了,说不能退,码数也是她的,只能她穿。

她没办法,只能收了,一直很珍惜,收得好好的,想着等考上临川的大学后再穿来临川。

但她最后也没考上。

决定来临川大学看看那天,她也不知道为什么就把那条裙子翻出来穿上了,好像有种郑重其事的仪式感似的。

没想到被拍下来,反而成了如山铁证。

她又盯着这张照片看了半天,突然鬼使神差地冒出一句:"挺般配的。"

宋时遇愣了愣,下意识把照片收回看了一眼,然后明白了她说的般配是什么意思,顿时又好气又好笑,他盯着她:"这是我堂妹,宋瑶,那天我和姚宗带她在学校里参观。"

这回换温乔愣住了,呆呆地看着宋时遇。

堂妹?

宋时遇后知后觉的，突然反应过来，温乔当时肯定也是看到了这一幕的，一个她不认识的女孩子挽着他的手臂拍了合照，她会怎么想？她是不是就是因为这个没有上前？

他的声音不自觉地放轻了，小心翼翼地问："你就是因为这个，没有过来跟我说话？"

温乔下意识否认："当然不是，我本来就不是去找你的，我只是想看看临川大学是什么样。"

宋时遇紧盯着她："你敢说你去临川大学没有那么一点可能是想见我吗？"

温乔看着宋时遇那双漆黑幽深又专注的眼睛，没来由地心虚了一下，这么多年，她一直觉得自己就是想看看临川大学是什么样才去的，可是被宋时遇这么一"质问"，她也忍不住扪心自问，她是真的没想过，能见一见他也是好的吗？

事实上是，她经不起这一问。

"那已经是很久以前的事情了。"

宋时遇显然已经得到了想要的答案，转而问她："那你知不知道我回去找过你？"

温乔抿了抿唇，她当然知道，那是平安出生那年，家里乱作一团，没有人管，她只能暂时在家照顾一家老小，家里的亲戚给她介绍了个相亲对象，她推托不过，只能答应见一见，她想着她家里是这样的情况，那个男孩也不可能看上她。

谁知道对方不仅看上她了，而且还觉得她善良又孝顺。

当时那个男孩子各方面条件都很好，说看上她了以后，不光是奶奶，村里人都很为她高兴。温乔虽然对那个男孩子没有那方面的意思，可是奶奶那么高兴，而且身边的人都要她把握住，她找不到理由拒绝。

本来想冷淡着他点，他就会知难而退没想到那个男孩子却很积极，哪怕他发的信息她很少回，他也总是一次又一次地来找她，还很热情地跟奶奶和大伯打招呼，也一点都不嫌弃她家里破旧。每次他来，奶奶都要催着她和他一起出去玩，她也只能硬着头皮去。

温乔想，如果没有宋时遇，这么好的男孩子，她当时应该是会动心的。

但这世上没有如果，她是觉得这个男孩子他人很好，似乎也是个很好的结婚对象，可是她一颗心就是古井无波，没有半点动静，不受大脑控制。

宋时遇回来那天，正好那个男孩子来找她，她怕尴尬，就抱上了平安，说一起去坝上走走，她想找机会跟那个男孩子说清楚，她那时候毕竟只有二十岁，宁愿自己在外面吃点苦受点累，也不愿意为了能够卸下肩上的担子就这么把自己嫁了。

结果还没来得及说，黑色轿车驶过的瞬间，她就看到了车里宋时遇冷凝着的侧脸，她再也笑不出来，匆匆和那个男孩子告别了。

从坝上回到家，大伯就兴奋地告诉她宋时遇回来了，给他们买了好多东西，她还在礼品袋里发现了五万块钱，拿在手里都沉甸甸的，知道他走了以后，她把他买的那些东西留下，把钱拿去还给了宋奶奶。

宋奶奶让她收下，她坚持没有收，请宋奶奶转交给宋时遇。

"我知道的。"温乔平静地点了点头。

宋时遇还想说什么，陈珊珊找到后面来，惊异地看了一眼宋时遇后对温乔说道："温乔姐，有客人点了蛋炒饭、炒粉。"

温乔回她:"我马上去。"然后又对宋时遇说道:"我店里还要忙,有什么话等我晚上回去再说吧,你先走。"说着还朝前面望了一眼,"不要从前面走,就从这里走吧。"

宋时遇说道:"那我说完最后一句话就走。"

温乔只能耐着性子等他。

宋时遇目不转睛地看着她:"自始至终我都没有喜欢过别人,我心里没有别人,只有你。"

温乔怔了怔,下一秒,更是整个人都僵住了。

宋时遇抱了她。

毫无防备地,她被他抱在怀里,久违地闻到他身上清爽好闻的味道,脑子都"嗡"了一下。

"我走了。"宋时遇说着,想揉揉她的脑袋,却无从下手,最后他只在她头上轻拍了两下,嘱咐道,"晚上下班了给我发信息,我来接你。"顿了顿,又想到她可能没那么听话,又补充了一句,"你不发也没关系,我能问温华。辛苦了,我不打扰你了,去忙吧。"

她昏昏然地从他怀里离开,头皮发麻,脸也发麻,身体却发着僵,一转头,就看到陈珊珊正站在那里一脸吃惊地看着,温乔顿感魂魄归位,尴尬中沁出一丝丝不应该有的甜,脸上后知后觉地一热。她偷偷瞪了眼宋时遇,宋时遇却回送给她一个微笑。

她只能佯装若无其事地绷着脸从陈珊珊身边走了过去。

第 15 章
手绳

温乔这一晚上都有点心不在焉，但再怎么心不在焉，她手上的活还是照样干得又利落又好，做了千万遍的事情，哪怕闭着眼睛，该放多少油该放多少盐都能做到分毫不差。

她兀自出她的神，谁也发现不了。

陈珊珊都忍不住犯嘀咕，觉得温乔淡定得过了头，同时也不免在心里乱猜，难不成他们早就这么搂搂抱抱成习惯了？但前两天温乔不是还完全不搭理他吗？果然是在惺惺作态，欲拒还迎。

这时，温华一边顾着烧烤架，一边扭头对坐在那里拿着水杯假装喝水实则偷懒的陈珊珊说道："哎，陈珊珊，你怎么总坐着啊？就知道指使人周敏干活。"

他看得真真的，周敏一晚上进进出出的，又是招呼客人，又是摆桌子收桌子，给客人上菜，忙得连上个厕所的时间都没有，陈珊珊倒是连水都能喝个十几二十分钟。

以前没有对比他不好说，现在看看周敏，再看看陈珊珊，温华是越来越看不惯陈珊珊了，特别是她不干活也就算了，还喜欢指使别人干活。

不想陈珊珊理直气壮地说道:"我大姨妈来了,坐一下不行啊?温乔姐都没说什么,你有什么资格说我?"

温华一边把烧烤架上的烤串翻个面,一边继续说陈珊珊:"你大姨妈一个月来三回?再说了,温乔姐不说你那是温乔姐的事,我说你就是我想说你,说你还要资格吗?我看不惯就说啊。"

陈珊珊嘴皮子到底还是不如温华,被他一番话怼得脸色一阵红一阵白,又有点心虚地偷偷去看温乔是什么反应。

前天发工资的时候,比上个月还多了五百,而且在这里做事也自由,再加上现在店里人手多了,也没那么累了,说实话她也没那么想走了。

"好了,有什么话待会儿再说。"这会儿正是忙的时候,温乔担心他们真的吵起来,及时喊停,然后对端着一盆脏碗回来的周敏说道,"小敏,先别收了,你休息会儿吧。"又转向坐在那里捧着水杯的陈珊珊说道,"珊珊,你去把外面的桌子收一下。"

陈珊珊脸上一阵火辣,白了一眼温华就放下水杯去外面了,路过周敏的时候,也没有给她好脸色,觉得她在装勤快。

反倒是周敏表情尴尬,有点手足无措。

温乔温和地说道:"小敏,把东西放去后面,然后休息会儿吧。"

周敏这才点点头,端着脏碗去后面了。

温乔又看向外面的陈珊珊,微微皱了皱眉,店里谁在做事谁在偷懒她看得清清楚楚,周敏来了以后,陈珊珊可是变本加厉了。

※

"温乔姐,那我跟刘超先走了啊。"店里该收拾的都收拾好了,只差前后

第 15 章 手绳

门没关,趁着温乔去关后门的时候,温华在门面里朝着后面喊了一声就拉着刘超走了。

温乔一听就知道是什么情况,把后门关了走出去,果然看到宋时遇站在外面。温华正在跟他说话,看到她出来了,立刻跟刘超勾肩搭背地走了,两人一边走还一边回头对着她露出那种神秘的笑。

温乔锁了前门转身,看到宋时遇右手背在身后看着她,像是藏了什么东西。

她疑惑地走过去,冷不丁地,一束玫瑰从宋时遇背后转出来送到她面前。

她愣了愣,没接。

宋时遇举着花,表情有些不自然:"晚上回去的时候在路上看到有推着车卖花的,是个老婆婆,样子怪可怜的,我就顺手买了一束,家里没地方放,给你了。"

温乔"哦"了一声,边走边说道:"我家比你家还破,更没地方放。"

宋时遇愣了下,追上去,不得不说了实话:"其实不是顺手买的,是我特地买来送你的。"

花的确是在推车上买的,但是卖花的不是老婆婆,是一对年轻的小夫妻,他也不是顺手买的,是看到花,想送给她,所以买了。

他默默把花送到温乔面前,带着点委屈的语气:"这是我第一次买花送人。"

温乔转头看了他一眼,宋时遇满眼期待地看着她,成熟的眉眼此时却隐约带着几分稚气,像极了少年时的他,她又盯着面前的玫瑰花两秒,伸手接过了。

宋时遇嘴角扬起,压都压不下去:"你回去随便拿个什么东西装了水插起来,说是可以开一个星期,我特地挑的最新鲜的。"

因为有点晚了,花大多数都不是很新鲜,他站在那里认认真真地挑了很久。

虽然是推车上卖的花，包装也没有花店里的那么好看，但每一枝都是他亲手挑出来的。

温乔拿着花，忍不住低头闻了闻。

"香吗？"

"嗯。"

怎么就变成这样了，温乔一瞬间有些恍惚，然后下意识往边上走，刻意和宋时遇保持距离，可是走着走着，宋时遇就会离她越来越近。

"晚上我的话还没有说完，你就赶我走了。"宋时遇突然说。

"你现在可以继续说。"温乔说着还回忆了一下他们的谈话内容。

"我说我回去找过你。"

"我知道。"

"这些年我每年春节都会回去。"

"我知道。"

你不知道，宋时遇在心里轻声说。

他每年千里迢迢地回去，只是为了听说有关她的只字片语。

虽然每年都会听到他最不想听到的话，每年离开的时候他都告诉自己明年不来了，可是到了第二年，他还是会告诉自己，明年，明年他就不来了。

就这么一年又一年地骗自己，他想过放下，只是一直放不下。

但好在，念念不忘必有回响，他们终于在偌大的临川重逢了。

温乔说道："我还没有谢谢你，奶奶说你每次回去都会给我家送很多东西。"

他甚至给奶奶换了一个电动轮椅，现在家里的马路也修好了，奶奶自己就可以坐着轮椅出去散步了，村里的人都说宋时遇心好。

第 15 章 手绳

宋时遇眉眼温柔:"不用谢我,奶奶和大伯对我也很好。"

温乔一家人都很好,所以才能养出这样好的温乔来。

不被困在贫困里,顽强地向上生长。

可也就是这种顽强,生生让他们分离了十年。

如果她能够不那么顽强,能够脆弱一点,在十年前那场变故发生的时候主动向他求助,也许他们一天都不会分开,他一定会奋不顾身地到她身边来,陪她面对一切。

她明明是相信的,相信他会这么做,可是她却没有选择依赖他,因为她觉得他不能一直让她依赖。

是他太吝啬表达,十分爱意只肯流露出一分,才会让温乔这么没有安全感。

宋时遇忽然看向温乔,她正低头看着怀里的玫瑰花,嘴角带着丝丝笑意,恬静的侧脸被玫瑰花衬得更加柔和美好。

她似乎对自己的魅力一无所知,无论是少年时还是现在,她总是觉得自己很普通,对那些爱慕的表达毫无所觉,可他却总能在她身边轻易发现那些默默投注在她身上的目光。

多可笑。他总是害怕自己喜欢她太多,更害怕温乔知道自己有多喜欢她,越是喜欢她,就越吝啬表达,最后自食其果。

现在他拼了命地想让温乔知道,却又不知道该怎么表达。

于是第二天,他戴上了那条他收了近十年的手绳,还故意把衬衫袖子折了两折,手表也摘了,只为了让那条手绳更显眼,能让人第一眼就注意到,而温乔也的确注意到了,不仅注意到,还认出来这条手绳是她高二的时候送给宋时遇的。

宋时遇收到后十分嫌弃,但还是在她的死缠烂打、百般哀求下勉强戴在了手腕上。

这么一戴就再也没取下来过。

直到温乔和他分手,他一气之下,把所有关于温乔的东西都丢进了垃圾桶,连这条戴了近两年、早已经习惯它存在的手绳也取下来一起丢了,后来又一样一样地捡回来收起。

温乔只看了一眼,就收回了目光,心里惊讶但是却没有表现出来。宋时遇以为她根本就没发现,以至于他一路上一直试图让她发现。

温乔看着他又是故意折袖子,又是假装才发现自己的手表没戴,忍不住说道:"别在我眼前晃了,我看见了。"

宋时遇还要一脸无辜地问她:"嗯?你看见什么了?"

温乔配合地指了指他手腕上的红绳:"这是我送给你的那条吗?"

宋时遇"啊"了一声,又把手腕抬了起来,完整地展示出那条红绳:"你说这个啊,没错,就是你送给我的那条,没想到你还记得。"

温乔:"……"

宋时遇接着说道:"你跟我分手的时候,我气得把它丢了,后来舍不得,又把它从垃圾桶里捡了回来。"

温乔突然觉得宋时遇的话变多了,以前他们之间总是她在说个不停,现在却好像角色互换了。

宋时遇又说道:"你还记不记得这上面你编了个爱心。"

温乔有种黑历史被翻出来的感觉,那时候都流行那么编,而且她还特别擅长,准确来说,除了学习,别的事情就没有她不擅长的,她不仅擅长,她

第 15 章 手绳

还原创了好几个花样。

"我只记得你骂我不好好学习,还有空编这些东西。"

宋时遇还说她干什么都行,就是学习不行。

宋时遇默了一默,明显是在回忆自己到底有没有真的因为这个骂过她,然后说道:"我那叫督促,不叫骂。"

那年他高三,她高二,他是一定会考去临川的,所以开始认真抓她的学习,希望她也能跟他一样考去临川。

温乔边走边默默地说道:"而且我还记得是我求你,你才肯戴的。"

她哄了好久才让宋时遇很勉强地戴上了。

宋时遇沉默了一下,忽然笑了笑,说道:"收到的时候我心里其实很开心的,因为别人收到了,但我没收到,本来还有点不高兴,结果那天放学你就给我了。"

他表现得很嫌弃,实则喜欢得不得了,还幼稚地故意让赵龙飞看到,连洗澡时都舍不得取下来,后来一直戴着都有点褪色了,颜色已经不像最开始那样鲜亮。

现在想起来,他是真的因为自己那些幼稚的骄傲,伤害过温乔无数次。

✦

姚宗看到宋时遇手腕上红绳的第一反应是:"本命年?不对啊,你本命年不都过去好几年了,这是干吗?"

宋时遇:"复古。"

姚宗又突然反应过来:"哎,我想起来了,你大一那年好像也一直戴着一条这样的红绳,有什么讲究吗?"

宋时遇说道:"是同一条。"顿了顿,生怕姚宗不知道,又轻描淡写地补充道,"是温乔自己编了送给我的。"

姚宗啧啧两声:"干吗?炫耀啊?"

宋时遇挑眉,理直气壮:"不是你问我的吗?"

姚宗直接戳穿他:"行了吧你,你把袖子撸那么高,让那红绳那么显眼,你不就是想要我问吗?"

宋时遇很淡定地端起咖啡喝了一口:"只是有点热,你想太多了。"说着很自然地转移了话题,"昨晚宋瑶那边怎么样?"

姚宗也懒得跟他计较了,说道:"你走了以后我跟黎思意没待多久就走了,反正那儿人多,我们两个走了影响不大。对了,你那照片拿去给温乔看了吗?真是她?"

宋时遇说:"是她。"

姚宗试着分析:"大三那时候你们已经分手了,那会儿她来找过你,是不是本来想找你复合的?结果看到宋瑶误会了?"

宋时遇说道:"不是。"

误会是有,但是温乔却不是来找他复合的。他了解温乔,她看着性子软,好像什么事都好商量,但一旦下定了决心,轻易不会回头。温乔会跟他分手,也绝对不是一时冲动下的决定。

姚宗忍不住问:"那你们俩现在什么进展啊?"

宋时遇想了想,说道:"她愿意听我说话了。"

姚宗想说点什么,但看着宋时遇那个对现状还颇为满意的样子,又咽了回去。

要是换了他,都十年了,他要真放不下,早就去找她了,有什么话,当

第15章 手绳

面说清楚不就得了。

不过宋时遇怎么想的他也不知道，毕竟换了他，他也做不到像宋时遇这样，十年了还对人家念念不忘。

姚宗突然问道："哎，温乔是你的初恋吧？"

宋时遇看了他一眼，点了点头。

姚宗免不了要在心里念叨一句，宋时遇真是纯情。他都快忘了他的初恋长什么样子了，就记得挺漂亮，长得不漂亮入不了他的眼。

"哎，你们俩是怎么在一起的？"姚宗突然开始好奇起来。

他从黎思意那里听得不详细，只知道那时候宋时遇因为身体不好被送去乡下养病，回到临川来就有了温乔这个女朋友。

宋时遇大概没想到姚宗会问一个那么久远的问题，他和温乔是怎么在一起的？

"她被我骗的。"

半哄半骗地让她先表了白。

当时他已经隐隐约约感觉到自己喜欢上她了，但是不敢肯定，非要逼得温乔先表白，他才松了一口气，总之要占一个她先喜欢上他的名头。

其实现在回想起来，到底是谁先喜欢上谁的，他也不确定。

姚宗却是吃惊不小："你骗她？"

要骗也得是宋时遇被温乔骗到手，怎么还反过来了？

他越想越离谱："哎，温乔是不是给你下了什么蛊但你不知道。"

宋时遇对他的耐心用完了，冷淡地掀起眼皮瞥他一眼："你很闲吗？"

意思是，你可以滚了。

温乔店里。

新来的刘超很聪明,性格也好,还很好学,才来了没两天,跟温华已经混熟了。他比温华还大半岁,但是半点没有不好意思,还会开玩笑叫温华师傅,烧烤架上的活他已经能做得有模有样了。

温华晚上教刘超,下午就跟着温乔学怎么炒菜,温乔不怕温华把她的手艺学走,什么教会徒弟饿死师傅这种话她是想都不会想的。

就算是一个师傅带出来的,两个徒弟做的菜都不可能一模一样,跟师傅做的就更不可能一模一样了,而且每个人口味不同,哪怕是跟了师傅,自己也会有别的发挥。

她也是有师傅的,但是她现在好多很受欢迎的菜都是她自己摸索着改良出来的。

温华是个好孩子,勤快机灵,善良孝顺。他家条件不好,妈妈生病,干不了重活,只能在家养点鸡鸭,爸爸是个砌墙匠,近几年工钱虽然涨了不少,但也不是每天都有活干,而且还要养一家四口,供两个孩子读书,家里又要盖房子,所以温华选择不读了。其实他成绩也不算太差,就因为觉得家里困难,受不了爸爸那么累死累活的,而且妹妹读书比他强。

村子里的人但凡提起她和温华,都是赞不绝口,几乎把他俩当成教育小孩用的模范。

温乔问起温华的时候,温华只是笑嘻嘻地说自己就是不想读书了。

温乔也在他身上看到了自己的影子,总想着能带一带他,她也是在店里观察了温华三个月,才决定以后把这个店交给他。

第 15 章 手绳

温华记性没那么好，就自己准备了个小本本，记录温乔说的大部分话。火候也是门学问，什么时候开大火，什么时候开小火，辅以各种配料，多一点少一点，多一样少一样，做出来的饭菜都会有很大的区别，包括处理食材，这一项项的，都是影响饭菜最终出品的关键。

店里很受欢迎的一种辣椒酱是温乔独创的，喜欢吃辣的绝对抗拒不了这种辣，温华中午也喜欢弄一点来拌饭吃，能把人辣出一身汗，但是又很爽。

温华最想学的就是怎么做这个辣椒酱了，温乔让他别着急，得先学会掌勺。

晚上学的就是蛋炒饭、炒粉，还有炒花甲，就这么几样，而且食材都是不需要处理的，像剩饭、粉丝，都是现成的，掌握了窍门和配料就很简单，其他的就是手熟了。

温乔教得用心，温华学得也用心。

温乔教温华的时候，周敏在旁边很羡慕地听着，她也想学，但是也知道自己资历不够，她下定决心要好好干，说不定自己以后也能跟着温乔姐学呢。

而且她看温乔教温华的时候语气特别温柔，一点都不急躁，她想着能在温乔手下学东西，真是件幸运的事。

她也在不少地方打过工，也不是没遇到过和气的老板，但是那种和气都是表面上的。但温乔姐就不是这样，她真的就跟一个大姐姐一样，从不发脾气也不甩脸色给他们看，事情没做好她也不生气，只会教他们下次如何才能做得更好，语气也是温温柔柔的，好像生怕伤了他们的自尊似的。

周敏能感觉到，那种被保护和尊重着的感觉。

她从温华那儿听了不少温乔的事，打心底里敬佩温乔，而且这阵子相处下来，她觉得温乔跟陈珊珊说的完全不一样，反倒是陈珊珊，像是把自己当成半个老板似的，总是会用一种高高在上的语气跟她说话，让她有点不舒服。

陈珊珊就是另一种心态了，她虽然不想学，但也不妨碍她对温乔有意见，温乔并没有问她想不想学，摆明了就是把温华当自己人，把她当外人。

算起来，温华跟温乔虽然是一个姓，但是两人是出了五服的亲戚，而她跟温乔才是真正的亲戚，她家在温乔家落难的时候还尽心尽力地帮过忙，结果温乔对温华比对她好多了。

陈珊珊跟她妈妈打电话的时候没少抱怨，没想到妈妈并不站她这一头，倒在电话里把她训了一顿，气得她半死。

最关键的是，最近连贺澄的面也见不着了，她连上班的动力都快没了。

而贺澄呢，从那天周秘书莫名其妙地通知大家公司里不能摆仙人掌类盆栽以后，就被张经理调到了一个重要的项目组，他每天深夜下班只想一头栽倒在床上睡个昏天黑地，根本没有精力去别的地方。

大半个月了，他没睡过一个好觉，连在茶水间给自己泡杯咖啡的间隙都昏昏欲睡。

张经理进来泡茶，见他愣着，拍了拍他肩膀："怎么了？站着都要睡着了？"

贺澄醒过来："张经理。"

张经理哈哈一笑："太累了吧？再坚持坚持，下个月就解放了。你刚实习就能参与这么重要的项目，公司里不知道多少人眼红着呢，而且还是宋总亲自指定的，你小子以后大有可为啊。"

贺澄愣了愣，把重点放在了最后："宋总？"

张经理说道："对，就是你偶像，本来我还觉得你资历太浅了，想让你再历练历练，没想到宋总居然亲自点了你的名。不过你也没给他丢人，工作做

第 15 章 手绳

得不错,组长今天都跟我夸你了。"

听了表扬,贺澄的眉头却皱了起来,若有所思。

"怎么回事啊?听了表扬还不高兴,愁眉苦脸的?"张经理笑着说道。

贺澄这才笑了笑说道:"没有,我刚刚走神想事情去了。谢谢经理,等项目结束了,我请经理吃饭。"

张经理乐呵呵地说道:"是得请我吃饭,这个项目奖金可不少啊。"他把茶杯灌满开水,"你要实在不行了,就去眯半个小时,工作重要,但还是得注意身体。"说完端着水杯出去了。

贺澄皱了皱眉,脑子里想的还是张经理刚才的话,他一直以为这个项目是张经理安排的,没想到居然是宋总指定的。

贺澄端着咖啡杯回到了自己的位置上,若有所思。

就在这时,他突然听到对面办公桌上有个女同事惊呼了一声:"哎,这不是我们宋总吗?"

这声惊呼之后,陆陆续续地有不少人过去看。

"哇!四百多万个赞,我们宋总成网红啦!"

"宋总这样的人居然也会去撸串,还一个人去。"

"这还是我第一次看宋总穿私服的样子呢。"

"天啦,宋总好帅。"

"宋总帅你今天才知道啊?"

"你们看评论里还有人让宋总去参加选秀。"

"宋总要是去参加选秀,我一定当他的死忠粉。"

"你不是喜欢那个谁吗?这么快就换人啦?"

贺澄听着他们议论，对他们看的内容并没有什么兴趣，宋时遇大概就是跟自己一样，自己之前在家里的烤鱼店帮了一次忙，就被拍了视频放到短视频APP上了。

要是以前，听到和宋时遇有关的消息，他都会特别关注，毕竟宋时遇是他的偶像。可奇怪的是，自从那次新员工聚餐，发现宋时遇跟温乔的关系好像不一般以后，不知道为什么，他对宋时遇的心情就变得很复杂，不再是以前那种纯粹把对方当偶像看的崇拜了。

还有温乔，他都好久没见过她了，想给她发微信，但是又不知道找个什么话题才不会太突兀，好不容易找到话题发了几次，温乔倒是每次都会回复，但是往往说不了几句，她就说自己要去忙了，下次再聊。

贺澄知道这并不是温乔的借口，温乔是真的很忙，比他还忙得多。

那边突然又有人说道："哎？这视频里的店不就是之前新员工聚餐的时候去吃的那家烧烤店吗？"

原本还在走神的贺澄一下子转头看了过去。

✦

温华的聪明让温乔很满意，没废几份饭就炒得有模有样了，再熟练一点就能端上桌了。晚上要关门的时候，她对温华和刘超说："你们两个都要认真抓紧学，我还等着你们学会了接我的班，我也能好好给自己放个假呢。"

温华和刘超都很有干劲，大声答应了。

温华还想说什么，刘超突然用手肘拐了他一下，示意他往店外看。

温华看了一眼就立刻说道："温乔姐，那我们先走了啊！"

温乔一听他这话就下意识地明白了，果然，宋时遇雷打不动地来了。

第 16 章
散 步

"怎么?今天又有老婆婆推车卖花吗?"温乔看着宋时遇又背着手,忍不住说道,"我家里可没有瓶子可以插了。"昨晚她是剪开一个矿泉水瓶,装了水将就了一下。

"是固定摊位,我看他们今天的花不错,很新鲜。"宋时遇说着,把背在身后的手拿出来,一只手里是一小束香槟玫瑰,另一只手握着一个透明的玻璃花瓶,"他们也有花瓶卖,我买了一个。"

他记得她很喜欢花,在乡下的时候,她会自己摘些野花,插在剪开的大可乐瓶里。

温乔接过花的时候,看到宋时遇手腕上还戴着那条红绳。

"你拿着花,花瓶我拿着。"宋时遇在温乔伸手来拿花瓶的时候把花瓶拿开了些。

两人和往常一样肩并着肩走回去。

温乔总有种错觉,好像回到了在乡下的时候,他们晚上偷溜出来在月光下散步,仿佛全世界只有他们两个人。

她忽然想起来,其实那个时候她就已经隐隐约约感觉到了她和宋时遇的差距。他们两个在一起的事情宋时遇并不在意被别人知道，可她却好像知道自己占了个天大的便宜，不敢让别人知道。

宋时遇不在意是因为有恃无恐，没有人会责怪他，而她只能小心翼翼，因为一旦曝光了，所有人都会担心宋时遇会不会被她这个差生带坏。

但现在她已经不受任何管束，不用再担心任何人给她压力，甚至连宋时遇都在努力地向她靠近，可她却对自己没有信心了。

✷

温乔打开门锁以后把花瓶拿过来，然后对宋时遇说道："明天不要再买花了，我家里没那么多地方可以放。"

担心吵醒平安，她放轻了声音。

"明天我想买也买不了了，我要出一趟差。"宋时遇也跟着把声音放低了。

"去哪儿？"温乔下意识问道，话一出口就后悔了，她不该问的。

"去江市，大概一个星期左右。"宋时遇扫了一眼温乔手里的花束，笑了笑，"我会争取在今天的花枯萎之前回来。"

他很不想去，好不容易跟温乔有了一点进展，又要离开那么久，总担心会出现什么变故，但是事关公司发展，他不得不去。

温乔"哦"了一声，表示自己并不在意。

"我进去了。"

"晚安。"宋时遇说道。

温乔推开门，脚步顿了顿，忽然扭头对宋时遇说道："晚安。"说完，也不去看他是什么表情，拿着花瓶和花束就进了屋。

宋时遇怔了怔，然后忍不住轻轻笑了。

第 16 章 散步

✦

温乔回家第一件事就是先把花瓶装上水，把花的包装拆了插进去，然后把那束插在矿泉水瓶里看起来委委屈屈的红玫瑰弄出来，也插进了花瓶里，摆弄了几下，两种玫瑰搭配在一起，也怪好看的。

温乔低头闻了闻，嘴角忍不住泛起微笑。

她洗漱完坐在书桌前准备记账，刚打开手机加了三笔账，手机就震动起来，她吓了一跳，连忙把手机从桌子上拿起来，免得声响太大惊醒平安，然后看了眼手机，贺澄？他怎么会这么晚给她打电话？

她起身走到浴室，把门关起来，然后才接了电话："喂？贺澄？"

电话那头安静了两秒，随后传来贺澄的声音："你在家吗？"

温乔愣了愣，这么晚了，她不在家能在哪儿？

"贺澄，这么晚有什么事吗？"

贺澄说话很慢，好像是在一边思考一边说："我现在在你家楼下，你可以下来一下吗？"顿了顿，说道，"我有事找你。"

温乔很惊讶："你现在在我家楼下？"

"嗯。"

温乔有点担心，这么晚了贺澄突然来找她，不会是出什么事了吧？

"你怎么了？出什么事了吗？"

"我想当面说。"

温乔皱了皱眉，更加担心了："那你等我一下，我马上下去。"

"好。"

温乔挂了电话，担心是有什么紧急重要的事，只在里面穿了件内衣，就拿着手机开门下楼了。

而此时，隔壁刚洗漱完的宋时遇很清晰地听到了开关门的声音，他擦头发的手顿时停住。

温乔急急忙忙下了六楼，刚走下最后一阶楼梯，就看见了贺澄。

他看起来像是刚下班，穿了件白衬衫，修长挺拔地立在那里，昏暗的光线也掩盖不住他的年轻帅气。

但温乔这时候没有什么欣赏的心思，她小跑过去，问："怎么了贺澄，出什么事了？"同时因为走近了，她看清了贺澄的脸，心里顿时咯噔了一下，贺澄的脸色很不好，眼下的黑眼圈也很明显，好像真的出了什么大事。

贺澄看着面前一脸担忧的温乔，抿了抿唇，刚准备说话，眼睫忽然一抬，视线落到温乔的身后，瞳孔震了一下。

"出什么事了？"

凌晨三点，四处寂静，背后突然有人说话，温乔吓了一跳，猛地转身看过去，顿时有些惊愕："你、你怎么下来了？"

穿了身深蓝色睡衣的宋时遇正面无表情地站在她身后，也不知道是什么时候下来的，她刚才居然一点动静都没有听到。

比温乔更惊讶的是贺澄，他看到从楼上下来的宋时遇穿着睡衣，又听到温乔说的这句话，脸唰地一下就白了，难以置信地看着他们，很艰难地说："你们……住在一起？"

宋时遇已经走到了温乔身边，闻言很自然地说道："算是吧。"

温乔睁大了眼，连忙跟贺澄解释："没有，贺澄，你不要误会，我们没有住在一起，我们就是邻居，他现在住在我隔壁。"

第 16 章 散步

那怎么会一起下来呢？这么晚，宋时遇还穿着睡衣，头发也是湿的。看在贺澄眼里，他觉得温乔只是在掩饰，不想让他知道她和宋时遇的关系。

宋时遇看着贺澄，淡淡地问道："这么晚了，你怎么会在这儿？"

贺澄抿了抿嘴，心头有些苦涩，是啊，自己为什么会在这儿？

"他是来找我的。"温乔担心贺澄的事情不能当着宋时遇的面说，于是对宋时遇说道，"你先上去吧，这里不关你的事。"

宋时遇眸光一暗，深深地看她一眼。

"不用了，"贺澄轻声说道，他对着温乔勉强笑了一下，"已经没事了。对不起，打扰你们了，你们上去休息吧，我先走了。"说完转身就走。

"贺澄！"温乔没想到他说走就走，因为担心，她着急地喊了一声，下意识往前跟了两步，却被一只手牢牢地抓住。

"干什么？你还要追过去吗？"宋时遇握住她的小臂，压着嗓子，很不高兴。

温乔有点生气，挣开他的手："他出事了！"

宋时遇也生气："你跟他什么关系？他出了什么事情不能找家人朋友，要在凌晨三点过来找你？"

温乔愣了下，是啊，贺澄那么多朋友，出了什么事非要来找她？

她皱了皱眉："万一只有我能帮得上忙呢？"

宋时遇凉凉地反问："只有你能帮得上的忙是什么忙？"

温乔想不出来，于是皱眉问他："你又下来干什么？"

宋时遇沉默了一瞬，然后说："散步。不行吗？"

温乔惊讶地看着他，没想到他之前凌晨三点半说自己出来散步居然是真的。

"那你散吧,我先上去了。"温乔想着上去再打个电话问一下贺澄,万一他是忌讳宋时遇所以不好说呢。

宋时遇一把拉住她:"下都下来了,陪我一起。"

温乔挣了下没挣开,压低了嗓子说道:"我账都还没记完,我要上去睡觉了!"

宋时遇冷笑了声:"他让你下来你立刻就下来了,我让你陪我走一圈你都不愿意?"

温乔:"我很困,我想睡觉了。"

宋时遇:"那就走一小段。"

"一小段是多远?"

"一小段就是一小段,你怎么这么啰唆?"

"你怎么这么麻烦,谁会凌晨三点散步的?"

"我。"

过了好一会儿。

"够一小段了吧?"

"不够。"

"你明天不是还要出差吗?不用早点睡?"

"飞机上可以睡。不急。"

"那你先松开我,我给贺澄发条微信问一下他是不是真有什么事。"

"你还有他微信?"

温乔怪异地看他一眼:"不然他怎么联系的我?"

宋时遇不情不愿地松开她。

第16章 散步

温乔按亮手机，打开和贺澄的聊天页面，宋时遇默默垂眼看过来。

温乔："哈哈哈哈哈哈哈那我先去忙啦。"

贺澄："去吧去吧。我也工作了。"

这条消息之后紧跟一个可爱小狗的表情包。

温乔："这个小狗好可爱！"

贺澄又重发了一次。

宋时遇皱眉："你们两个经常发微信？"

还发那么多"哈哈哈"，跟贺澄聊天有那么高兴？和他就只知道发"收到""好的"，以及哪个菜没有了。

还有这个贺澄，居然在工作时间跟温乔聊天，还发这种表情包。

温乔没理他，给贺澄发了条微信："贺澄，你没事吧？到底出什么事了？"

贺澄没有回复。

温乔皱眉。

宋时遇又问："你跟他很熟吗？"

温乔说道："他们一家人都很照顾我和平安，我很感激他们，如果有我能帮上的忙，我一定会尽力。"

宋时遇沉默了一下，然后说道："给他打个电话吧。"

温乔诧异地看着他。

宋时遇往前走："我去前面等你，你打完电话就来找我。"

温乔怔了怔，月光柔柔地洒了一层在她脸上，连眉眼都渐渐变得温柔。

这么多年，不只是她一个人在变化，宋时遇也变了。

✦

散完步,温乔一身清爽地躺在床上,居然觉得异常放松,心想,难道凌晨散步有奇效?

手机震了一下,又震了一下,在黑暗中亮起荧光。

她拿起来看了一眼,是宋时遇发的微信。

"谢谢你陪我散步。"

"晚安,阿温。"

温乔的脸被手机屏幕的光照亮,微光中她的嘴角不自觉地往上翘了翘,她点开对话栏,手指却在将要打字的瞬间停住了,过了一会儿,她按灭手机,闭上眼睛,在心里轻声说了一句。

晚安,宋时遇。

※

温乔睡了个好觉。起床后,她穿了拖鞋过去拉开窗帘,灿烂的阳光顿时洒了她满脸满身,她家装的是老式的插销双开窗,外面连防盗窗都没有,但是好处是一开窗视野就无遮无拦。

温乔眯着眼深吸了一口气,然后转身去洗漱。

刚洗漱完,门就被敲响了。

温乔愣了愣,隔着门问:"谁?"

门外响起一道年轻清脆的声音:"温小姐您好!我是周秘书的助理,是宋总让我来的。"

周秘书?是那天晚上开车送宋时遇来的那个周秘书吗?

温乔打开门,就看见门外站着个满脸带笑的年轻女孩儿。

她先是礼貌地问好:"温小姐您好,我叫李悦,是宋总交代周秘书的,安排

第 16 章 散步

我过来给您送早餐。"说着,她把手里的生煎包还有豆浆递了过来。

她很有分寸,眼睛规规矩矩地只专注看着温乔,并不往房间里看,笑眼弯弯的,扎一个马尾,看起来又干练又清爽,很容易让人产生亲近感。

温乔只能先把早餐接过来,然后道谢:"谢谢。"

"不客气,这也是我的工作,是我应该做的。"李悦说着拿出手机,"我可以加您一个微信吗?这样您以后有什么需要,可以随时联系我。"

温乔愣了下,宋时遇这是想给她配个秘书吗?

她笑了笑,温和地说出拒绝的话:"谢谢,不用了。"

李悦露出让人难以拒绝的可怜表情:"这也是周秘书安排给我的工作,谢谢您了。"

温乔不知道这个人选是宋时遇还是周秘书指定的,她只能说他们真的很会挑人,这个女孩子很容易让人产生好感,又很懂变通。

"那好吧。"

温乔加了女孩儿的微信。

"谢谢!我今天的任务就算是完成啦。"李悦露出一个俏皮的笑,"那我先走啦,祝您用餐愉快。"

温乔点点头,和她说再见,然后拎着生煎包和豆浆进屋。把早餐放在桌上后,她走过去拿了手机准备给宋时遇发微信,结果发现宋时遇已经给她发了好几条微信。

7:40 "我出发了。"

8:16 "到机场了。"

8:35 "要上飞机了。"

8：48"到飞机上了，记得好好照顾我的花。"

温乔心想，怎么就是你的花了，明明都送给她了，唇角却情不自禁地翘了起来，等到发觉唇角的笑意，她又刻意压下来，点开对话栏。

本来想跟他说早餐的事，犹豫了一下，只发了四个字："一路顺风。"

※

"芳姐，贺澄昨天晚上回家了吗？"中午见到谢庆芳的时候，温乔问道。

她给贺澄打了电话，贺澄接了，只说没事了，让她不用担心，但她还是有点放心不下。

谢庆芳听温乔突然问起贺澄，有点奇怪："没有啊，怎么了？你找他有事啊？"

温乔笑了笑说道："没事。就是关心一下，好久不见他了，他在新公司还好吧？"

谢庆芳说到这个就来了精神："哎哟，听他说好像是参加了一个什么特别重要的项目，天天加班加到很晚，假都没得休。"

温乔略微放下心来，昨天晚上贺澄的黑眼圈估计也是加班加的，但是如果没什么事，那他到底是因为什么找她的呢？

谢庆芳突然问道："哎，小乔，你跟那个宋总怎么样了？我最近好像没见他过来了？"

谢庆芳开门开得早，大部分时候关门也关得比温乔早，所以这几天都没有看见过宋时遇。

温乔没想到话题突然又扯到了宋时遇身上，她还真不知道该怎么回答，只含糊地说道："现在好多人等着拍他，我让他以后别来了。"

第 16 章 散步

谢庆芳听了这话却是品出了一点别的东西来。

这是温乔让他不来,他才不来的。

"我听小华说你们小时候就认识了?"谢庆芳好不容易开了个头,不打算就这么放过这个话题。

"就是小时候当过两年邻居。"温乔正说着,围裙兜里的手机响了两声,她拿出来看了一眼,是宋时遇发来的微信。

"我上车了。"

"很困,我睡一会儿。"

温乔看着这两条信息,神情不自觉地变得柔和。

"谁啊?"谢庆芳好奇地问道。

温乔按灭了手机:"朋友。芳姐,我店里还有事要忙,就先过去了。"

谢庆芳话还没问完呢,但也不好拉着温乔,只好作罢。

温乔走回店里,温华已经炒完了最后一个菜,正在装盘,现在他们自己吃的午餐都由他负责,刘超摆好了碗筷,周敏在盛饭,而陈珊珊中午没来上班。

"温乔姐,吃饭了。"刘超叫道。

温乔走过来坐下。

温华端着最后一个菜上桌,有点心虚:"藕尖我可能稍微放多了那么一点点盐。"

桌上是简简单单四个菜,三荤一素,但分量是完全够吃的。

温乔先尝了块藕尖。

温华紧张地看着她。

温乔咽了以后才评价:"是咸了一点,这个藕也不大好,不够清甜。"又尝了块小炒牛肉,吃完后给出了不错的评价,"嗯,牛肉炒得不错,火候比昨天好。"

温华松了口气,笑嘻嘻地说道:"我也觉得好吃,我还放了一点点店里的辣酱。"

周敏也尝了一块,立刻往嘴里吸凉气:"嘶,好辣!"直接端起旁边的冰奶茶喝了一大口。

奶茶还是外卖送过来的,每天换着花样。

就在这时,温乔放在桌子上的手机又响了一下。

她拿起来看了一眼,是五分钟之前说自己要睡一会儿的宋时遇。

"在忙吗?"

温乔点开对话栏,犹豫了一下,打字:"在吃饭。"发出去后看到自己面前热腾腾的饭菜,又给宋时遇发了一条:"你吃饭了吗?"

那边似乎一直在等她回复,几乎是掐秒回的。

"没有,没什么胃口。"

"想吃你做的饭。"

与此同时,江市刚从机场离开的黑色轿车上,坐在副驾驶上的周秘书听到手机声响,忍不住往后面看了一眼。

在飞机上一直没睡,一上车就说要睡一会儿,让自己到地方再叫醒他的宋时遇此时却目光灼灼地盯着手机,看不到半点睡意了。

周秘书问道:"宋总,您不睡一会儿吗?"

后座的宋时遇含糊地应了一声,眼睛却一直盯着手机。

第 16 章 散步

手机那头的温乔看到宋时遇微信说这个点了还没吃饭,顿时眉头皱了起来:"早上也没吃?"

宋时遇早上吃了半个三明治,但是却故意打字:"早上起得太早了,也没什么胃口,就没吃。"

温乔见他发微信又说从早上到现在都没吃东西,想到他以前就因为挑食胃疼,眉头立马皱得更紧了,她有点生气:"没胃口就不吃东西了吗?你本来就有胃病,怎么还不按时吃东西?"

宋时遇反反复复地看了好几遍,嘴角微微勾起,很受用:"马上就到酒店了,我到酒店就吃。"

✻

"温乔姐,怎么啦?"温华见温乔眉头紧皱,忍不住问道。

"没事,吃饭吧。"温乔把手机往桌子上一放,不再回宋时遇的信息,继续吃饭了。

另一边,周秘书扭头问道:"宋总,等会儿到了酒店,午饭您是去餐厅吃还是叫餐到房间?"

"叫餐到房间。"宋时遇头也不抬地说道。他盯着屏幕上的微信界面,温乔一直没有回信息。

他按灭手机,闭上眼假寐,心里却在想,她是生气了吗?

他又睁开眼,给温乔发微信:"生气了?"

温乔却一直没有再回微信。

宋时遇有点惴惴不安,闭着眼睛也睡不着,又睁开眼睛拿起手机打字。

温乔放在桌上的手机响了一声,又响了一声,连续响了好几声,她没有理会，反倒是另外三个人一眼一眼地往温乔手机上瞥。

"温乔姐，你手机一直在响。"刘超说。

"垃圾短信，不用管。"温乔快速扒完碗里的饭，起身说道，"你们收拾一下，我先回去了。"

到了店外，她才一边走一边打开微信，看宋时遇都给她发了些什么。

"怎么不回我了？"

"真的生气了吗？"

"其实我是骗你的，早上我吃了半个三明治。"

"阿温？"

温乔："你不是要睡觉吗？"

宋时遇："睡不着，回酒店再睡。你吃完饭了吗？"

温乔："吃完了。准备回家睡午觉。"

宋时遇："那你好好走路，别看手机了。"

温乔："嗯。"

宋时遇看着屏幕上的"嗯"字，莫名地有那么一点点委屈，怎么答应得这么爽快？一点犹豫都没有。

他修长的手指点在屏幕上，往下滑动，滑到他们今天开始聊天的地方，然后慢慢地又滑回来，把聊天记录仔仔细细地都看了一遍，眼里忍不住沁出笑意来。

✷

下午三点半，温乔和谢庆芳结伴去学校接平安和贺灿。

从明天开始，他们就正式放暑假了。

第 16 章 散步

所以今天来接学生的家长格外多，比她们来得早的家长也很多，温乔和谢庆芳只能在外围等着。

谢庆芳一边拿了把小风扇往脸上呼呼吹着，一边跟温乔聊天："哎，小乔，之前跟你说的让平安去学钢琴的事你问平安了吗？平安肯不肯去啊？"

温乔说道："平安不想去。"

谢庆芳听了有点不赞同："平安说不想去你就不送他去了？你也不能完全听平安的啊，那小孩儿不是都爱玩吗，多学点东西，就算以后不靠这个吃饭，那也多少有点才艺啊。"

温乔笑笑说道："平安平时学习已经很累了，而且他下学期要去上初中，课程就更多了。至于其他的，等他以后有兴趣了再说吧。"

谢庆芳惊讶地问："上初中？那五年级六年级都不读啦？"

温乔说道："是学校让他跳级的，也考过试了。"

谢庆芳听得一愣一愣的："连跳两级啊？温乔，平安这么厉害啊？五年级六年级都不用读直接上初中，这是天才啊！"

她突然提高的声音引得不少人往这边看了过来。

温乔拉了拉谢庆芳的衣服，说道："芳姐，小声点。"

谢庆芳扫了眼四周，降低了声音："我知道平安学习好，但是不知道他学习这么好啊，天呀，简直不得了啊，这以后岂不是 16 岁就能上大学啦？估计好多重点大学都抢着要呢。"

温乔笑着说道："平安现在还小，上大学还早着呢。"

大概是他们家读书的基因都给到平安了，她读书死活读不进去，平安却是一点就通。

不过她并不期待平安成为什么天才，变成多厉害的人，只要他健康平安，开开心心，长大了以后能有一份还不错的工作，她就心满意足了。

谢庆芳还在感叹："平安也太厉害了。"

贺澄已经算是学习很好的了，从小到大，成绩都没有出过全校前十，一路顺顺当当地考进了临川大学，可是他都从来没有跳过级，都是一个年级一个年级读上去的，这平安，居然一跳就是两级，简直听都没听说过！

谢庆芳想着，回家以后要交代贺灿一直跟平安当好朋友才行，别等平安上了初中就生疏了。也就平安能制得住贺灿这个皮猴，最近平安在给贺灿补课，连老师都专门打电话来表扬贺灿，说他进步很大。

这时下课铃响了，家长们都躁动起来，谢庆芳也暂时把这些乱七八糟的念头甩开了，伸长了脖子往学校里面看。

原本安静的学校很快就热闹起来，嬉笑打闹的小学生们往大门这边涌了过来。

家长们的呼唤声，小孩们的笑闹声，吵吵嚷嚷的，但并不让人讨厌。

温乔往里面站了一点，视线投在人群中，寻找平安的身影。

这时边上的谢庆芳拉了她一把："哎！温乔！在那呢！"

温乔顺着她手指的方向看过去，贺灿和平安两个人正背着书包朝外走。平安只比贺灿小三个月，但足足比贺灿矮了一截，贺灿正兴奋地对平安说着什么，手舞足蹈的，平安很淡定地听着，视线平静地扫过大门口的人群，然后眼睛突然一亮。

温乔看到平安看了过来，立刻把手举高对他晃了晃。

平安眼睛一眨不眨地看着她，罕见地露出了一个灿烂的笑容。

第 16 章 散步

贺灿和平安两个人走出来后,谢庆芳立刻抓小鸡似的把贺灿抓过来问道:"考得怎么样?"

温乔则蹲下去先抱了抱平安,然后笑盈盈地问道:"怎么样?考试累不累?"

平安摇了摇头,抿着嘴笑:"一点都不累。"

贺灿一看这两边的对比实在太过明显,顿时不满地叫起来:"妈!你看看温乔姐姐!人家只问平安累不累,你呢!只问我考得好不好!你是不是我亲妈啊!"

谢庆芳拧了把他的耳朵:"人家不问那是因为人家平安肯定考得好,根本就不用问!你呢?"

这时平安对谢庆芳说道:"芳姨,我跟贺灿对过答案了,贺灿这次成绩应该挺不错的。"

贺灿拍开自己老妈的手,理直气壮地说道:"听见没有!平安说了,我这次数学能考八十多分!"

这个成绩对于常年在及格线上徘徊的贺灿来说,已经是很大的进步了。

谢庆芳顿时又惊又喜又疑:"真的假的?"

平安老成地点点头:"应该差不多。"

谢庆芳惊喜地哎哟了一声:"要是真的,芳姨可要好好谢谢你!等成绩出来了,我带你们去吃牛排!"

贺灿高兴地欢呼一声,倒不是高兴能去吃牛排,而是高兴能跟平安一起去吃牛排。

平安只是矜持地抿唇一笑。

四人一起回去。贺灿是不让谢庆芳牵的,他喜欢一个人走。平安却喜被温乔牵着，一路乖乖地跟在温乔身边。

贺灿鼓动平安失败，只能悻悻地挤到他旁边，嘀嘀咕咕地说着什么。

谢庆芳突然说道："贺灿，你知不知道平安下学期就要上初中了！"

贺灿愣了下，然后震惊地看着平安："什么?! 你要上初中了？"

平安点点头。

贺灿难以接受地问："那五年级六年级你都不上了吗？"

平安淡定地说道："五年级和六年级的知识我已经学会了。"

谢庆芳说道："贺灿你看看人家平安，你还不努力，以后看你怎么好意思跟人家做朋友。"

贺灿"喊"了一声："做朋友跟成绩有什么关系！平安才不会因为我成绩差就不跟我做朋友了呢！对吧平安？"他的语气听起来十分有底气，可是眼神却带着些小心翼翼的试探。

平安点了点头，认真地"嗯"了一声。

贺灿顿时喜笑颜开，嘴角恨不得咧到后脑勺去。

温乔忍不住弯了弯嘴角，笑着笑着，她忽然发觉，现在的贺灿和平安，很像那个时候的她和宋时遇。

只不过友情比爱情要纯粹得多。

第 17 章
"不巧，我在等她。"

晚上，平安坚持要在店里等温乔一起回家，因为他放暑假了，温乔也不再要求他早点回去睡觉，正好贺灿也在，他们两个就搭了个伴，一起玩飞行棋。熬到一点时，平安实在困得不行了，温乔就用椅子拼了一张床给他睡，贺灿也被谢庆芳抱走了。

等到凌晨三点，最后一桌客人也走了，收拾桌子的时候平安才醒过来，白净的小脸在椅子上被压出了一块红斑，他爬起来，帮着一起收拾。

关了门之后，温华说今天晚上去刘超那里睡，两人就勾肩搭背地走了。

温乔和平安手牵着手一起回家。

平安很高兴，嘴角一直抿着笑。

温乔好笑地问道："怎么了？怎么这么开心？一直在偷笑。"

平安忙把笑收起来，一本正经地抬起头来："我没笑啊。"

温乔笑着说道："是不是想着放假了，所以开心？"

平安迟疑了一下，还是遵循本心，点了点头。

放假了，他就不用去学校了，可以一天到晚都在店里跟姐姐在一起。

温乔眼睛弯了弯，说道："再过一阵子，等姐姐也有空了，就带你出去玩。"

平安惊喜得眼睛都亮了起来:"真的吗?"

温乔说道:"当然是真的,姐姐什么时候骗过你?你现在可以想想,到时候去什么地方玩?"

平安认真地想了想,然后说道:"什么地方都可以。"说完,忍不住咧开嘴,笑得小白牙都露了出来。

温乔很少看到平安笑得这么开心,也忍不住笑:"那我们可以去动物园和欢乐世界,还有新开的那家冰雪小镇,你不是最喜欢雪吗,那里就可以看到雪。"她最近也在网上看有什么地方是可以带着平安去玩的。

平安惊奇地问道:"现在是夏天,也有雪吗?"

温乔说道:"对啊,还可以滑雪呢。"

平安小声地"哇"了一声,眼神里顿时充满了向往。

温乔揉了揉他的小脑袋:"等忙过这一阵,姐姐就带你去。"

平安重重地点头。

"平安,你想回家吗?"温乔忽然问道。

她计划着先陪平安到处玩一玩,再带着他回老家一趟。

平安愣了一下,然后才反应过来温乔说的是老家,他抓着温乔的手不自觉地抓得更紧了一些,嘴唇也抿紧了,半晌才说道:"姐姐去哪里我就去哪里。"

温乔停下脚步,蹲下来,有些担忧地看着他:"平安,你是不是不想回去?"

每次要回老家,平安总是闷闷不乐的,回到老家后也不亲近奶奶和大伯,总是亦步亦趋地跟着她。

平安抿着唇不说话。

温乔摸摸他的小脸:"你为什么不想回老家?是不是发生了什么事情?你可以告诉姐姐吗?"

平安浓密的睫毛垂下去,遮住了漂亮的浅色眼瞳,好一会儿才轻声说道:"奶奶不喜欢我。"

平安能够感觉到,奶奶不喜欢他,他是不应该来到这个世界上的人,是姐姐的包袱。

有一次他听到奶奶跟姐姐说,姐姐带着他在外面太辛苦了,不如把他留在老家,虽然姐姐坚定地拒绝了,但是他却接连做了好几晚的噩梦,总是梦到姐姐不要他了。自那以后,他就再也不想回去了,总是担心姐姐会把他留在那里。

他不喜欢老家。虽然知道奶奶和爸爸也是他的亲人,可是在他心里,姐姐才是他最亲的人。打他有记忆开始,他的世界里就只有姐姐。

温乔惊得愣住,好一会儿才说道:"你怎么会这么觉得呢?"

她又是心疼,又是惊讶。

"平安,奶奶没有不喜欢你。"她认认真真地看着平安说道,"奶奶只是……"

她应该怎么跟平安解释,奶奶只是太心疼她了。

奶奶跟她说过几次,让她把平安留在老家,这样她在外面也能轻松一点,可她不愿意。

平安看起来懂事又乖巧,可其实内心无比敏感脆弱,老家那些人的嘴,是伤他的箭。

温乔永远记得五岁的平安在晚上蜷在她身边睡觉的时候小声地问她,姐姐,为什么他们说我妈妈是流莺?

虽然不知道是什么意思,但是隐隐能够感觉到那并不是什么好词,所以他问的时候也特别小心翼翼。

她当时又惊又怒,看着平安那双天真无邪的漂亮眼睛,惊怒又变成心疼,默默发誓以后一定会保护好他。

第二天,她气势汹汹地去村子里发了一通脾气,放话以后要是谁再敢在平安面前说些难听的话,她就跟他拼了。

平时总是笑眯眯、嘴甜的人突然发起脾气来,把人吓了一跳。温乔平时在村子里口碑是最好的,见她发怒,大家纷纷安抚起她来,一群人又把昨天那个挑头的狠狠地数落了一番,那人最后无地自容,跟温乔低头道了歉。

温乔想了想,然后握着平安稚嫩的肩膀认真地说道:"平安,奶奶没有不喜欢你,奶奶只是没有表现出来,因为她担心如果她表现得太喜欢你的话,姐姐会吃醋。"

平安漂亮的眼睛一眨不眨地看着她,然后挨过来,搂住她的脖子,冰凉软绵的小脸贴在她颈侧,声音闷闷的:"姐姐,我知道奶奶为什么不喜欢我,她觉得我是个拖油瓶。"

温乔心都要碎了,抱着平安说道:"瞎说!你要真是拖油瓶,那谁都抢着要拖油瓶了。你没看到芳姨那么羡慕我?别人恨不得有你这么个拖油瓶呢,但是他们都没有,就只有我有,羡慕死他们!"

平安被她逗笑了,心里暖暖的、软软的,想笑,又有点想哭。

温乔就这么托着他的小屁股把他抱起来,笑着喊道:"抱着我的小拖油瓶回家喽！"

平安惊得连忙搂紧她的脖子，然后咯咯笑了起来。

※

温乔当然不可能就这么抱着平安回家，她走了二十几步路就走不动了，又把平安放下来，两人手牵着手回家。

到了家，她先让平安进去洗澡，然后自己去记账。

温乔从平安还小的时候就培养他的自理能力，他四岁就会自己洗澡穿衣了，现在八岁了，更是什么都不用温乔操心了。

平安洗完澡，穿着睡衣香喷喷地走出来，温乔没忍住抱着他亲了一口："香喷喷的小猪。"

平安害羞地抿着嘴笑。

因为今晚平安醒着，温乔可以洗头了，她头发不算长，洗起来也不算特别麻烦，但最后弄完出去，也已经是半个小时后了。

平安躺在床上还没有睡着。

温乔关了房间里的其他灯，只留下床头一盏小夜灯，然后走到平安的床边坐下来，摸了摸他的脸，又摸了摸他的头发，心里一片柔软。

平安侧躺着，显然已经有点困了，但是他能够感觉到姐姐似乎有话想要对他说，一对漂亮的琉璃似的眼珠一转也不转地望着她。

温乔的手还在他细软的头发上轻轻摩挲着，声音轻而郑重："平安，不管别人说什么，我希望你能记住姐姐的话，你不是姐姐的拖油瓶，也不是姐姐的包袱，你是姐姐最最珍贵的宝贝。"她微微笑了笑，眼眶却有些湿润地喃喃说道，"如果没有你，姐姐该有多孤独啊。"

在她疲惫不堪的时候，平安充满信任和依赖的眼神是她的动力，她觉得难熬的时候，只要抱一抱小小软软的平安，就觉得自己还可以再坚持，她吃过很多苦，受过很多罪，但是因为有平安在，她从未觉得自己是孤身一人。

平安心里酸酸胀胀的，挪了几下，抱住温乔的腰，把自己的脸埋在她软软的肚子上："姐姐，我永远都不离开你。"

温乔微笑，抚着他的小脑袋轻声说道："好。"

※

平安睡着了。

温乔躺在床上，却有些睡不着，她刚才为了安慰平安才说"好"，但她心里知道，平安早晚有一天会离开她，到那个时候，是不是就只剩她孤孤单单一个人了？

想到这里，温乔的心里忽然有些酸涩，还有些对未来的不安和惶惑。

就在这时，一个晚上都没有动静的手机突然嗡嗡震了两下。

漆黑的房间里亮起一道荧光。

温乔把手机摸过来，是两条新微信，她解锁点开微信，看到宋时遇头像上的小红点时，微微怔了怔。

"你睡了吗？"

"我晚上喝了点酒，睡了一会儿，睡过头了。"

紧接着，又一条消息进来。

"好想你。"

屏幕上忽然落下金色的小星星。

温乔眨了眨眼，胸腔里那颗空落落的心瞬间变得满满当当，眼眶莫名酸胀起来,忽然之间,某些坚定的东西仿佛被撼动了。

好一会儿,她点开对话栏,删删减减,最后发了一句。

"还没有。"

那头很快回了信。

"我可以打电话给你吗?我想听听你的声音。"

温乔深吸了一口气,掀开被子起身,穿上拖鞋往外走去。

她拿上钥匙出去,反手轻轻带上门,然后直接把语音电话打了过去。

很快就被接了起来。大概是有些不敢置信,电话那头安静了两秒,才传来宋时遇带着几丝喑哑的声音:"喂?"

温乔靠着墙蹲下来,也轻轻"喂"了一声。

宋时遇又沉默了一会儿,然后喃喃地说道:"我是不是在做梦?"

温乔嘴角翘了一下:"大概是吧。"

那头传来宋时遇低低的笑声。

温乔静静地听着宋时遇的声音,没有说话,手指无意识地拨弄着脚上的拖鞋。

宋时遇轻声说道:"我睡醒了就很想你。"

温乔心口骤然一悸,手上的小动作也微微一顿,沉默了几秒,她找到话题:"你晚饭吃了吗?"

宋时遇说道:"吃了,跟客户一起吃的,喝了点酒,回到酒店就睡着了,本来想早点醒的,没想到一觉睡到了现在,幸好你还没睡。"

温乔听着听着,忍不住说道:"你现在怎么变得有这么多话说啊。"

明明以前都是她叽叽喳喳说个不停。

宋时遇无声地笑了笑:"大概是因为太久没有跟你说过话了。"

所以什么都想说。

温乔把下巴抵在膝盖上,垂下眼皮,心里酸酸胀胀的。

宋时遇说道:"很晚了,你睡觉吧。"

温乔"嗯"了一声。

宋时遇:"晚安。"

温乔挂了电话,拿着手机,突然有些茫然。

✦

第二天温乔醒来的时候,平安还没醒。

温乔刚刷完牙,敲门声就响了起来,她连忙小跑过去开门,门外还是昨天来送早餐的那个叫李悦的女孩儿。

"温小姐,早,这是您今天的早餐。"

温乔顿时有些懊恼,她昨天忘记跟宋时遇说这件事了,她只能笑了笑,说了声"谢谢",然后接过李悦手里的生煎包和豆浆。

"你明天不用来送早餐了。"温乔说道,"我会跟宋时遇说的。"

李悦愣了愣,然后有些诚惶诚恐地说道:"是我做错什么了吗?"

温乔连忙说道:"没有没有,是我不需要有人给我送早餐,不关你的事。"

李悦松了口气,然后说道:"可是那家店每天早上要排很久的队呢。"

温乔笑了笑:"我平时早上都吃别的,没事了,你先走吧。"

李悦下楼梯的时候看着起锈了的栏杆,还是觉得不可思议,也不知道那位温小姐跟宋总是什么关系,她问周秘书,周秘书嘴巴很严,只让她做好自己分内的事,别的事不要打听。

第 17 章 "不巧，我在等她。"

温乔看着自己手里拎着的生煎包和豆浆，有些失笑，要是天天这么吃，再好吃也得吃腻了，她回屋发现平安也醒了，坐了起来。

"姐姐，刚才是谁啊？"

温乔面不改色："送外卖的。去洗脸刷牙，然后吃早餐，这是那家要排队排很久的生煎包，很好吃的。"

平安爬下床去浴室刷牙洗脸了，收拾好后过来吃早餐的时候疑惑地问道："怎么只有一份啊？"

温乔说道："最近我每天吃这个，都吃腻了，这是特地给你买的。我等会儿下楼吃。"

平安深信不疑，坐下来开始吃了。不过他吃了三个包子，喝了半杯豆浆就饱了，温乔把他剩下的吃完了。

✦

上次那个百万粉丝的自媒体博主兑现了承诺，在最新一期的视频里帮温乔的店做了宣传，温华还把那期视频给温乔看了，因为她在视频里露了脸，居然还有不少弹幕夸她长得好看、温柔。

再加上之前宋时遇那条爆红的视频造成的宣传效果，店里现在几乎每天都满座，甚至星期五星期六开始有客人排队了，排了五六桌，还有外地的游客说就是看到那期宣传视频过来吃的，又因为味道确实好，回头客也越来越多，生意自然也就越来越好了。

店里现在已经有五个人，也完全应付得来。

温华进步很快，没几天，温乔就已经可以放心地让他掌厨了，当然，不包括午餐外卖，只限于晚上的炒粉、蛋炒饭类。

温华晚上能掌厨，刘超负责烧烤架，陈珊珊和周敏负责其他杂事，温乔的担子就轻了很多，不用一刻不停地守在灶前，只需要偶尔盯一下烧烤架，帮着做些杂事，终于有点老板的样子了。

所以邵牧康再次约她吃饭的时候，她没有再推。

温乔先问过邵牧康，介不介意她带着平安一起去，邵牧康表示当然可以，于是她告诉了平安。

吃饭地点是温乔定的，是一家评价很高的餐厅，她一直想来这家店尝尝味道，顺便看看装修环境，虽然离她计划开私房菜馆的日期最少还有两年，但是不妨碍她先吸取经验。

温乔换了条舒服的棉裙先去店里打了声招呼，然后才出发，邵牧康提出开车来接她，被她拒绝了，她觉得还是坐公交车自在一些。

温乔带着平安提前十分钟到了，没想到邵牧康比他们到的更早。

邵牧康被身上那件天蓝色的T恤衬得很年轻，看着也就二十四五岁的样子，清俊斯文，气质很出众。

他特地下楼来接他们。

"班长。"温乔先和邵牧康打了声招呼，然后对平安说道，"平安，叫哥哥。"

平安乖巧地叫了声哥哥。

邵牧康对他温和地笑笑："你好。"然后转向温乔说道，"我们上去吧。"

三人一起进了电梯。

温乔从进店开始就一直在留意店里的装修还有环境。

这家店生意很好，温乔粗略扫了一眼，大厅里十几张桌子都坐满了，客人多是衣着光鲜的年轻人，桌子和桌子之间的距离也隔得挺开，他们被带到

第 17 章 "不巧，我在等她。"

了偏厅，这边也有四张桌子，这会儿只剩下最后一张四人桌了。

刚一落座，就有服务员送来一壶柠檬水、一壶热茶以及一张菜单。

邵牧康把菜单交给温乔："你来点菜吧。"

温乔想着自己买单，也就不客气了，而且她的确有想要试的菜品，于是问他："你有什么忌口吗？"

邵牧康："没有，你随便点。"

温乔之前已经做过攻略，很快点了店里最受欢迎的三个菜，问过平安之后，她又把菜单给邵牧康，让他再点两个。

"多点两个菜吧，吃不完可以打包。"温乔对邵牧康说道。她主要是想多尝两个菜品，虽然这家不便宜，但是该花的钱还是得花，再加上最近店里生意那么好，口袋鼓了，花钱也花得有底气了。

邵牧康微微笑了笑，看了看菜单，加了一个珍珠藕丸和一个香芋排骨。

"我还记得高中的时候去你家吃了珍珠丸子，第二天你特地给我带了一份。后来那道菜就成了我最喜欢的一道菜，出去吃饭只要看到有这道菜我都会点，不过都没你当年做的那种味道了。"

温乔也记得，毕竟宋时遇为了这件事还跟她闹过一次别扭。她笑着说道："那是乡下的土做法，比较简单。其实味道还不如现在在餐厅里吃的，可能是因为你第一次吃，所以印象才那么深刻。"

邵牧康给三人的水杯里倒上柠檬水，意味不明地笑了笑："可能是吧。"说着放下手中的水壶，看着温乔说道，"如果有机会的话，希望还能再吃一次你亲手做的珍珠丸子。"

温乔笑着说道："会有机会的。"

说话间，服务员开始上菜。

温乔开始认真品尝，偶尔给平安夹几筷子菜。

珍珠藕丸是第三个上来的菜。邵牧康尝了一口，然后皱了皱眉，认真地说道："我还是觉得你做得比较好吃。"

温乔忍不住笑了："好了，知道了，下次我做珍珠藕丸的时候一定专门给你留一份出来。"

两人之间那层无形的隔膜随着温乔这句玩笑话悄然消失了，好像又回到了高中的那段时光。

邵牧康也笑起来："我记住了，下次你做的时候一定要记得通知我。"

五个菜上齐后，摆了一桌。邵牧康吃得不多，平安吃得更少，这两人放下筷子以后，温乔还继续奋斗了好一会儿，并不觉得有什么不好意思的。

最后还剩了不少菜，温乔让服务员拿打包盒过来，随后拿起桌上的小票起身，对邵牧康说道："你先坐一下，我去买单。"

邵牧康说道："我买过了。"

温乔讶异地看着他："啊？你买单了？"她突然想起来刚才邵牧康去过一趟洗手间，应该就是那个时候买的。温乔有些懊恼，"不是说好了我请客吗？"

"你请客，我买单，不冲突。"邵牧康笑了笑说道，"如果你觉得过意不去，那就下次我请客的时候你来买单。"

温乔一时间竟然无言以对，只能无奈地说道："那好吧。"

邵牧康说道："再坐一会儿吧，喝点茶。"

温乔又坐了回去，顺便按亮手机看了一眼时间，八点多，时间还早，是可以再坐会儿，于是她安安心心地又给自己倒了杯茶喝。

第 17 章 "不巧，我在等她。"

这一顿饭下来，温乔觉得先前跟邵牧康之间那种生疏尴尬的感觉少了很多，又渐渐熟稔起来，所以她人放松了，话也多了。

平安大概已经预想到这样的情况，温乔和邵牧康说话的时候，他就拿起那本他带来的袖珍英汉字典看，打发时间。

邵牧康看了看平安，然后问："奶奶身体还好吗？"

"挺好的。"温乔说道，"对了，我都忘了谢谢你，奶奶说你去看过她，让我谢谢你，但是我一直没有你的联系方式，就耽误了。"

那是在她出去打工的第一年，奶奶打电话告诉她，说那个她带回家吃过饭的同学去家里看了自己，还拎了东西和钱，奶奶觉得他还是个学生，没要，结果后来在茶壶底下发现了足足两千块钱，这对温家来说不是一笔小数目。

"那都是好多年前的事情了。"邵牧康给她的杯子里续上水。

"那也应该谢谢你的。"温乔说道，"奶奶去年还在提起，问我有没有跟你联系。我问了好几个同学，都说没有你的联系方式。"

"我给过你手机号码。"邵牧康说道。

当时他和班里的同学关系一般，除了温乔，他没有把自己的联系方式给任何人。

温乔有些不好意思："我存在手机里了，但后来那个手机坏了。"

邵牧康轻轻笑了笑，笑容里藏着几分遗憾："我也给你打过电话，但是打不通。"

他也没有别人的联系方式，没有办法知道她的联系方式，就这么错过了好多年。

"好在现在都联系上了。"温乔笑着说道。而且她觉得时机正好，现在她已经有了一家自己的店了，如果是前两年遇见邵牧康，说不定还会自惭形秽，听穆清说，他出过国，有一家自己的公司，已经身价不菲。她忽然好奇地问："不过你跟穆清是怎么联系上的？"

她这段时间忙，也一直没问穆清。

邵牧康说道："就是因为校友会。我认识一个二中的校友，他把我拉进了那个校友群，我在里面看见了穆清，加了她的微信，就这么联系上了。"顿了顿，他看了一眼温乔旁边的平安，问道，"平安一直跟在你身边吗？"

听到自己的名字，平安才抬起头来。温乔摸了摸平安的小脑袋，笑得很温柔："对啊。他三岁半的时候我就带着他了。"

邵牧康看着温乔，眼神里带着钦佩，语气郑重："温乔，你真的很了不起。"

他从穆清那里得知了平安的身世，难以想象，那么年轻的一个女孩子，要怎么带着一个那么小的孩子在外面讨生活。

"其实我也没有做什么，平安从小就很乖，我们是互相照顾。"

温乔一向很怕别人这样说她，好像她做了多伟大的事，做了多大的牺牲一样，她自认为自己没有多伟大，也谈不上牺牲，只是在那样的处境里，她做出了对自己和家人最好的选择。

邵牧康笑了笑，喝了口茶水，然后很自然地问道："你和宋时遇一直有联系吗？"

温乔没想到他会突然提起宋时遇，毕竟他们两个并不认识，不过宋时遇在二中的名声的确很大，而且宋时遇还经常来他们班叫她，所以邵牧康会提起，也很理所当然。

而她现在也能很自然地笑着说道："没有，也是最近才联系上的。"

第 17 章 "不巧,我在等她。"

邵牧康提起宋时遇之后就在密切观察温乔脸上的表情,只看到她一开始略微有些惊讶,没有难堪、回避,连笑也很自然。

他心里微微一沉,面上却依旧波澜不兴,微笑着说道:"我记得高中的时候你跟他关系很好。"

温乔喝了口水,说道:"那时候是邻居,后来他去了临川,自然而然地就没有联系了。"

邵牧康笑了笑,镜片后的眼睫微微下垂,眼底闪过晦暗的光,大拇指在杯壁上缓缓摩挲着,他知道她在撒谎。

温乔按亮手机看了眼时间,然后说道:"我该回去了,今天晚上店里应该会忙不过来,我得早点回去帮忙。"

平安立刻合上了自己的字典,做好离开的准备。邵牧康也松开水杯,主动拎起桌上的打包袋,起身说道:"那走吧,我送你们回去。"

这回温乔没有再拒绝。

回去的这个点正是四五路人多的时候,车开不进去,于是就停在了附近,三个人下车走过去。

邵牧康拎着打包的菜走在外侧,温乔走在中间,右手牵着平安,两个大人一边走一边说着话,脸上都带着笑。男的清俊斯文,女的标致清秀,小孩生得尤其漂亮,从外人的角度很容易认为这是和谐美满的一家三口。

温乔听邵牧康说着他在国外的一些经历,不时点一下头,不经意间往自己店那边看了一眼,这一眼,让她心跳都差点骤停了。

本应该还在江市出差的宋时遇正站在那里,面无表情地看着她。

邵牧康留意到温乔脸上的表情变化,话音一顿,也转头看过去,眼神顿时微微一凝。

温乔本来已经和邵牧康说了让他在店里坐会儿，喝杯水，这会儿也不好意思让他就这么走了，于是只能在宋时遇寒气森森的注视中硬着头皮走过去，只觉得莫名其妙地心虚得厉害。

好不容易走到宋时遇面前，温乔先让平安进去，然后面对浑身冒着寒气的宋时遇，刚想说话，身边的邵牧康率先开了口，脸带微笑："学长，好巧。"

宋时遇将一直盯着温乔的视线暂时移过来，脸上浮起一个微笑，笑不及眼底："不巧，我在等她。"

温乔知道宋时遇从高中开始就一直对邵牧康有意见，她不想场面难看，于是问道："你不是说明天才回来吗？"

这话里带着的亲密意味让邵牧康眼神微变。

宋时遇的视线又转回来，望着温乔，微笑着语出惊人："我想你了，所以提前回来了。"

温乔从脸到头皮像是过电了一样一下子麻了。

邵牧康脸上的微笑缓缓凝固。